STEINE, GOLD UND MURMELTIERE

EIN SÜDTIROLKRIMI

VIOLA EIGENBRODT

VORBEMERKUNG

Die Ränge der italienischen Carabinieri sind wie folgt gestaffelt:

Der Maresciallo ist der Chef, nach ihm kommt der Brigadiere, danach der Appuntato und schließlich der Allievo Ufficiale. Die Allievi Ufficiali sind in der Regel die Assistenten der Marescialli, die »Lehrbuben in der Kaserne«. Wenn was schiefgeht, dann ist immer der Allievo schuld.

Viola Eigenbrodt
Schleiermacherstr. 20
71229 Leonberg
viola-eigenbrodt.de

Klappentext: Edith Nebel
Lektorat: Daniela Dreuth

Cover: © ePandora, Nürnberg
Bildnachweis Cover:
Landschaft: © Ulrich Stecker
Murmeltiere: 7cd06f00-dfc4-4da9-949f-7393292961ef
Licensed by Midjourney under General Commercial Terms
Porträt der Autorin: © Michael Karl

KAPITEL EINS

»Wenn der weiße Flieder wieder blüht«, sang Goldschmied und Juwelier Zeno Mittermaier mit Blick auf den prächtigen Strauß, den er sich aus seinem Garten in Dorf Tirol zu seiner Werkstatt in der Meraner Altstadt mitgebracht hatte. Der in der Passerstadt Geborene hatte dort einst den ehemaligen Geräteschuppen eines Bauernhofs erworben, in der Nähe des alten Munitionslagers. Da er sich in der Nachbarschaft der Zenoburg befand und durch die Sprengung der faschistischen Architekturreste 1991 günstig geworden war, konnte der Mann nicht widerstehen. Allein schon wegen des Namens nicht.

Das Pulverlager war eine der um die Mitte der 1930er-Jahre entstandenen Militäreinrichtungen und nach dem Zweiten Weltkrieg vom Heer bis zu seiner Schließung mit der gleichzeitigen Abschaffung des allgemeinen Wehrdienstes weitergeführt worden. Der aromatische Strauch würde bald seine Blüte beendet haben, erste Dolden wurden bereits braun. Er verströmte einen intensiven und verführerischen Duft.

Obwohl Zeno grundsätzlich keine Schnittblumen mochte und fand, dass diese Geschöpfe am besten da aufgehoben wären, wo sie wuchsen, hatte er der Verlockung nicht widerstehen können. Zu zart der einschmeichelnde Duft, zu prächtig die Dolden, zu inspirierend die ganze Pflanze, als dass er sie vor allem in den frühen Morgenstunden oder gelegentlich am Wochenende bewundern mochte.

Also war er entgegen seiner sonstigen Gewohnheit in den von einem weiß getünchten Mäuerchen umgebenen ehemaligen Obstgarten gegangen, bewaffnet mit einer kurzen Baumschere, und hatte sich einige Zweige geschnitten. Das Aroma betörte ihn auf dem ganzen Weg hinunter, den er gesundheitsbewusst mit dem E-Bike bewältigte. Der Flieder war mit Flachs zusammengebunden und erweckte bei manchem Bewohner der Stadt, der um diese Zeit auf dem Weg zur Arbeit war, augenblicklich Neidanfälle. Bei anderen Niesanfälle, je nach Grad des Heuschnupfens.

In der Werkstatt angekommen, bekamen die Äste frisches Wasser und durften in einer der Lieblingsvasen des Künstlers wohnen. Das weiße Steingutgefäß war einmal auf den Terrakottaboden gefallen und von ihm, nach japanischem Vorbild, mit Gold zusammengefügt worden. Der mittelgroße, schlanke Mann mit den raspelkurzen, schwarzen Haaren sah sich zufrieden um: Vor drei Jahren hatte er das ehemalige, völlig heruntergekommene Schuhgeschäft in der Leonardo-da-Vinci-Straße übernommen und renoviert.

Vorher wirkte er in der Steinach, Merans Nukleus und ältester Teil, in einem winzigen Lädchen zusammen mit einem Maler. Dann ergab sich die Übernahme durch Geschäftsaufgabe und seither fühlte er sich angekommen.

Der ganze Raum, bestehend aus Werkstatt und Verkaufsraum, war schlicht und hell, von ihm frisch gekalkte Naturwände eines Kuhstalls aus alter Zeit.

Es hatte ihn viel Mühe gekostet, den braunen Schuhsalon zu entrümpeln und den Kern zum Vorschein zu bringen. Diesen gestaltete er nach seinem – wie er selbst fand – exquisiten Geschmack. Das Kabinett gab die perfekte Bühne für Edelsteine der außergewöhnlichen Art ab. Daher taufte er sein Geschäft auf einen ungewöhnlichen Namen: Crotalia, das lateinische Wort für Ohrgehänge. Mittermaier arbeitete gewöhnlich Tag und Nacht in seinem Schmuckatelier, immer dann, wenn sein Ehemann Jürg Baumgartner in Südafrika weilte. Der viel zu eifersüchtige Mann, offiziell ein Finanzberater mit Schweizer Pass, lebte seit Jahrzehnten dort und hätte Zeno gerne in seiner Umgebung gehabt. Doch der sah sich nicht in Kapstadt, so wundervoll er die Metropole auch fand.

Als wenig amüsant empfand er die gelegentlichen Anwandlungen Baumgartner, mit dem Verkauf des Ladens zu drohen, denn diesem gehörten einundfünfzig Prozent davon. Zusätzlich betreute er seit Kurzem eine Praktikantin, Melanie Falcone, die er in die Kunst des Goldschmiedens einweihte. Seine pallina, also Kugel, wie er die kleine, runde Frau mit den winzigen und schlanken Händen nannte, machte ihn verrückt in ihrer Ungeduld. In ihrem ebenso runden Kopf mit den lustigen Ohren blubberten ohne Unterlass Designideen, aber er ließ sie noch nicht an sein wertvolles Material, was zu gelegentlichen Animositäten mit auf der Straße deutlich hörbarer Geräuschkulisse führte.

Trotzdem war sie glücklich über diese Ausbildungsmöglichkeit. Mit zweiundzwanzig war Zeno eigens nach

Deutschland gegangen, um sich zuerst in Idar-Oberstein zum Edelsteinschleifer und danach in Pforzheim zum Goldschmied ausbilden zu lassen. Es blieb rätselhaft, woher der damalige ausgebildete Tourismusmanager das Geld dafür genommen hatte, aber nach einer gewissen Zeit zurück in Meran reflektierte keiner mehr darüber. Besonders stolz war der Meister neben seinem kreativen Umgang mit Gold auf die Verarbeitung von sogenannten Meranithen, die das Feuer ihrer Entstehungsgeschichte förmlich widerspiegelten. Dieser Vertreter der Quarzgruppe ist sehr alt, denn vor zweihundertachtzig Millionen Jahren brodelte in der Caldera, in der die heutige Stadt Meran liegt, flüssiges Gestein: Lava.

Vor circa hundert Jahren wurde die Jaspis-Variante erst entdeckt, tatsächlich durch den Südtiroler Paul Berger in den frühen Zweitausender Jahren als Edelstein klassifiziert. Den äußerst passenden Namen gab ihm der Meraner Goldschmied Konrad Laimer, der gerne mit dem Material arbeitet. In dieser Gestalt wurde der auffallende rot- und schwarzglänzende Stein bislang nur in der Naif-Schlucht bei Meran gefunden. Zeno suchte gelegentlich selbst im Wald oberhalb der Passerstadt nach dem edlen Rohstoff. Gerade gestern, an einem sonnigen und warmen Maisonntag, war er wieder einmal zur Talstation von Meran 2000 gefahren. Allerdings nahm er nicht die Gondel ganz hinauf wie alle anderen, sondern passierte die Haflinger Straße. Auf der Höhe des kleinen Gewerbegebietes wanderte er auf ihm gut bekannter Strecke in Richtung Lenzeben. Dann folgte er einige Schritte dem Vernaunerweg, der beim Weiterlaufen in den Schenner Waalweg mündet und daher häufig von Touristen benutzt wird. Zeno zweigte von hier rechts ab und stieg über einen Waldpfad steil bergauf.

Es fiel ihm nicht schwer, er war leicht und kletterte

gerne. Sein Weg kreuzte schließlich eine asphaltierte Forststraße und ab da schlenderte er beinahe zum Gasthof Gsteier. Abschnittsweise konnte er am Waldweg noch die alte Steinpflasterung erkennen. Im Herbst ließ sich hier die Färbung der Ahorn- und Buchenblätter bewundern, die ihn häufig zur Gestaltung von Schmuckelementen anregte. Fast oben angekommen, ging der Wandersmann den letzten Kilometer bis zum Gsteier über die Asphaltstraße.

Der Hof lag inmitten einer bunten und üppigen Wiesenfläche. Neben dem behaglichen Gasthaus befanden sich der historische Hof, eine Mühle und ein kleines und liebevoll ausgestattetes Bauernmuseum, das man zu jeder Zeit besuchen konnte. Zeno kannte es in- und auswendig. Wie oft hatte er seine junge »Nichte« Virginia mitgenommen, wenn sie aus Bayern auf Besuch bei ihrer Mutter in Lana war.

Er war nur der Nennonkel, doch er kam dieser Pflicht als kinderloser bester Freund mit Freuden nach. Virginia liebte Tiere und den Wald, er die Natur und Steine, das passte schon. Hier endlich kam die erste Pause Zenos, mit einem kleinen Bier und Marillenknödeln, dem Lieblingsfrühlingsgericht in Südtirol. Sie waren genauso, wie er sie, der selbst schlecht kochte, am liebsten hatte: fest und nicht halb zerfallen, aus Topfenteig mit einer Fruchtsoße, die wenig süß war. Bei ordentlichem Wetter konnte man zusätzlich die Aussicht auf Meran und das umgebende Burggrafenamt genießen. Anstatt denselben Weg wieder hinunterzusteigen, marschierte er immer den Weg zur Mittelstation der Seilbahn und fuhr dann mit dieser hinunter zur Naif, wo er auf Schatzsuche ging.

Tatsächlich hatte Zeno gestern ein fast herzförmiges, ein Pfund großes Stück entdeckt. Dieses wollte er am heutigen Montag bearbeiten, es sollte ein Geschenk für

Virginia werden. Inzwischen war sie nicht mehr klein, sondern wurde einundzwanzig. Außerdem war die junge Dame vor drei Jahren, das Abitur war endlich geschafft, zurück nach Südtirol gezogen. Dort wohnte sie bei ihrer wohlhabenden Mutter, seiner besten Freundin, in einem historischen Ansitz und freute sich des verzuckerten Nichtstuns. Neben »Jungs«, wie sie sich ausdrückte, interessierte sie sich ausgeprägt für Sport aller Art, da konnte Zeno nicht mithalten. Und sie liebte irische Volksmusik.

Zeno Mittermaier hielt das feste Stück ehemaliger Lava, glatt geschliffen von den kühlen Wassern des Gebirgsbachs, in dem es gelegen hatte, und dennoch warm, als sei es noch immer erfüllt von dem Feuer aus dem Inneren der Erde, in der Hand. Er betrachtete es wieder und wieder, streichelte es, hielt es an sein Ohr, lauschte der jahrmillionenalten Lebensgeschichte, die es zu erzählen hatte. Der Designer fühlte, das Juwel war eine Singularität und bedurfte somit intensiver Aufmerksamkeit. Es füllte seinen Geist, er konnte an gar nichts anderes mehr denken als an die Verarbeitung.

Zeno war ein zutiefst gläubiger Mensch, für den sich in seiner Kunst und seinem Talent der Geist Gottes manifestierte. Zu Hause angekommen, hatte er seinen kostbaren Fund in einem weißen Kästchen verwahrt. Wieder einmal war er unterwegs von voyeuristischen Wanderkollegen ob seines »merkwürdigen« Outfits angestarrt worden, doch Zeno bemerkte es schon nicht mehr.

Er war nicht komisch angezogen, einfach nur komplett in Weiß und immer langärmelig. Dafür hatte er sogar seine Wanderausrüstung durch Entfärbung komplett umgestylt. Weiße Wanderschuhe hat er nur mit Mühe über das Internet aufgestöbert, sie hatten Seltenheitswert.

Der zarte und feingliedrige Mann mit den fast

schwarzen Haaren und den dunklen Mandelaugen fiel unter der reichlich bunten Touristenschar, die seit April wieder das Burggrafenamt belagerte, immens auf. Doch es störte ihn nicht. Zeno war schon als Kind wegen seiner Augen aufgefallen, denn er sah weder wie ein echter Südtiroler, weder wie ein Italiener oder etwa Ladiner aus, was in den 1980er-Jahren in dieser italienischen Provinz noch eine gewichtige Rolle spielte. Inzwischen war man durch die Migration der vergangenen Jahrzehnte großzügiger geworden. Zeno jedoch wurde als Kind und Jugendlicher gemobbt. Er passte schlicht nicht, brachte dem Skifahren kein Interesse entgegen und experimentierte lieber mit dem Chemiekasten. Die Kirche war ihm nicht geheuer und er mochte nicht in die Blaskapelle seines Vaters eintreten. Die Alten flüsterten, wo er wohl diese Augen her hätte und ob nicht irgendwann ein Fremder aus dem fernen China durch die Familie seiner Mutter gekommen wäre. Oder gar ein orientalischer Naturgeist, hatte doch die Mama in den mittleren 1970er-Jahren im exotischen indischen Poona geweilt.

Wer ahnte schon, welche Zauberkünste sie dort gelernt hatte, immerhin war die gute »Ma Prem Maneesha«, formely known as Verena, nach ihrer Rückkehr 1978 eine Weile ausschließlich in Orange durch Meran gewandelt. Bis sie dann vom stockkatholischen, aber gutmütigen Peter geheiratet und nach Lana auf seinen Hof verfrachtet wurde, wo er endlich für Recht und Ordnung sorgte.

Das 1979 geborene Kind – war es überhaupt von Peter? – in Tracht zu quetschen und im Chor mitsingen zu lassen, gelang nur unter der Androhung von Folter. Die Geschwister waren glücklicherweise völlig »normal«. Sogar zum Psychologen wurde das Kind auf Anraten des Kinderarztes gezerrt, doch es hieß, man solle es vorerst in Ruhe lassen. Ein Geheimnis stecke womöglich in ihm, das sich wahrscheinlich in späteren Jahren offenbaren würde. Offensichtlich fühlte es sich weder in seiner Haut noch in der Gesellschaft, die es umgab, wohl. Mehr konnte selbst der »Irrenarzt«, wie der Vater unter vier Augen zur mittlerweile schwer geläuterten Mutter sagte, nicht diagnostizieren. Ein anderes Kind gab es, quasi als Rettung, das war die Jakobine Verdross aus dem uralten Ansitz und uralter österreichischer Adelsfamilie nebenan. Sie hatte es ebenso nicht leicht, weil sie so groß geworden war. Schon das Neugeborene maß achtundfünfzig Zentimeter und wog über vier Kilo. Als Mädchen war sie kaum in Röcke zu bekommen und sah es nicht ein, warum sie nicht auf Bäume klettern sollte. Ferner war ihre Familie steinreich – Jakobine hatte sich zu benehmen, was sie nicht tat. Die beiden bildeten eine »heilige« Allianz, ein undurchlässiges Bündnis gegen die Unbill der Anderswelt. Was die Kinder zusätzlich einte, war das Interesse an Juwelen, von denen Jakobines Mutter nicht wenige hatte.

Eine ungeheuer eitle Frau, figur- und modebewusst, die ihre Preziosen gerne zeigte. Daher lagen sie überall im Ansitz herum und wurden dringend zum Spielen gebraucht. Wenn etwas kaputtging, kein Problem, konnte man nachkaufen. Oder es wurde vom Goldschmied in spe so geschickt repariert, dass niemand etwas bemerkte.

Zeno wurde später zum Lieblingsonkel der einzigen Tochter Jakobines, die bei ihrem Vater in Bayern aufwuchs. Ihre Mutter war innerhalb weniger kurzer Monate von der Säuglingspflege überfordert gewesen, sie hatte völlig falsche Vorstellungen gehabt. Während sich Zeno in seiner weißen Wohnung Shakshuka kochte, als eines der wenigen Gerichte, die er konnte, umschwirrten seine Gedanken einzig und allein den ungewöhnlichen Stein. Schon einmal hatte er ein Exemplar des seltenen Jaspis in ein exklusives Schmuckstück verwandelt und es seiner alten Freundin auf einer glitzernden Premierenfeier im Puccinitheater zum vierzigsten Geburtstag geschenkt.

»Bevor du es ein weiteres Mal für jemand anderen genauso anfertigst, erschieß' ich dich«, hatte die passionierte Schützin damals gerufen, ein Zeichen ihrer Freude und ihres Stolzes. Immerhin hatte Zeno eine zarte und eindrucksvolle Feuerlilie aus dem Stein zu formen verstanden, die Jakobiner als Brosche gerne zu einer weißen Bluse trug. Sie hatte ein ähnliches Modefaible wie ihr alter Schulfreund, allerdings nicht ganz so streng. Manchmal erschien sie auch in Himmelblau. Zu beiden Farben passte das Schmuckstück, es repräsentierte die Persönlichkeit der Trägerin gleichsam und das war die wahre Kunst des Zeno Mittermaier. Sie machte ihn über die Stadtgrenze hinaus in Südtirol bekannt und zusätzlich wohlhabend. Für seine Nennnichte wollte er Ähnliches erschaffen.

Virginia mit ihrer Tierliebe und ihrem Äußeren wie Schneewittchen sollte ein Meisterstück als Geschenk bekommen. Mit den Fotos gedachte er, eine Werbekampagne zu starten, die endlich der ganzen Welt bewies, was für ein Ausnahmetalent er war.

Virginia zeigte sich in letzter Zeit selten bei ihm und schrieb auch nicht viel. Wahrscheinlich steckte ein Kerl dahinter, sagte er sich, vielleicht zu guter Letzt einmal etwas Ernstes. Bisher spielte sie mit den Männern und alle lagen der jungen Schönheit zu Füßen. Auf eine feste Bindung habe sie keinen Bock, sagte sie lachend zu Zeno, sie spiele lieber. Zu ihrem achtzehnten Wiegenfest hatte der Kenner der Edelsteine Virginia einen Labradoritanhänger mit Platinkette geschliffen, um ihre andauernden Schlafstörungen in den Griff zu bekommen. Leider hatte

Virginia ihm nie erzählt, ob der Stein wirkte, gesehen hatte er ihn jedenfalls nie an ihr. Dies sollte jetzt auf gar keinen Fall geschehen, deswegen saß der Meister gedankenverloren vor seiner fertigen Mahlzeit und stocherte in ihr herum. Das israelische Pfannengericht hatte ihm seine Nichte vermittelt, die es wiederum von einer Bekannten aus dem Irish Pub in der Galileo-Straße hatte. Virginia verkehrte dort am liebsten, weil sie niemand so angaffte wie anderswo. Den Onkel hatte sie einmal mitgenommen, doch ihm war es viel zu laut und fröhlich dort. Die Bekannte war eine Kriminalerin, eine jüdische Transfrau – ganz nach dem Geschmack der Nichte, die sich in der Gesellschaft ähnlich »exotischer« Wesen am wohlsten fühlte.

Wie sie in dieser Livemusik-Kneipe auf das Thema Kochen gekommen sein mochten, erschloss sich dem Steinekünstler nicht, aber das Gericht war gut. Schnell und simpel herzustellen und dazu ausgesprochen schmackhaft. Er hatte nicht nachgefragt, woher Virginia die intimen Geheimnisse der Kommissarin kannte. Unter Umständen stand die Nennnichte gar nicht auf Männer, alles Dinge, die Zeno völlig egal waren. Das Mädchen lag ihm am Herzen, womit die Idee für das Präsent geboren wurde. Da das Fundstück die ungefähre Form des menschlichen Organs hatte, sollte daraus ein pochendes Herz werden. Im Lande der Herz-Jesu-Anhänger schon beinahe ein gestalterisches Muss, hatte auch Virginia nicht so viel mit der Kirche am Hut. Wie nahe Zeno dem Innersten seiner jungen Freundin damit dennoch kommen würde, ahnte er nicht einmal im Geringsten. Schnell hatte er die Pfanne leer gelöffelt, einen Teller hatte er sich nicht genommen, und war für ein paar Stunden zu Bett geeilt. Eine ruhige Hand brauchte einen ausgeschlafenen Körper, sonst würde das nichts. Zeno radelte früh am Morgen zu seiner Werkstatt, den frisch geschnittenen Flieder im Korb und die ausgereifte Idee im Kopf.

Er arbeitete anschließend den ganzen warmen Tag. Melanie durfte nur Kaffee und ein paar Tramezini bringen und ansonsten Hochzeitsringe üben. Gold war im Atelier stets im Überfluss da. Der Chef bemerkte nicht einmal, als sie zum Feierabend die Räumlichkeiten verließ. Erst als der Magen knurrte, verschlang Zeno zwei Kaminwurzen, eine Essiggurke und zwei Scheiben Schüttelbrot. Er gönnte sich ein frisches Bier und ein Stückchen Heukäse dazu und arbeitete weiter. Schließlich rückte der Geburtstag immer näher. Begonnen hatte er seine Schleifarbeiten wie stets mit grobkörnigen Schleifblättern, denen er immer feiner werdende Schleifblätter folgen ließ. Nur zu gerne hätte seine Pallina diesen Job einmal übernommen, doch in Zenos Augen war sie bis dato nicht so weit.

Den Wechsel während des Schleifvorgangs zum nächst feineren Schleifblatt bestimmte der zu bearbeitende Stein selbst. Zeno ließ sich da gerne leiten und verwendete dafür ausschließlich Schleifmittel aus natürlichen Partikeln. Eigens aus einem Shop in Norddeutschland hatte er sich damals Schleifköpfe mit Diamant bestellt. Sie waren hart genug, um den Meranith überhaupt zu ritzen und so zu dem Werk werden zu lassen, das der Juwelier vor seinem geistigen Auge hatte. Auch schliff er nur manuell, was bereits nach kurzer Zeit zu weiteren Auseinandersetzungen mit seiner Praktikantin geführt hatte, die das für abgefahren altmodisch hielt. Heute, wo man aus dem 3-D-Drucker annähernd das gleiche Ergebnis bekam. Viel Wasser war gleichermaßen nötig, wobei Zeno eigens abgefülltes Passerwasser verwendete, um das vollendete Schmuckstück vom Staub zu befreien. Er meinte, dadurch bekäme der Meranith einen einzigartigen zauberischen Glanz.

Tief in der Nacht war er endlich fertig. Jedenfalls so weit, dass er den Stein ruhen lassen konnte. Er wollte nach Hause, um zu schlafen, denn Zeno war durch die hoch konzentrierte Arbeit wirklich hundemüde.

Vor ihm lag das blutrote Modell eines menschlichen Herzens, mit Herzkranzgefäßen und dem Netz der Blutgefäße, unglaublich fein und originalgetreu gearbeitet.

Gott, schon so spät, dachte Zeno mit einem Blick auf die Original Schwarzwälder Kuckucksuhr, die er sich aus seiner Zeit in Pforzheim mitgebracht hatte und die wie ein Fremdkörper in dem sorgfältig abgestimmten Ambiente des Ladens wirkte. Das war durchaus beabsichtigt. Wenn er morgen ausgeschlafen sein wollte, um sein Meisterwerk zu vollenden, dann hieß es, hurtig nach Hause fahren. Zeno wickelte den Stein akribisch in ein weiches Tuch, schlug es zu und steckte es in die Seitentasche seiner Jacke. Dann schnappte er sich die Fahrradschlüssel und verließ die Werkstatt. Eben wollte er abschließen und holte den Schlüssel aus der rechten Jackentasche. Dafür nahm er seinen Stein in die linke Hand, das Tuch rutschte ein wenig zu Seite. Mit dem Handy würde er zum Schluss die komplette Verriegelung vornehmen. Der Edelsteinschleifer streckte sich zum oberen Verschluss der Tür, da traf ihn überraschend der Schlag.

Ein Bolzen drang von schräg hinten in hoher Geschwindigkeit und Zielsicherheit in den Hals des leicht gebückten Mannes ein, durchschlug den Hemdkragen, seine Haut, sein Fleisch, sein Gewebe, kratzte seinen Schulterknochen an wie Butter, durchschlug die Halsschlagader und zerstörte das Leben Zeno Mittermaiers. Er spürte den schmerzenden Schlag und nahm ihn in Zeitlupe wahr. Danach schwand das Bewusstsein, er war sofort tot. Dabei sank er langsam zu Boden und glitt an der Tür entlang nach unten, wobei sich seine linke Hand öffnete und der wertvolle Inhalt auf den harten Boden kullerte. Der letzte Gedanke des Künstlers galt seiner Profession: »Mein schöner Stein«, dann verabschiedete sich Zeno Mittermaier in die ewigen Himmelsschluchten voller Quarze, Halbedelsteine, Diamanten und seinem Liebling, dem Meranith.

KAPITEL ZWEI

Reichlich angetrunken torkelte der Volksschauspieler Otto Huber vom »Theatern der Altstadt« kommend die Leonardo-da-Vinci Straße hinauf. Der dicke, glatzköpfige Mann mit ewig schlechter Laune ärgerte sich wieder einmal, wie so oft in seinem Leben. Der Ärger und der Brass auf seine Mitmenschen waren ihm derartig selbstverständlich geworden, dass er keine anderen Gefühle mehr kannte und daher gerne im Ensemble für die Rolle des griesgrämigen Alten eingesetzt wurde. Otto brauchte nur sich selbst zu spielen. Man gab in dieser Saison Kleists »Zerbrochenen Krug« und Otto den Gerichtsschreiber Licht, dessen Intriganz und Hinterfotzigkeit er perfekt zum Leuchten brachte. Gerade hatte man die geglückte Premiere mit viel Applaus vor der Bühne und viel Flüssigem dahinter gefeiert, doch Otto war, statt feinperlige Alkoholbrause aus der Sektkellerei Arunda aus Mölten zu schlürfen, dem Whiskygenuss erlegen.

Er hatte zu diesem Behufe einen kleinen Club gegründet, auf dass er nicht alleine trinken müsste. Ihm gehörten ähnlich freundliche Zeitgenossen an, die in der trauten

Runde die Feinheiten unterschiedlichster Whiskysorten diskutierten und sich im Besonderen über die Artgenossen aus der Nachbarschaft echauffierten.

Der Fünfundsechzigjährige befand auf dem Nachhauseweg zu seiner großen Vierzimmerwohnung am Pfarrplatz, die er von seiner mit neunundneunzig Jahren verstorbenen Mutter geerbt hatte und die genauso aussah – wie die Wohnung einer sehr alten Frau. Natürlich kannte er Zeno und dessen Juweliergeschäft und Atelier, in dem er bisher niemals in seinem Leben irgendetwas erstanden hatte. Er war Single, mochte das weibliche Geschlecht weder gern noch verabscheute er es, Männer hatte er als Bekannte, aber nicht als Liebhaber. Er trank lieber irischen Edelsprit und aß vorzüglich, Interesse an erotischen Dingen legte er kaum wahrnehmbar an den Tag. Das war schon immer so gewesen, zur Freude seiner besitzergreifenden und dominanten Mutter. Sie konnte Kinder nicht leiden und zeigte sich hoch erfreut, als Otto endlich erwachsen geworden war. Seine Genese war durch einen Ausrutscher der damals Mittdreißigerin auf einem Betriebsfest der größten Brauerei des Landes, wo sie als Sekretärin gearbeitet hatte, geschehen und niemals wiederholt worden. Pro forma hatte sie dann einen stockschwulen italienischen Schauspieler vom Puccinitheater geheiratet und sie beide damit gerettet. Es hieß, Otto habe sein Talent und seine Theaterleidenschaft vom Vater geerbt und bei diesem Glauben ließen sie es alle drei. Alberto war in den Achtzigerjahren an AIDS gestorben, offiziell an einer Lungenentzündung, und Otto blieb immer bei seiner Mama.

Er wähnte, Zeno habe wie er über den Durst getrunken und schliefe vor seinem Laden. Jedem hier war bekannt, dass der Inhaber oft bis weit in die frühen Morgenstunden arbeitete, so befremdlich erschien dem Mimen das nicht. Es war eine ungewöhnlich klare und milde Nacht, das war dem Künstler nach Verlassen der Bretter, die die Welt bedeuten, trotz geistiger Benebelung immerhin aufgefallen. Die Venus, nicht gerade sein Stern, leuchtete über den Dächern der Passerstadt und ein ausgesprochen heller Dreiviertelmond zeigte Otto seinen Weg. Das Firmament glitzerte wie das Collier einer der Besucherinnen der Aufführung, die Meran mit Verona verwechselte. Auf dunkelblauem Samt stellte der Südtiroler Nachthimmel all seine Schätze eigens den Bewohnern der höheren Lagen dar, die wegen des Viehs früh aufstehen mussten oder im Freien übernachteten, um schon einmal für die Herz-Jesu-Feuer im Juni zu proben. Otto beugte sich über die kauernde Gestalt und sah in der schattigen Dunkelheit der Gasse das viele Blut nicht. Er rüttelte sie. Da fiel Zeno nach vorne und der Inhalt seiner Jackentasche klackerte auf die Straße, doch der Mann rührte sich nicht. Der Schauspieler begriff – der war tot. Otto bekam es mit der Angst zu tun, denn im Laden brannte Licht.

Womöglich war der Übeltäter noch da und würde auch ihn ... Flüssigkeit verließ den älteren Herrn, der in seinem bisherigen Leben nie auffallend mutig gewesen war, und es wurde ihm schlecht. Hastig zerrte er sein Telefonino aus der Tasche auf der Rückseite seiner Hose, dabei fiel es polternd auf die Pflastersteine des Bodens. Neben ihm leuchtete ein kleiner Gegenstand fahl und weiß. Starr vor Schreck glotzte Otto durch die Glastüre des ehemaligen Schuhsalons, bereit, sofort zu flüchten, falls man es zusätzlich auf ihn abgesehen hatte. Er hob das Handy, so schnell ihn sein riesiger Bauch ließ, auf und das runde Ding, das in ein helles, dünnes Tuch eingewickelt war, gleich mit. Mit zittrigen Fingern wählte er den Notruf. Seinen erstaunlich schweren Fund versteckte der »ehrliche« Finder in der

Hosentasche und nahm im Licht des Telefons das Ausmaß dessen wahr, was er entdeckt hatte. Huber flüchtete sich zur anderen Seite des Gässchens und veranstaltete dabei Lärm, denn er erbrach sich mehrfach. Überflüssigerweise mit Sondersignal und Blaulicht kamen die Carabinieri der Nachtschicht angerauscht. Sie wechselten sich wochenweise mit Stationen der umliegenden Kommunen ab, in dieser Woche waren die Kollegen aus Meran an der Reihe.

Als der Alfa hielt, sprangen Allieva Ufficiale Patti Mayrhofer und Appuntato Toni Scarpone aus dem Wagen. Beide befanden sich, dank weißer Weste, kleiner Schulungen und »guter Führung«, auf der Trittleiter ihrer Karriere in Richtung oben. Ihr bisheriger direkter Vorgesetzter, Brigadiere Carmine Losso, Partner und Boyfriend von Patti, hatte nach der Fortbildung zum Maresciallo gleich den freigewordenen Posten im Nachbarstädtchen Lana bekommen und sie keine Ersatzkraft, bis eine neue Allieva im Frühsommer zu ihnen versetzt würde. Ihr Chef, Maresciallo Franco Marini, hatte bisher nicht ein Wort darüber verloren, wie sie das in den Griff kriegen sollten. Schon beim letzten Fall, als es um einen brutal ermordeten Politiker ging, hatten sie auf Sparflamme, dennoch mit großem Erfolg, ermittelt. Auf die Dauer würde der Dienst mit nur drei Carabinieri, wie ursprünglich für diese Planstelle geplant und jahrelang so durchgeführt, nicht zu halten sein.

Meran, Sinich und Burgstall vergrößerten sich mehr und mehr und damit die Probleme. Feldwebel Marini, so die korrekte Übersetzung seines militärischen Rangs ins Deutsche, mit der Kollege Ohnewein ihn seit Neuestem ärgerte, hatte zusätzlich noch andere Sorgen. Sie setzten sich einerseits aus dem enormen Potenzial an angehäuften Überstunden zusammen, das durch den fehlenden dritten

Mann/Frau entstand. Andererseits waren da die Vorbereitungen auf seine Hochzeit. Jawohl, Hochzeit. Fast mochte er schon nicht mehr in die ungläubigen bis spöttischen Gesichter blicken, wenn er die Einladungen verschickte und übergab, so sehr war er als eingefleischter Single in der Stadt bekannt. Seine süditalienische Verwandtschaft fiel vom Glauben ab und diese hatte er completamente einzuladen, wollte er nicht als Fischfutter im Tyrrhenischen Meer landen.

Die Überlegungen, wo und wie, wie lange, welches Catering, welche Musik, live oder vom Band, überlagerten kaum die brennend wichtige Frage, was er anziehen sollte. Denn für einen der üblichen Hochzeitsanzüge fühlte er sich nicht nur zu alt, sondern vor allem wenig geeignet. Nicht sein Stil. Der Zufall wollte es und die – inzwischen nicht so ganz neue – Kommissarin Grüner liebte Mode und zickte nicht mit ungewöhnlichen Kreationen. Franco überlegte, mit ihr zu diesem außergewöhnlichen Modedesigner in Prissian zu fahren, den er beim letzten Fall mit dem Bowiemesser kennengelernt und dessen Visitenkarte er aus göttlicher Fügung gut aufgehoben hatte. Sir Lady Aisenhoover, ein schillernder Exot in diesen Gefilden. Er trug gerne Springerstiefel unter einem Faltenrock und eine bunt gefärbte Haarsträhne auf dem ansonsten glatt rasierten Schädel. Da er diesen Look seit zwanzig Jahren kultivierte, war er ein echter Trendsetter und vor allen Dingen eines: mutig. Marini hat sich im vergangenen Frühling die Seite des Paradiesvogels neugierig angeschaut und festgestellt, dass Norbert, wie er bürgerlich hieß, ein ausgesprochen talentierter Schneider war. Bestimmt würden Isabel Grüner und der Meister helfen, das passende Bein- und Überkleid für den Maresciallo zu finden.

Seine Braut Florentine war seit dem Antrag schon im

Bilde, was sie tragen würde. Das Hochzeitskleid ihrer Mutter, 1970er-Jahre, damit echt vintage und absolut adäquat für die ungewöhnliche Frau, die ein unnachahmliches Antiquariat ihr Eigen nannte. Sie wurde ein klein wenig übertroffen von der besten Freundin ihrer Mutter, der »Hexe vom Sonneberg«, Kräuterfachfrau Elisabeth Premstaller. Ihr gehörte einer der schönsten Blumen-, Obst-, und Kräutergärten der gesamten Provinz und Florentine versuchte gerade, mithilfe ihrer Mama Elisabeth dazu zu überreden, diesen für die Hochzeitsfeier zur Verfügung zu stellen. Es erwies sich als schwieriger als angenommen, denn die »Hexe« schätzte Fremde nicht in ihrem Reich. So zerbrachen sich Braut und Bräutigam abwechselnd ihre Köpfe, Lösungen glücklicherweise in Sicht. Mayrhofer und Scarpone jedenfalls wollten auf die jeweils nächste Stufe der Carabinieri-Karriereleiter und die Aussichten standen auf günstig.

Toni, der Beifahrer, war zuerst bei der Leiche, während sich Patti Mayrhofer um den bleichen Otto Huber kümmerte. Es war vier Uhr dreißig. In den umliegenden Wohnungen gingen die Lichter an. Erstes Morgengrauen war nicht vor sechs Uhr zu erwarten, aber ein allererstes Grauen an diesem Morgen erwartete sie hier. Der Mann sah fürchterlich aus. Auf seinem Gesicht malte sich Erstaunen, als habe er sich gefragt, was da wohl mit ihm passiert wäre. Toni schloss ihm die Augen, denn selbst nach etlichen Todesfällen in seiner jungen Laufbahn konnte er noch immer nicht in die gebrochenen Lebenslichter eines Toten sehen. Der Ausdruck darin war schauerlich und mit nichts zu beschreiben. Sein Großonkel, der im Zweiten Weltkrieg Pilot bei der italienischen Luftwaffe gewesen war, hatte dem Jungen einmal erzählt, man dürfe nie in die Augen eines abstürzenden Kameraden, auch nicht des Feindes, blicken, dann würde man verrückt.

Guiseppe hat es wohl doch getan, denn er galt nach seiner Rückkehr aus dem Krieg als pazzo vecchio, obwohl er damals erst fünfundzwanzig war und kein »verrückter Alter«.

Patti Mayrhofer beschäftigte sich damit, die Aussagen Ottos zu dokumentieren. Sie fragte ihn, ob er lieber ins Krankenhaus wolle nach diesem Schock, doch Huber bat darum, einfach nur nach Hause gehen zu dürfen. Er wohne nicht weit und das könnte er ohne Hilfe schaffen. Da er offenkundig keine Waffe bei sich trug, nachdem Toni ihn abgetastet hatte, durfte er »sich schleichen«. Wie ein fett gewordener Hase schlug Huber Haken durch die schmale Gasse und war bald in der hier noch herrschenden Dunkelheit verschwunden. Toni und Patti bemühten sich, trotz der bleiernen Müdigkeit der durchgearbeiteten Nacht durch das Adrenalin wie aufgeputscht, die größer werdende Menge an Einheimischen wegzuscheuchen. Die Verstärkung aus Bozen war bereits angefordert. Beinahe jeder der Umstehenden vermutete einen Raubmord, schließlich hatte der Juwelier und Goldschmied stets Edelmetalle und Edelsteine im Haus. Zudem galt er als »stinkreich« und es brannte Licht im Laden des als umweltbewusstem Ökofuzzi bekannten Inhabers. Am Ende war der Mörder noch zur Stelle und es gäbe richtig was zu sehen. Viele der Anwohner fehlten in dieser Herrgottsfrühe, aber es sprach sich wie ein Lauffeuer herum. Das Sondersignal hatte die meisten Bewohner der Leonardo-da-Vinci-Straße aufgescheucht, diejenigen jedenfalls, die nicht im Koma einer durchzechten Nacht lagen.

In Windeseile waren wie bei einem babylonischen Sprachengemisch allerhand verschiedene Stimmen und

Stimmlagen zu vernehmen, der Name Zeno fiel ununterbrochen, Gruseln war zu spüren. Arme hielten Handys zum Filmen nach oben, das Wort Raubmord wurde am häufigsten gewählt und sofort war die Gerüchteküche am Brodeln. Von räuberischen Ausländerbanden war die Rede, von der LGBTQIA+-Gemeinde, der man nicht trauen könne, und dem arroganten Schweizer Ehemann, der statt hier in Kapstadt wohne, alles komisch und nicht normal. Kein Wunder, dass ... bla bla, hätte man ahnen können oder hatte sogar geahnt. Meran wäre schon lange nicht mehr Meran, viel zu viele Fremde hier, nun wäre man sogar hier mitten in der Altstadt mit Haut und Haaren ausgeliefert ... – die komplette Tonleiter des nachbarschaftlichen Stiegenhausgeschwätz, mit dem jeder Einzelne von ihnen versuchte, einen gierigen Blick auf die entstellte Leiche zu werfen. Toni reichte es.

»Wir haben sämtliche Namen und Adressen und werden einen jeden von euch befragen und die Zeugenaussagen aufnehmen. Aber jetzt, Signori, geats alle pronto nach Hause. Wer sich nicht dran hält, der darf auf der Wache im schönen Einzelzimmer übernachten, und zwar sofort und ohne Kaffee.«

Es wirkte. Man hörte im beginnenden Morgen separate Rufe, ob dort überhaupt Platz neben die vielen Viechern wäre, doch sie verzogen sich. Die ganze Stadt war darüber in Kenntnis, dass bei den Carabinieri ungesetzlicherweise nicht nur eine Katzenmama ihre Jungen aufgezogen, sondern auch ein Papagei gewohnt hatte und ein Dackel mit Liebeskummer versorgt worden war. Wem derzeit gerade Zuflucht gewährt wurde, war noch nicht bekannt. Lukrezia di Lorenzini war verständigt und unterwegs. Normalerweise bemühte sich die überregional bekannte Gerichtsmedizinerin sehr um die strikte Einhaltung ihrer

Nachtruhe, der Konzentrationsfähigkeit bei ihrer Arbeit und der Schönheit ihrer Haut wegen. Seit einiger Zeit jedoch kamen Mails und andere Nachrichten zu nachtschlafender Stunde aus ihrer Wirkungsstätte. Patti nahm sich vor, sie einmal, bei passenderer Gelegenheit, darauf anzusprechen. Jetzt hatte sie mithilfe des Kollegen ein Absperrband gespannt und schaute sich den Toten genauer an. Mit der Taschenlampe leuchtete sie den sterblichen Überresten Zeno Mittermaiers ins Gesicht.

»Ma dai«, entfuhr es ihr und sie blickte kurz zum Kollegen.

»Nein, Patti, schön schaugt der nimmer aus«, antwortete der künftige Brigadiere. Der Hals des Opfers quoll über vor Blut und beiden Polizisten schien es, als ob sie auf der Höhe des Kropfes etwas Metallisches schimmern sähen, eine Spitze aus vier Kanten. Toni sagte erschüttert zu seiner Kollegin:

»Das sieht aus wie das obere Ende eines Armbrustpfeils«, da quietschte neben ihnen ein nagelneues Vierer Coupé Cabrio einer berühmten bayrischen Automarke, noch dazu mit Rosenheimer Kennzeichen. Patti Mayrhofer schüttelte ihr schönes blondes Haupt.

»Als Staatsvertreterin sollte sie eigentlich ihre Steuern korrekt zahlen«, bemerkte sie angesichts der Tatsache, dass die wohlverdienende Gerichtsmedizinerin ihr teures Auto wie viele andere Südtiroler in München geleast hatte, um die enorm hohe italienische Kfz-Steuer zu umgehen. Lukrezia di Lorenzini schälte sich aus dem Sitz, zupfte ihre Cargo-Arbeitshose für unangenehme Einsätze zurecht, grüßte die beiden und machte sich an ihre Arbeit. Der Tumult um die Leiche und die drei Beamten wurde immer größer, glücklicherweise war das Bestattungsunternehmen unterwegs. Bis dahin konnte Lukrezia eine frühe Einschätzung der Situation abgeben.

»Der Schütze sollte nicht sehr weit weggestanden haben und etwas kleiner als der Tote gewesen sein. Dieser Mensch wurde tatsächlich mit einer Armbrust erschossen. Der Schuss ging von seitlich unten durch die Schlagader des Halses in den Rachenraum, wo die Spitze stecken blieb. Daher das viele Blut. Der Mann erlitt sehr wahrscheinlich einen Schock und war bereits im Koma, als er endgültig starb.«

Im Gegensatz zu ihrer sonstigen Angewohnheit, in epischer Breite und ausführlich ihre beruflichen Qualifikationen kundzutun, schwieg die Medizinerin dann und Carabiniera Patti fiel der blasse Teint der sonst makellosen und braun gebrannten sportlichen Frau auf. Lorenzini nickte, rief im Weggehen:

»Wie immer mehr, sobald ich mehr weiß« und hievte erstaunlich schwerfällig ihren schlanken Luxuskörper auf den Fahrersitz. Dann brauste sie davon. Beinahe hätte sie dabei den Leichenwagen gerammt, der von unten in die schmale Gasse einbog.

»Irgendetwas stimmt mit der nicht«, grübelte Patti, doch Toni interessierten die Befindlichkeiten der, wie er fand, hochnäsigen Akademikerin nicht. Dann drängte er zusammen mit der Kollegin erneut die Anwohner nach Hause, die Befragung der Nachbarn musste bis später warten. Als gemeinsam mit der Spurensicherung die Kommissare Ohnewein und Grüner endlich angekommen waren, fuhren Mayrhofer und Scarpone in die Station zurück, um einen ersten Bericht anzufertigen und den Maresciallo aus dem Bett zu werfen.

KAPITEL DREI

Der frühe Vogel Polizeipräsident Matthias Ohnewein hatte von seinem Bürofenster aus ein großes Vogelpaar nicht nur beim Nestbau beobachtet, sondern später beim Brüten und jetzt beim Füttern. Seit seiner schweren Operation im letzten Jahr, bei der er zu vierzig Prozent hätte sterben können und seit der er mit einem Röhrchen im Oberbauchbereich gut weiterlebte, dachte er häufiger als früher über das Leben nach. Es war ihm bewusster, wie schnell alles auch bei einem selbst vorbei sein kann und wie sehr seine Lebensgefährtin Carmen recht hatte, wenn sie ihn aufforderte, das Leben jede Minute zu genießen.

Bei seinem Job und dem Elend, mit dem er tagtäglich konfrontiert war, kein leichtes Unterfangen. Doch er gab sich Mühe. Carmen war wertvoll für ihn, nicht nur nach der zerbrochenen Ehe. Sie brauchte ihre Freiheit und ließ ihm die seine. Trotzdem waren sie füreinander da. Wie diese fleißigen gefiederten Eltern. Ab April waren dem aufmerksamen neuen Polizeichef die Rabenkrähen hoch oben im Wipfel einer mageren Kiefer aufgefallen und er tat seine Beobachtungen laut im ganzen Büro kund. Inzwischen waren drei kleine schwarze Vögel geschlüpft und nach einer Woche des Ästelns in weite Fernen abgezwitschert. Wäre seine Carmen nicht so heimatverbunden, würde er – Klimakrise hin oder her – sehr gerne wieder einmal eine richtige Fernreise unternehmen, so wie Kollege und Freund Franco Marini. Der war im letzten Jahr sogar für drei Wochen völlig aus dem Blickwinkel verschwunden, bis nach Neuseeland. Dafür schipperte der nun in den festen Hafen der Ehe, etwas, das der geschiedene Kommissar schon lange hinter sich hatte.

»Jetzt seins weg, die ucellini«, sprach er mit Blick auf das verwaiste Nest vor sich hin, und nur Büroleiterin Ursel hörte sein Wehklagen. Thomas Prinoth, der sich gerne endgültig von Bozen nach Meran hatte versetzen lassen, und Kommissarin Isabel Grüner waren unterwegs. Nach dem Politikermord vom letzten Jahr war es einigermaßen ruhig im Städtchen an der Passer geblieben, Delikte in Sachen Zuwanderung und Fremdenhass hatten leider überhandgenommen, zusätzlich Wirtschaftskriminalität. Damit waren die Kollegen derzeit fast ausschließlich beschäftigt, denn gerade die Mehrsprachigkeit eröffnete Betrügern via Mobiltelefon Türen und Tore. Das war dennoch nichts gegen die Cyberkriminalität, mit der sich nun sogar die nördlichste Provinz Italiens beschäftigen musste und erkannte, dass die goldenen Zeiten Südtirols als Insel der Seligen allmählich ein Ende fanden. Ständig jammerte es aus Ohneweins Kabuff, das er als Reminiszenz an den legendären Hubert Pixner, seinen markanten Vorgänger, wie heilige Hallen fast unberührt übernommen hatte.

»Das hübsche Nest, das die beiden so emsig zusammengetragen und gestaltet haben, ist nun leer. Verlassen, still und ruhig. Kein fröhliches Gezwitscher mehr (das sowieso nicht von den Krähen kam), jetzt zieht der heiße Sommer ein«, philosophierte der Dienststellenchef vor sich hin.

»Oschpele, Boss, da nehmens halt ein paar andere die Immobilie, g'baut ist ja schon«, hatte sich die Dame in Grün aus dem Vorzimmer, die die Berichte über das Vogelfamilienleben seit Anbeginn nervten, mokiert. Sie sah immer nur die Hinterlassenschaften der Tiere auf dem Asphalt vor dem Kommissariat in der Meinhardstraße und bemühte sich, nicht versehentlich hineinzutreten. Heute war Ohnewein von den Kollegen aus der Petrarcastraße aus dem Bett geworfen worden, Grüner und Prinoth waren vor Ort. Die Nachricht kam von Carabiniera Patti Mayrhofer, und diesmal fragte sie nicht, wie es eigentlich seinem Ex-Dackel Eugen ginge. Der Hund hatte während Ohneweins Klinikaufenthalt vor Monaten die Stelle des Dienstmaskottchens, das vorher Streunerkatze Molly innehatte, eingenommen und wurde gelegentlich vermisst. Er lebte inzwischen – Ohnewein war zeitlich überfordert mit der Fürsorge um einen anspruchsvollen Mitbewohner – bei einer tierlieben Frau in Bozen, die gleichzeitig polizeifreundlich war: Luna, das Love Interest von Kommissar Thomas Prinoth. Wegen ihr, aber nicht ausschließlich, blieb der vorerst in der Landeshauptstadt wohnen. Denn sein Zuhause hatte Seltenheitswert, es war ein sogenanntes Semirurale im Stadtteil Don Bosco.

Bozen als alte Handelsstadt war Ende der 1930er Jahre durch große Werke in der Industrie und die Zuwanderungspolitik der damaligen faschistischen Regierung neu strukturiert worden. Um die Migration von Arbeitskräften aus dem Süden Italiens zu fördern und das zahlenmäßige Verhältnis zwischen deutsch- und italienischsprachiger Bevölkerung im ehemals österreichischen Südtirol umzudrehen, wurden für die Angestellten in den Außenbezirken der Stadt zahlreiche kleine Häuser mit Gemüsegärten erbaut. Man nannte sie Semirurali, also »halb ländliche« Häuschen, die hier zu Hunderten entstanden und bewohnt wurden. Leider wurde der Großteil von ihnen in den 1980er-Jahren abgerissen, um große Mehrfamilienhäuser mit Miet- und Eigentumswohnungen zu errichten. Eines der wenigen erhalten gebliebenen Häuser befand sich heute im Stadtviertel Don Bosco, und in ihm lebte Thomas Prinoth. Er liebte das Häuschen, das ihm seine italienische Nonna hinterlassen hatte. Die Gartenarbeit erwies sich als der einzige Sport, den er für sich zuließ. Inzwischen spielte hier gelegentlich ein frecher Rauhaardackel, den eine gewisse Dame mit feuerroten Haaren mitbrachte. Ohnewein ließ von der, im Vergleich zu seinen Kommissaren, äußerst pünktlichen Vorzimmerdame Ursel einen der beiden Kollegen am Tatort anrufen, Grüner meldete sich.

»Auf den ersten Eindruck könnte es sich tatsächlich um einen Raubmord handeln, Chef«, klärte ihn die modulierte dunkle Stimme auf. Im Hintergrund war Thomas Prinoth zu hören, der die skandalhungrigen Nachbarn nach Hause schickte, die immer wieder zum Ort des Geschehens kamen. Kein problemloses Unterfangen, da jeder etwas dazu zu sagen und natürlich eine wichtige Meinung hatte. Ohnewein lauschte und die Kollegin sprach weiter.

»Im Laden war Licht und einige der Vitrinen sind aufgebrochen und leer. Es gibt einen blutigen Schuhabdruck im Geschäft, der mittelgroß erscheint. Den knöpft sich zurzeit die Spurensicherung vor, unser Stefan ist trotz früher Uhrzeit wieder einmal bestens gelaunt vor Ort«, beendete sie das erste Informationsgespräch. Der Chef der SpuSi, Stefan Oberhofer, war immer freundlich und höflich, exquisit gekleidet und machte sich bei Besuchen im Kommissariat stets über die Süßigkeiten in Ursels Schälchen her. Es stand auf ihrem Schreibtisch und Ohnewein vermutete, dass es eigentlich nur für den hübschen blonden Mann befüllt wurde. Die anderen bekamen sofort einen Klaps auf die Finger, wollten sie sich bedienen, und mussten brav um Ursels Erlaubnis bitten. So ist das Leben, überlegte sich der Chef, nehme ich auch nicht wieder zu.

Carmen würde es gefallen. Er fasste seit geraumer Zeit eine gemeinsame Wohnung ins Auge, jetzt, wo er nach der Beförderung mehr Geld verdiente. Niemals hätte er geahnt, dass nicht nur er Pläne in Sachen WG hatte. Bei den Carabinieri wandelte man ebenfalls auf Freiersfüße und wollte keine halben Sachen mehr machen. Mit äußerst unterschiedlichen Ergebnissen. Matthias Ohnewein schaute auf seine moderne Uhr eines amerikanischen Herstellers, der zu Beginn seines kometenhaften Aufstiegs Computer hergestellt hatte. Sie erzählte ihm, es sei Zeit für einen weiteren Kaffee und er mochte den bei den Carabinieri in der Petrarcastraße ausgesprochen gerne. Zwar besaßen sie dort inzwischen sogar eine kleine elektrische Kaffeemaschine, aber noch immer holte Appuntato Toni Scarpone für auserwählte Gäste aus der Bar nebenan frischen Espresso. Und der war ganz einfach richtig gut, ein echter italienischer Kaffee. Eine perfekte Gelegenheit, sich mit Maresciallo Marini zu unterhalten.

KAPITEL VIER

Polizeichef Ohnewein machte sich neuerdings einen Spaß daraus, seinen Freund als Feldwebel zu bezeichnen statt als Maresciallo. Franco ärgerte sich, denn das Wort hörte sich sehr nach den Auswirkungen des italienischen Faschismus an, mit der seine Familie vor hundert Jahren keine Liebe verbunden hatte. Das allerdings erzählte er Hias, wie nur gute Kollegen und Nahestehende den Polizeichef nennen durften, nicht. Was die Deutschen seinerzeit angerichtet hatten, war Geschichte, und er hatte keinerlei Anwandlungen, in alten Wunden herumzubohren. Der Kollege würde, je weniger er auf den Spleen einging, mit der Zeit damit aufhören, dessen war er sich sicher. Sie hatten seit einigen Monaten den Fuhrpark aufgerüstet bekommen, genauso wie die Carabinieri. Nagelneue und schicke E-Bikes standen zur Verfügung, für das Oberhaupt keine Spezialausgabe, sie waren für alle gleich. Ohnewein nahm sich irgendeines und sauste damit durch den autoreichen Meraner Verkehr zur Carabinieristation. Am Morgen verstopfte der Berufsverkehr aus dem Vinschgau und aus dem Passeiertal die Stadt, die Taxis kamen nicht durch und die Fahrrad- oder E-Rollerfahrer lebten gefährlich.

Er wählte den Weg an der Passer entlang, die wegen des ausgebliebenen Schnees des letzten Winters wenig Wasser hatte. Riesige Kiesel glänzten golden in der Morgensonne, der Wildfluss plätscherte aufgeregt in Richtung Etsch. »Da gurken sie neuerdings auf diesen Stand-up Paddles herum«, hatte er noch die näselnde, leicht verächtliche Stimme Ursels im Ohr, die ihm kürzlich davon erzählte. Ein süßlicher Geruch in der Luft kündete vom Blühen der Eschen.

Bald würde der Balkon seiner kleinen Wohnung in Algund wieder mit einem Teppich der weißen Blüten bedeckt sein und augenblicklich war er froh, Dackel Eugen nach Bozen abgegeben zu haben. Der hatte damit ebenso gerne gespielt wie mit Schnee und anschließend musste, um alle vertrockneten Pflanzenreste aus den Ecken zu bekommen, die Wohnung renoviert werden.

Noch bevölkerten keine Touristen die Uferpromenade, er fuhr das Bike richtig aus. Schnell kam er auf der Wache an und stritt mit Katze Molly darum, wer von beiden nun zuerst Maestro Marinis heilige Hallen betreten dürfe. Anfangs schlich sie Ohnewein zwischen die Beine, so dass er um ein Haar hingefallen wäre, dann tigerte sie vor der Milchglastür hin und her und schließlich gab sie beleidigte Miau-Töne von sich, als ob es umgekehrt wäre und Ohnewein ihr im Weg herumstünde. Der schimpfte. Als es dem Polizeichef endlich gelang, die Tür zu öffnen, schlüpfte die freche Katze flugs hinein und war verschwunden. Marini saß hinter seinem Schreibtisch und lachte. »Ohnewein, Matthias, und die Frauen – ein Drama in mehreren Akten«, kommentierte er die Szene mit dem Raus-und-Rein und nahm im Augenwinkel wahr, dass Molly soeben wieder auf dem Weg zur Tür war. Schnell stand er auf, drückte dem Freund und Kollegen die Hand und entließ das Tierchen in die Freiheit, das umgehend vor der Station sitzend zu klagen begann.

»No, gatto«, schimpfte nun der Herr des Hauses, »basta, es reicht, Hias, meinst du nicht auch?«

»Was zu viel ist, ist zu viel. Ich wusste nicht einmal, dass Madame wieder bei euch ist«, verriet Ohnewein. »Wobei das nicht der Grund meines Erscheinens ist, ich bräuchte einen feinen Kaffee um diese Uhrzeit«, grinste er keck.

»Ups, mein Lieber, da musst du leider mit der Kaffeemaschine vorliebnehmen. Toni und Patti habe ich nach Hause geschickt, die hatten Nachtschicht und waren reichlich blass um die Nase. Der Anblick der Leiche aus der Da-Vinci-Straße war nicht sehr prickelnd. Habe vorhin die Fotos gesehen, jetzt ist sie auf dem Wege in die Pathologie. Du wirst deswegen persönlich hier sein, nehme ich an«. Während er dies alles sagte, hatte sich Marini an der Espressomaschine zu schaffen gemacht und Ohnewein sich hingesetzt.

»Richtig, mein Feldwebel, schließlich war Zeno Mittermaier ein prominenter Bürger dieser Stadt«.

»Ja, schon wieder«, stimmte Marini in Anspielung auf das letzte Mordopfer und auf diese Rangbezeichnung zu. Vielleicht würde er Matthias doch bitten, diesen deutschen Ausdruck nicht mehr zu benutzen, es nervte ihn zusehends. »Wohlhabend bis reich war er, und, falls ich die Klatschpresse richtig im Hinterkopf habe, verheiratet, keine Kinder, auch nicht adoptiert. Denn sein Ehepartner ist ein Mann«, fügte er hinzu.

Um auf dem Laufenden zu sein, las er, manchmal mit Widerwillen, jeden Morgen die beiden deutschsprachigen

Tageszeitungen und die beiden italienischen. Den Namen Zeno Mittermaier kannte er zusätzlich von seiner Schwester Daniela, genannt Daisy, Kunsterzieherin. Sie lebte mit ihrer Freundin zusammen in Dorf Tirol in der Nähe vom »Schwammpoulder«, dem Becken eines kleinen Wasserfalls, und war damit quasi Zenos Nachbarin. Dorf Tirol war wirklich ein Nest. Zu ihrem Arbeitsplatz, der Peter-Rosegger-Schule am Sandplatz, brauchte Daisy nur mit dem kleinen Sessellift zu fahren, der sie in der Galileistraße am Boden absetzte, und durch die Lauben zu ihrem Arbeitsplatz zu eilen. Auto nicht notwendig, im Winter fuhr der Bus hoch und es gab eine Treppe hinter der Stadtpfarrkirche, die die sportliche Frau oft nahm. Marini beneidete sie manchmal darum. Zusätzlich liebte sie den ausgefallenen Schmuck ihres Dorfmitbewohners und trug solche Stücke gerne zu den häufigen Vernissagen in Meran. Er und Daisy trafen sich unregelmäßig im Kunstcafé zu einem späten Frühstück an Samstagen, sie verstanden sich gut.

»Ehepartner, Eltern, Kinder, Geschwister, Onkel und Tanten? Erbberechtigte außerdem, falls es kein Raubüberfall sein sollte,« spekulierte der Maresciallo. »Da sitzt schon unsere Ursel dran, und – du denkst nicht zwangsläufig an einen Raubmord, Kollege?«

Da klingelte das Diensttelefon, das Marini auf sich umgestellt hatte. Es ist wirklich Zeit für eine neue Kraft, dachte er und nahm genervt ab. Nach seiner Begrüßung mit pronto war von ihm nichts mehr zu hören. Ohnewein hörte eine rauchige Stimme im Stakkato-Italienisch und betrachtete inzwischen die drei großen Aloe-Vera-Stöcke in verzierten Terrakottatöpfen, mit denen Mitarbeiterin Patti Mayrhofer die Räumlichkeiten geschmückt hatte. Die wurden zwar offensichtlich gegossen, aber nie entstaubt.

Eine mittelgroße braune Spinne hangelte sich eben von einem der dicken Finger der Pflanze ab und baute ein schmuckes Netz. Marini legte endlich auf, sein rechtes Ohr war geschwollen und rot angelaufen, so jedenfalls erschien es seinem Kollegen. »Uffa«, meinte der Maresciallo, »meine Gebete wurden in Rom erhört, wir bekommen doch jetzt schon die neue Carabiniera, das wird Patti und Toni sicher freuen. Die zwei begehen demnächst noch Verzweiflungstaten. Elsa Ruatti, sie stellt sich demnächst vor. Allerdings«, er machte eine Pause, die er mit einem Seufzer füllte, »die Dame kommt aus Caserta und spricht schlecht Deutsch. Habe irgendwie ein ungutes Gefühl.«

Dieses war bei dem Maresciallo immer von Bedeutung, Ohnewein war damit vertraut und daher lenkte er zielsicher ab.

»Eventuell kann sie ja sogar beim neuen Fall behilflich sein. Vorher aber würde ich gerne wissen, warum du Zweifel am Raubmord hast«.

»Den Fotos und Pattis Instinkt nach zu urteilen – ich schlage vor, wir beide fahren mal gleich hin – hat jemand schnell ein bisschen was zusammengerafft und ist dann verschwunden. Man hätte deutlich mehr mitgehen lassen können.«

»Vielleicht wurde die Person gestört, Franco«.

»Um diese Uhrzeit?« Der Maresciallo wunderte sich.

»Da sind sogar die letzten lonely hearts aus der Nochtkaschtl-Lounge am Domplatz lange zu Hause im Heiabettchen. In der Nacht vom Montag auf Dienstag schließen die um ein Uhr, Dienstag Ruhetag. Trotzdem hast du recht und man sollte diesen Aspekt nicht außer Acht lassen.«

Damit schloss er seine ersten Überlegungen zum neuen Fall. Während die beiden Herren auf ihren Dienstfahrzeugen in Richtung Lauben radelten, stellten sie fest, dass sich die Stadt in der dreiviertel Stunde, die sie gemeinsam in der Wache verbracht hatten, reichlich gefüllt hatte. Die Luft drückte jetzt schon, es könnte schwül werden, zusätzlich waren Hitzegewitter gemeldet. Viel zu früh im Jahr und für den umweltbewussten Marini ein weiteres klares Zeichen für den Klimawandel. Kaum Schnee im Winter, früh hohe Temperaturen im Sommer, fast kein Regen. Was die Wanderer freut, ist der Region und vor allem der Tiere Leid. Was würden er und Florentine am nächsten Sonntag vorfinden, wenn sie die geplante Wandertour durchführten? Schon waren sie am Tatort, den einige Polizisten bewachten, obwohl die Leiche abtransportiert worden war. Stefan Oberhofer befand sich mit seinen Leuten an Ort und Stelle und besprach etwas mit Kommissarin Isabel Grüner. Thomas Prinoth sahen sie auf den ersten Blick nicht.

»Hoi«, rief Stefan und Grüner streckte die Hand zu Marini aus, der zuerst vom Fahrrad abgestiegen war. Als sie Ohneweins suchender Miene gewahr wurde, meinte sie:

»Thomas ist schon ins Büro gefahren, es gibt ja nun eine ganze Menge zu tun und zu organisieren.«

Ohnewein nickte und betrat mit Oberhofer zusammen das Geschäft, während sich Franco Marini einen Überblick über den Fundort der Leiche verschaffte.

»Das Erstaunlichste ist die Tatsache, dass zwar Schmuck geraubt wurde, aber bei Weitem nicht alles«, erklärte Oberhofer die leeren Vitrinen. Dem Polizeichef fiel sofort auf, dass es nur die vorderen Auslagen waren, die zertrümmert und blank geräumt waren.

»Komisch, dass die Alarmanlage nicht losging«, meinte er. »Vielleicht vergessen, sie anzustellen oder, wahrscheinlicher, man kann sie von außen per Funk aktivieren und das Opfer kam nicht mehr dazu?«, überlegte der SpuSi-Chef.

Franco Marini schritt in den Laden. Auf der Straße sah man Isabel Grüner auf ihrem schicken Scooter in Richtung Freiheitsstraße davon rollern.

»Es schaut ganz danach aus, als wäre der Mann mit einer Armbrust erschossen worden«, sagte der Maresciallo verwundert. Ohnewein und Oberhofer sahen sich an.

»Dann ist der Fall ja jetzt schon aufgeklärt, es kann nur der Schweizer Ehemann gewesen sein«, brummte Marini, sich der Seichte seines Scherzes wohl bewusst. Als Stefan Oberhofer ihn strafend anschaute, setzte er hinzu:

»Ich weiß das von Daisy, das mit dem Eidgenossen. Die hat sich offenbar regelmäßig, wenn der mal hier war, mit dem auf Vernissagen herumgestritten. Sie meinte, der Kerl wäre der einzige schwule Mann, den sie kennt, der regelrecht frauenfeindlich wäre.«

»So selten ist das gar nicht«, funkte Oberhofer dazwischen, gewillt, eine Story aus seinem reichen Berufsleben zum Besten zu geben, doch Marini hatte Wichtigeres mitzuteilen.

»Erst kürzlich hat sie mir, immer noch reichlich erbost, bei unserem Frühstück im Café Kunst berichtet, dass der ernsthaft behauptet, Frauen wären heute nicht nur völlig gleichberechtigt, sondern sogar privilegiert!«

»Ach, dann lassen wir den am besten von Isabel Grüner befragen, das wird ein Spaß«, freute sich Ohnewein, dem die Harmoniesucht seines Freundes und Kollegen manchmal auf den Wecker ging. Derweil blickte Oberhofer vom einen zum anderen, steckte die Daumen in die Gürtellaschen seiner dunkelgrünen Jeans und murmelte dann:

»Amici, ich mach mich mal vom Acker. Es gibt eine Menge zu tun. Lukrezia hat das Geschoss sicher schon in die KTU geschickt. Sie war erstaunlich kurz angebunden und wirkte bedrückt. Ich denke, ich lade sie mal zu einem Correto in die Bar ein«, schloss er seinen knappen Monolog.

Stefan konnte gut mit Frauen, vorzugsweise Kommissariatssekretärin Ursel, sonst ein Fels in der Brandung männlicher Charmeoffensiven, lag ihm quasi zu Füßen. Unter den weiblichen Mitarbeitenden der gesamten Polizeibehörden war bekannt, dass man mit Stefan Oberhofer einen effizienten Freund zum Reden hatte, und das, obwohl er nicht homosexuell war. Ein Ausnahmemann, wie es eben welche geben muss. Freilich zählten sich Thomas Prinoth, Matthias Ohnewein und selbstverständlich Franco Marini auch dazu. Heimlich, still und leise. Ohnewein und Marini tänzelten um den blutigen Fußabdruck herum, der bereits vermessen und fotografiert worden war.

»Mit einer Armbrust erschießt man nicht eben so mal jemanden, das muss geplant gewesen sein«, sinnierte Marini, wobei ihm der Polizeichef zustimmte. »Aber würde man tatsächlich für einen Raubüberfall ein solches Geschütz mit herumschleppen? Und warum gleich erschießen? Die Uhrzeit passt für mich nicht mit einem gezielten Diebstahl zusammen. Ich meine, der geklaute Schmuck ist ein Nebeneffekt, um abzulenken.«

»Was nun auch nicht so wirklich viel Sinn ergibt, wovon denn ablenken, vom Mord etwa?«, bot Marini Paroli. »Nein, Franco, eher vom eigentlichen Motiv, das wahrscheinlich nicht im Interesse an Gold lag, sondern ganz woanders. Eventuell hatte Mittermaier Feinde oder gar Neider. Deine Leute müssen unbedingt so schnell wie möglich die gesamte Nachbarschaft befragen und meine die Hintergründe recherchieren.« Er stoppte.

»Mist, ich habe Stefan vergessen, zu fragen, ob sie ein Handy gefunden haben.« Matthias Ohnewein zog seines aus der Tasche und schickte Oberhofer eine Nachricht.

»Wir sollten gleich eine WhatsApp-Gruppe einrichten, damit alle immer gleichzeitig informiert sind. Ich will euch«, womit er die Carabinieri aus der Petrarcastraße meinte, »unbedingt wieder mit im Boot haben«, befahl der oberste Polizist schon beinahe. Marini grinste sich eins. Eine Sekunde später ploppte die Antwort auf.

»Ist in der KTU«, informierte ihn der SpuSi-Mann. »Franco, was hilfreich wäre: Wenn deine Schwester Daisy den Zeno so gut kannte, magst du mal ein wenig mit ihr plaudern? Könnte etwas bringen, wenn sie ebenso klug ist wie du«, schmeichelte Ohnewein viel zu auffällig. Eine Schwäche, die er als höchste Instanz vor Ort hatte aufgeben wollen, in die er allerdings immer wieder zurückfiel. Er sah den gequälten Gesichtsausdruck seines Kollegen und versuchte, die Lobhudelei rückgängig zu machen.

»Komm schon, Feldwebel.« Das ging komplett daneben. Marini holte hörbar Luft, lächelte dann liebenswürdig und antwortete:

»Sicuro werde ich mit Daniela reden, das hatte ich ohnehin vor. Wobei es keine allzu enge Verbindung mit dem Toten gab. Sie kaufte sich ab und zu Preziosen von ihm, weil sie ungewöhnliche Dinge mag. Doch die sind teuer und so viel verdient sie als Lehrerin nicht. Aber, mein lieber Freund, über eines müssen wir bei Gelegenheit mal reden. Bitte höre mit dem Feldwebelspaß auf. Ich mag das nicht.« Letzteres kam deutlich schroffer, als Marini das gewollt hatte, und dies tat ihm leid. Ohnewein entglitten leicht die Gesichtszüge, so sprang der Maresciallo sonst nur mit störrischen Verdächtigen um. Marini sprach weiter:

»Es hat etwas mit unserer Familiengeschichte zu tun. Lass uns doch, nachdem ich mich mit meiner Schwester getroffen habe, in Terlan einen leckeren frischen Spargel mit Bozner Sauce essen und eine feine Flasche Wein dazu trinken. Wir fahren mit dem Vinschger hin und zurück und können uns entspannt zurücklegen. Va bene?«

Ohnewein begriff, dass es Marini ernst war, und nahm sich vor, diesen Ausdruck nie wieder zu verwenden. Inzwischen war er natürlich neugierig, dachte sich aber – wie sich später herausstellen sollte – seinen Teil. Sogar heute noch schwebten die Geister der Italianità über Südtirol, ebenso wie die Erinnerung an die »Bumser«, die Widerstandskämpfer, in den 1960er-Jahren in einer jeden Familie. Die beiden Männer boxten sich freundschaftlich in die Bauchgegend und verabschiedeten sich dann in Richtung Meinhardstraße zum Polizeirevier und Petrarcastraße zur Carabinieriwache.

KAPITEL FÜNF

»Der Mittermaier wohnte oben in Dorf Tirol? Erstaunlich, dass es da überhaupt noch ein paar Hanseln gibt, wo sie jetzt doch alle Angst vor dem neuen Tunnel haben. Ist der Küchelberg nächstes Jahr erst mal durchstochen, fällt das ganze Nest zusammen«, witzelte Isabel Grüner. In ihrer Lieblingskneipe, dem irischen Guinness-Schuppen »Fiddlers Crest« in der Galileostraße, versteckt in einem der winzigen kleinen Nebengässchen in der Nähe der Sesselliftalstation, gab es beinahe kein anderes Thema mehr. Man amüsierte sich königlich über die Ängste etwas älterer Anwohner, denen der Durchstich nicht geheuer war. Obwohl die Idee dazu sogar noch aus den 1940er-Jahren stammte, immer wieder einmal aufgegriffen worden war und nun seit über zehn Jahren eine unattraktive Baustelle im Norden der Stadt lag. In einem bis zwei Jahren würde die Schnellverbindung ins Passeiertal fertig und der Stadtverkehr erheblich entlastet sein. Ihr Kollege Thomas Prinoth hörte nicht zu. Er saß Isabel gegenüber und starrte aus dem Bürofenster. Draußen war es tatsächlich, obwohl es erst Mitte Mai war, erstaunlich warm, regelrecht heiß. Schwül, wie sie es aus den Sommermonaten um den Ferragosto her kannten. Klimawandel. War der nun bei ihnen, im behüteten Südtirol, angekommen? Seit vielen Wochen ein stark diskutiertes Thema in den hiesigen sozialen Medien, mit Diskussionen, die im Dialekt geführt wurden. Diese ließen in Südtirol wie in der übrigen Welt nicht an Heftigkeit zu wünschen übrig.

»Thomas?«, fragte Isabel nach. Keine Antwort. Soeben waren die ersten Berichte der Befragungen durch die Carabinieri hereingekommen, während die Kommissarin die biografischen Angaben zum Opfer durcharbeitete. Sekretärin Ursel hatte sie in einer Akte zusammengestellt, eine Liste der Einzelverbindungsnachweise von Mittermaiers Telefon – Festnetz hatte er keines – und die Bankauskunft dazu gelegt. Fürs Erste.

»Thomas«, hakte die Kollegin nach, »was liegt dir denn so schwer am Herzen? Mag dich deine Luna nicht mehr oder gar den Eugen? Müssen wir jetzt wieder Hunde sitten?«

Isabel wurde ungeduldig. Wie Ursel (im Geiste kopfschüttelnd) bemerkt hatte, war Madame Kommissar heute erneut erstaunlich angezogen. Trotz ihrer rundlichen Figur hatte sie rot gemusterte Tigerleggins an, die ihre schlanken Beine betonten, und darüber eine schwarze Tunika gezogen. Die bedeckte ihren kleinen Bierbauch geschickt, aber nicht vollständig. Roter Nagellack, und das alles zu ihren roten Haaren, auweia. Wenigstens keine Stöckelschuhe, nahm die Büromanagerin wahr, sondern flache schwarze Ballerinas. Dafür trug sie am Finger allerdings einen ziemlichen Kawenzmann als Ring, einen rot-schwarzen, glänzenden Stein, unförmig, wie Ursel fand. Sah aus wie ein Jaspis, aber sie war nicht sicher. Nur ungern hätte sie zugegeben, dass der Fingerschmuck ausgezeichnet zum Rest des

Outfits passte, und sie wäre höchst erstaunt gewesen, wenn sie erfahren hätte, dass dieses Schmuckstück vom Mordopfer angefertigt worden war. Isabel hatte ihn vor einem Jahr bei einer der langen Einkaufsnächte im Meraner Sommer erstanden. Gerade wollte sich die Polizistin gänzlich von ihrem Kollegen abwenden, als dieser wie aus einem tiefen Traum hochzuschrecken schien.

»Wie?«, blubberte er und schaute, als sähe er sie zum ersten Mal.

»Wo warst du denn gerade eben und was hast du gedacht?« Isabel musste lachen.

»Nirgendwo«, antwortete Thomas, »ich habe gar nichts gedacht, einfach nichts«. Isabel lächelte. Sie konnte das auch, als eine der ganz wenigen Frauen. Es mochte damit zu tun haben, dass sie einst als Junge geboren worden war. Ein kleiner Igor hinein in eine jüdisch-irische Familie. Der irisch-katholische Teil verzieh den Schritt zur Transgenderfrau nie, der jüdische schon eher. So verstand sie sich bestens mit ihrem Onkel, der in Innsbruck eine recht originelle Galerie hatte und langsam, aber sicher steinalt wurde. Als sie vor einem Jahr von Brixen nach Meran gekommen war, um das Kommissariat zu verstärken, hatte sie sich innerlich gegen zu erwartendes Mobbing gewappnet. Stattdessen schien es niemand zu interessieren, die meisten waren privat mit ihren eigenen Problemen befasst, Ohnewein mehr oder weniger frisch geschieden, aber wieder liiert und reichlich mit der geglückten Aneurysma-OP beschäftigt. Der Polizeichef a. D. Pixner haderte mit seinem »Un«ruhestand, der eingefleischte Junggeselle Marini würde auf seine alten Tage unglaublicherweise heiraten, die junge Allieva Ufficiale Patti Mayrhofer war mit dem neuen Maresciallo von Lana, Ex-Brigadiere Carmine Losso mehr oder weniger fest verbandelt – da stimmte ihres

Erachtens etwas nicht – und Toni Scarpone, demnächst eine Stufe weiter in der Karriereleiter, lebte glücklich mit seiner Studentin. Isabel hatte zum ersten Mal in ihrem Leben als Frau eine richtige Freundin gefunden, nämlich Elena Pixner, die Frau des ehemaligen Polizeichefs.

Die Psychotherapeutin war wie ihr Mann weltoffen, sensibel und von scharfem Verstand, sie hatte es als Halbschwedin in Meran nicht immer leicht gehabt. Nun würden sie demnächst einen Ausflug über den Brenner zu Onkel Gabriel Grüner machen, dessen Laden Elena brennend gerne besichtigen wollte. Während Kollege Thomas aus dem Nichts-Denken erwachte, schmiedete Isabel schon Pläne. Vielleicht fuhren sie sogar in Brixen vorbei und machten einen Abstecher bei Kommissarin Lolita Mitteregger, in deren Wohnung Isabel hier in der Sparkasse wohnte. Lolita war ihre Vorgängerin in Meran gewesen und dann ihre Kollegin Brixen. Das Domizil gehörte ihr und Isabel lebte gerne darin. Günstig in mannigfaltiger Hinsicht, günstig gelegen und für Lage und Größe spottbillig. Schnell schickte sie eine Mail und fragte nach, denn sie würden ihre Dienste abstimmen müssen. Elena als Freiberuflerin war es egal, Hauptsache, nicht zum Wochenende.

»Ich habe mir gerade das Leben von Zeno Mittermaier angeschaut. Es gibt sehr viele Zeitungsberichte, einen Internetauftritt, einige Social-Media-Profile, alles professionell. Aber etwas wirklich Persönliches erfährt man nicht.«

Isabel schaute sich ihren Ring an und streckte die Hand zu ihrem Kollegen. »Schaug,« meinte sie, »der ist von ihm. Den hab ich in einer Wühlkiste in seinem Laden erstanden. Da waren Experimente von ihm drin, die er so nicht verkaufen wollte. Daher bekam man sie für einen Apfel und ein Ei. Ich fand ihn toll. Der Stein ist eine Jaspisunterart«, Letzteres hatte sie betont laut gesprochen, damit man es auch im Vorzimmer hören konnte, »und nennt sich Meranith. Weil Meran doch eine Caldera war.«

Den letzten Satz hatte sie genüsslich formuliert, denn sie glaubte, die Vorzimmerdame, die sie genauso mochte wie umgekehrt, wüsste nicht, was eine Caldera ist. Dass Ursel das schnell googeln konnte bedachte Isabel dabei nicht. Ohnewein und Prinoth hatten die Stutenzickigkeiten der beiden schon lange bemerkt, noch ignorierten sie das. Sollte es allerdings überhandnehmen, müsste der neue Chef ein Wörtchen mit den Damen reden. »Weiter«, meinte Prinoth daher nur und diesmal lauschte er wirklich. Vor ihm lagen diverse Zeitungen. Die Presse, sprich der »Rosengarten«, völlig aus dem Häuschen, vermutete böse ausländische Banden hinter dem Mord, der sofort als Raubmord qualifiziert wurde, und bombardierte die Pressestelle mit Fragen.

»Neben dem Ehemann, der sowieso alles erbt, existiert in nächster Nähe auf den ersten Blick niemand. Zeno Mittermaiers gesamte Familie ist bei einem Flugzeugabsturz vor fünf Jahren ums Leben gekommen. Sie waren auf einem Inlandflug auf Kuba, wo sie einen gemeinsamen Familienurlaub gemacht hatten. Wir sollten herausbekommen, warum Sohn Zeno als Einziger nicht dabei war. Ursel recherchiert, wen es in weiterer Verwandtschaft geben könnte. Vielleicht wollte noch eine andere Person an das Vermögen, you never know.« »Unsere Vorzimmerfee hat auf alle Fälle diese Praktikantin einbestellt, sie sollte bald hier sein«, antwortete Thomas Prinoth.

»Patti Mayrhofer und Toni Scarpone brauchen wir, die haben so bald keine Nachtschicht mehr«, ergänzte die Kommissarin.

»Die waren schon fleißig und haben in der Nachbarschaft herumgeschnüffelt. Keiner hat was gesehen oder gar gehört. Alles rechtschaffene Bürger, die um diese Zeit schlafen. Aber sie haben alle eine Meinung, wer's wohl war.«

»Ich glaube nicht, dass man den Schuss von einer Armbrust, außer aus nächster Nähe, hören kann. Allerdings ist allein diese Waffe ein eindeutiger Beweis für einen geplanten Mord. Bericht von der KTU schon da?«, fragte der Kollege. Grüner schüttelte das kupferrote Haupt, sie trug ihr Haar heute hochgesteckt.

»Lukrezia meinte, der Mann sei rasch tot gewesen, so wird es da kein lautes Geschrei gegeben haben. Das kann schon sein, dass die Tat unbemerkt blieb, bis dieser Otto Huber des Weges kam«.

»Den suchen wir zusammen auf. Womöglich hat der den Schmuck mitgehen lassen. Den beiden Karabs jedenfalls hat er sofort und ohne Aufforderung reingedrückt, er habe ein Alibi durch den Auftritt im Theater inklusive anschließender Premierenfeier. Was sich überprüfen lässt. Ursel hat gleich gestern eine Mail nach Südafrika zum Ehemann geschickt, telefonisch war der nicht zu erreichen, warum auch immer.«

»Bis du mit der Durchsicht von Zenos Leben fertig bist, werte Kollegin, gehe ich mal bei der KTU vorbei. Mich interessieren der Schuhabdruck und die Handydaten. Und ich kann den Stefan mal fragen, ob er schon mit Lukrezia einen Kaffee trinken war. Ich melde mich wegen Otto Huber!«

Sprach's, schnappte sich seine leichte Jeansjacke und verschwand. Wahrscheinlich, dachte Isabel, hat ihn das Nicht-Denken so viel Mühe und Energie gekostet, dass er jetzt mal raus muss und ich bin mit dieser Furie da draußen allein.

»Mögens an Kaffee?«, kam da es erstaunlicherweise zuckersüß aus dem Vorzimmer. Isabel saß plötzlich stocksteif auf ihrem superbequemen Bürostuhl und flötete engelsgleich zurück:

»Ja, aber sehr gerne«. Sie vermutete, Ursel könnte gerade irgendwelche pikanten Details über das Privatleben des getöteten Schmiedekünstlers herausgefunden haben. Dann vertiefte sie sich, eine dampfende Tasse neben sich, in die Akte.

KAPITEL SECHS

Ende Mai und schon so warm, fand Maresciallo Franco Marini, der am Passerufer entlanglief. Sein Dienstbike hatte er auf dem Parkplatz am Sandplatz abgeschlossen. Es im Slalom durch die Menschenmassen zu lenken, war ihm zu zermürbend. Er war mit Daisy zu einem Nachmittagskaffee im brandneuen Eissalon »La Boheme« hinter dem Puccinitheater direkt am Fluss verabredet. Doch zunächst lief er kreuz und quer durch eine unübersichtliche Anzahl wunderschöner französischer Automobile, das jährliche Citroën-Treffen auf der Uferpromenade. Eine Déesse neben der anderen, er schrieb schnell eine Nachricht an Kommissar Prinoth. Schließlich fuhr der auch eine Göttin und eventuell kannte er dieses Event als eingefleischter Bozner gar nicht. Nicht sehr wahrscheinlich, schalt er sich innerlich, aber die Möglichkeit bestünde. Wenige Minuten später stand er auf der kleinen Terrasse mit schachbrettartig angeordneten weißen und schwarzen Marmorplatten der winzigen Bar mit dem theatralischen Design. Dem hatte seine kapriziöse Schwester nicht widerstehen können und erschien als moderne Ausgabe einer Opernbesucherin.

Daniela versuchte, als zur Kunst erziehende Lehrerin in der Schule stets angepasst und bürgerlich aufzutreten. Es war ihr bekannt, dass ihr Privatleben von manchen Eltern trotz Fortschritts nicht geschätzt wurde, dem ordnete sie sich formell unter. Sie und ihre Lebensgefährtin waren nicht reich, konnten aber ordentlich leben. Verkaufte Daisy ein Bild, investierte sie das Geld gerne in Schmuck, ihre einzige materielle Leidenschaft. Natürlich musste es stets etwas Ungewöhnliches sein, Zenos Entwürfe fügten sich passgenau in ihre Vorstellungen. Mit übereinandergeschlagenen Beinen saß sie auf einem der herrlichen alten Eisenstühle, komplett in Secondhand gewandet. Lachsfarbene Marlene-Dietrich-Hosen, ein seidenes Top mit Spaghettiträgern in derselben Farbe, weiße Lacksandaletten und dazu einen betagten Schlapphut aus Stroh gegen die Sonne, vermutlich von ihrer beider Mutter aus den 1970er-Jahren. Irgendwie jedenfalls kam der Franco bekannt vor und sofort stellten sich Assoziationen ein mit türkisblauem Meer und hellen Sandstränden, an Sonnenschirme und geschleppte riesige Kochtöpfe, in denen die Nonna, die niemals schwimmen ging, exquisite Pasta kochte. Zum Nachtisch Wassermelonenscheiben. Schneller als ein Hund beißt, waren die Bilder und der Geruch nach Salz und Muscheln wieder weg.

Warum nur kämpften sich zurzeit so häufig tief verborgene Erinnerungen aus seinem Unterbewusstsein nach oben, ob es mit der Hochzeit zu tun hatte? Wie ihr Bruder hatte die dunkelhaarige Daniela einen ausgezeichneten Geschmack. Die Kleider mochten gebraucht sein, aber sie passten perfekt zusammen. Ein Bubikopfhaarschnitt gab ihrem herzförmigen Gesicht etwas Verwegenes und der

Mund war blutrot geschminkt. Man konnte nicht übersehen, dass Daisy eine Schwäche für die 1920er-Jahre hatte. Franco trat zu ihr und küsste die duftende Dame links und rechts auf die rougierten Wangen.

»Brüderchen, endlich kann ich auch einmal etwas für dich tun, ich warte ja schon mein Leben lang auf die diese Gelegenheit«, meinte sie hoch dramatisch und nahm einen Schluck Espresso. Den Eisbecher würde sie erst bestellen, sobald Franco da wäre und ihn selbstverständlich bezahlen würde. Der Maresciallo bemerkte bei genauerem Hinsehen, als er neben ihr saß, dass ihre Arme und Hände im Gegensatz zu ihrem beinahe schon ladyliken Auftritt mit bunten Farbflecken bedeckt waren, sie hatte wohl bis unmittelbar vor dem Treffen gemalt. Das wirkte putzig zusammen mit dem schrill-eleganten Outfit.

»Genauso lange wie auf ein Bild der Meistermalerin von Meran«, konterte Franco wie aus der Pistole geschossen.

Was in beiden Fällen nicht stimmte. Daniela hatte durch ihre exquisiten Kenntnisse in der Kunstszene schon einmal helfen können, als ein überregional bekannter Aquarellmaler verschwunden war, und natürlich besaß Marini einige »Schinken« seiner Schwester. Ein junges Mädchen erschien und erkundigte sich nach seinen Wünschen. Franco kannte den Geschmack seiner Schwester gut und orderte gleich ein Eis für sie mit. So nahmen sie beide den Puccini-Becher, hausgemachtes Maulbeereis mit einer Soße aus dunkler Schokolade, zum Hineinlegen. Daisy wollte sich diesen Genuss nicht durch albernes Geschwätz über die Meraner Kunstszene verderben lassen und begann von sich aus das »Verhör« im lebhaften Plauderton.

»Zunächst einmal muss ich sagen, wie erschüttert ich bin, Franco. Zeno mochte diverse Ticks gehabt haben wie zum Beispiel seine Vorliebe für die Farbe Weiß oder dünne Handschuhe, aber er hat niemandem etwas getan. Jedenfalls nicht, solange wir uns kannten. Vielleicht davor, wer weiß. Es lohnt sich eventuell, ein bisschen in seiner Geschichte zu forschen, viel gab er ja nicht von sich preis.« Toll, dachte der Polizist, dass sie ihm, wie so oft, erklärte, wie er seinen Job zu machen hatte. Er sagte allerdings nichts, wollte sie nicht in ihrem Redefluss stoppen. Seine Schwester nahm einen weiteren Schluck Kaffee und dozierte ohne Unterbrechung in Plauderlaune weiter:

»Zeno passte genauso wenig nach Dorf Tirol wie Miriam und ich, das brauche ich wohl kaum weiter zu erläutern. Da er von der Meinung anderer unabhängig war, konnte ihm das egal sein und das war es auch. Natürlich wurden ihm sein großer Erfolg und die damit sprudelnden Geldquellen geneidet, angesichts der Tatsache, dass dort oben beinahe nur Besserverdienende ihre Chalets haben, ein Witz.«

Marini nickte, das war ebenso bekannt. Ähnlich dem Dörfchen Schenna war Dorf Tirol ein Sammelbecken wohlhabender Menschen, viele aus dem Ausland. Danielas Freundin Miriam hatte ihr kleines Haus von der Oma geerbt, den Hühnerstall hatten die beiden in ein Atelier verwandelt und zogen im Gärtchen Gemüse und Kräuter.

»Also, dadurch, dass wir so etwas wie Außenseiter waren, verband uns einiges. Ich mochte Zeno, seinen Gatten ehrlich gestanden weniger.« Franco wachte auf und wurde aufmerksam.

»Das hast du mir schon einmal verraten, es scheint dich ziemlich aufzuregen«, fachte er das Feuer an. Marini legte sich selten früh fest und bisher hatten sie, von einer Flut widersprüchlichster Aussagen der Nachbarschaft und der von Otto Huber, wirklich wenig. In den Meran betreffenden Social-Media-Kanälen kursierten einige der Handyvideos, auf denen man glücklicherweise kaum etwas sah, weil es zu dunkel gewesen war. Patti und Toni hatten sich bereit erklärt, die Kommentare dazu zu durchforsten, würden das aber lieber an Praktikanten im Kommissariat abgeben. Darum kümmerte sich gerade General Ursel, wie Franco sie für sich nannte.

»Echt, Franco, das habe ich so noch nie erlebt. Der Mann, obwohl homosexuell, ist ein Frauenhasser. Was bin ich mit dem in sinnlose, dafür aber nervenaufreibende Streitereien geraten wegen seiner unmöglichen Theorien. ›Weiber‹ seien nicht benachteiligt, finanziell schon dreimal nicht. Der Equal Pay wäre völlig falsch interpretiert, weil bei Frauen die Fehlzeiten, die sie sich durch Mutterzeit etc. einräumen, nicht bedacht würden. Er kenne genügend Typen, die wegen ihres nicht so attraktiven Äußeren oder geringer Größe von den Damen gemobbt, beleidigt und psychisch verletzt würden, da schließlich die Frau die Wahl des Sexualpartners träfe. Zum Glück habe er dieses Problem nie gehabt. Und so weiter und so fort. Ein ganz übler Macho, der seinen Zeno völlig im Griff hatte. Was ich nie begriffen habe. Es hatte seinen Grund, warum Zeno an der Passer bleiben wollte, obwohl ihm dieser Jürg fantastische Möglichkeiten in Kapstadt eröffnete. Hat er mir mal erzählt, also der Zeno, nicht der Jürg.«

Da ihr Bruder etwas belämmert aus der Wäsche schaute, erklärte Daisy anschließend:

»Jürg ist Geschäftsmann. Keiner weiß, was das für Geschäfte sind. Offiziell Finanzberater, ein Allerweltsberuf. Miriam spekuliert auf Waffenhandel. Auf alle Fälle ist er stinkreich und saust die ganze Zeit in der Weltgeschichte herum. Woher die beiden sich kennen, ist mir unbekannt. Sind recht lange zusammen, verheiratet, sobald es eben ging. Zeno liebte ihn, ließ sich leider reichlich scheuchen. Er, also Zeno, meinte mal auf einer Vernissage, Jürg hätte ausgezeichnete Verbindungen und könnte ihm einen superexklusiven Laden in Kapstadt mieten. Doch Zeno wollte nicht, er blieb einfach hier in seinem Crotalia. Stammkundschaft, wohlhabende, hatte er schließlich auch bei uns. Manch eine hätte ihn sogar für seine Künste erschossen«, platzte Daniela heraus und erbleichte.

Ihr wurde bewusst, was sie da gesagt hatte. Genau in diesem Moment erschienen die Eisbecher und sie löffelte umgehend an ihrem, Franco tat dasselbe. Er hatte Zeit und würde die Information, die er dringend brauchte, schon noch aus seiner Schwester herauskitzeln. Nach einigen, vielen Löffeln köstlichsten Eises lehnte sie sich zurück und hob an.

»Ja, ich weiß, du willst jetzt wissen, wer das gesagt hat. Es war eine Frau, die ich nicht kannte. Etwas jünger als ich, Mitte Vierzig«, setzte die Fünfzigjährige erklärend hinzu.

»Sie hatte etwas Sakrales, sie könnte mühelos eine Ordensfrau gewesen sein. Offenbar eine alte und langjährige Bekannte von Zeno. Man spürte, dass sie sich irgendwann einmal nahegestanden hatten. Wie er in Weiß gekleidet, oder in Hellblau, was total unpassend war«, echauffierte sich Daisy.

Franco hakte da nach.

»Wieso unpassend. Nicht, dass ich hellblau besonders anziehend fände, aber du meinst doch immer, man sollte toleranter sein in Modefragen!«

»Das war es nicht, Bruderherz, von mir aus kann jeder anziehen, was er oder sie will, bloß nackt, das bitte nicht. Ihr helles Blau hatte einen grauenhaften Babyton, wenn du verstehst, was ich meine, und das passte so gar nicht zu ihrem herben Gesicht und ihrer hageren Figur. Da fiel dann der strahlkräftige Meranith noch umso mehr auf, mit dem sie sich schmückte. Und überhaupt«, Daniela stoppte, um vom Eis zu naschen, das sich gerade in Flüssigkeit auflöste, »das war das Auffälligste an dieser Erscheinung. Ihre offensichtliche Vorliebe für opulenten Schmuck. Die war die paar Male, bei denen wir uns begegnet sind, stets behangen wie ein Christbaum. Aber sonst komplett ungeschminkt, Haare raspelkurz, kein Nagellack, Lippenstift, noch nicht einmal der kleinste Lidstrich, nichts. Kein Parfum. Es passte nicht, verstehst du?«, erklärte sie beinahe schon verzweifelt. Franco verstand seine Schwester, der das Beobachten und Auffangen von Emotionen ebenso leichtfiel wie ihm, nur zu gut. Ein wandelnder Gegensatz.

»Was hat denn diese Dame, von der ich hoffe, wir finden sie, nun Sträfliches gesagt?«, bohrte er nach.

»Na, bei einer seiner immer originellen Verkaufsausstellungen, von Zeno Vernissage genannt, prahlte sie mit einem Schmuckstück, das er nur für sie gemacht habe. Es war ein Geschenk zu ihrem vierzigsten Geburtstag, ich erinnere mich genau, denn ich hätte sie eher für Fünfzig gehalten. Da rief sie, jeder konnte es hören, so ungefähr: Wenn ich jemals den gleichen Ring an jemand anderem sehe, erschieße ich dich. Danach lachten beide und alle fanden, das wäre halt ein wenig geistreicher Witz.«

»Daniela, weißt du noch, wann das in etwa war?«, erkundigte sich der Bruder.

»Das ist eine Weile her, drei oder vier Jahre. So ungefähr«, erinnerte sich Daisy, die jetzt ihr Eis zu Ende verspeiste oder eher trank. Selbst in diesem Aggregatzustand schmeckte es noch hervorragend.

»Sei mir jetzt nicht böse, liebe und schöne Schwester, aber vorhin meintest du, sie sei jünger als du. Warum wirkte sie dann gut zehn Jahre älter?« Daniela stutzte.

Franco hatte recht. Normalerweise schätzte sie ihre Mitmenschen auf den Punkt genau ein, sollte sie derartig danebenliegen?

»Vielleicht ist es ihr Auftreten, ihre ältliche Aura, das Zölibatäre, das sie ausstrahlt. Dann noch die Unmengen Schmuck, was bekanntlich auch gerne ältere Frauen machen, das alles führt wohl zu dieser Fehleinschätzung. Mehr kann ich dir momentan nicht sagen. Da ich aber nicht annehme, dass Zeno ihr den ganzen Flitterkram komplett geschenkt hat, kommt ihr sicher durch seine Buchhaltung auf sie. Eine Südtirolerin ist sie auf alle Fälle, keine Hergezogene. Ich schätze, sie wohnt irgendwo hier, Meran, Burgstall, Bozen. Da kamen manchmal so Bemerkungen in die Richtung, dass sie es nicht weit hätte, weswegen sie gerne mal ein weiteres Glaserl südafrikanischen Rotwein nahm. Nicht, dass saufen hierzulande eine Schand' wäre«, setzte sie lachend hinzu, als sie das Schmunzeln ihres Bruders sah.

»Beobachtet hast du sie, das wird deutlich, sie muss dich schon fasziniert haben«, erlaubte sich Marini zu bemerken. Daisy nahm ihm das nicht übel.

»Si, fratello, das stimmt. Wer auch immer sie ist, und ich hoffe ehrlich, sie ist nicht die Mörderin, Durchschnitt ist sie auf gar keinen Fall. Mag ihre Präsenz unbehaglich sein, hat sie dennoch eine. Warte«, sie kramte in ihrer Umhängetasche Marke Hippiemoden und förderte ein Päckchen Tabak zutage. Umständlich und trotzdem rasch rollte sie sich eine Zigarette ohne Filter, zündete sie an und nahm ein paar Züge. Marini tat, wie ihm befohlen, und wartete geduldig.

»Möglicherweise«, fuhr Daniela fort, nachdem sie Rauch ausgestoßen hatte, »ist das der Punkt, der mir so unverständlich vorkam. Wie ein zurückhaltender, aber grundsätzlich positiver und warmherziger Mensch wie

Zeno mit einer solchen Person eine so enge Beziehung haben konnte. Wobei ja auch sein Jürg reichlich unsympathisch ist, wenn ich es mir recht überlege. Anyway, wüsste man es nicht besser, hätten die Frau und er ein altes Paar sein können. Du merkst das, wie sich zwei Leute anschauen, wie sie physisch beieinanderstehen, man spürt ja die Energie zwischen Menschen. Da war ein Band, das ihn und die Frau verband – weswegen ich mir nicht vorstellen kann, dass sie …«

Daisy vollendete den Satz nicht. Ihr Gesicht wurde mit einem Mal traurig. Hurtig und mit Kraft presste sie ihre Zigarette im Aschenbecher aus.

»Franco, wenn du mehr Informationen brauchst, du weißt, wo du mich findest. Ich möchte jetzt gehen, nicht böse sein, Brüderchen.«

Sie kramte ihre Habseligkeiten zusammen, drückte Marini einen sanften Kuss auf die bestens rasierte Wange und ging in schnellem Schritt davon. Franco zahlte die Eisbecher und die Kaffees, lobte zum wiederholten Male die Qualität der Süßspeise und fuhr auf die Wache. Er war gespannt, was seine beiden Schützlinge an Neuigkeiten erfahren hatten und wann sich wohl die neue Kraft bei ihnen einstellen würde. Patti war außer sich vor Freude, weil es eine Frau sein würde, und Toni, weil er endlich seine Überstunden würde abfeiern können. Möglicherweise wartete noch ein anderes weibliches Wesen in der Petrarcastraße, ein kleines, graues.

KAPITEL SIEBEN

Am Mittag des nächsten Tages hatte sich Zenos Praktikantin Melanie Falcone im Kommissariat gemeldet. Sie war, nachdem sie von dem Mord erfahren hatte, zusammengebrochen und zunächst nicht zur Befragung geeignet gewesen. Ihr Hausarzt hatte es verboten. Nun war sie bereit und suchte um einen Termin an, sie wollte helfen und hatte zusätzlich etwas auf dem Herzen.

Den ganzen Vormittag hatte Ursel mehrfach versucht, den Ehemann des Getöteten telefonisch zu erreichen, doch es meldete sich bei dem ermittelten Festnetzanschluss nur ein Anrufbeantworter. Blieben nur noch die E-Mail und die Mithilfe der südafrikanischen Polizei. Otto Huber, den die Kommissare soeben bei sich zu Hause besucht hatten, machte einen nervösen Eindruck. Er ließ sich die Polizeiausweise nicht nur zeigen, sondern studierte sie regelrecht durch seine dicke Hornbrille. Grüner war sich völlig sicher, dass er den Unterschied zu einem gefälschten Dokument nicht erkennen würde, und schaute mit hochgezogenen Augenbrauen zu ihrem Kollegen. Der zuckte nur mit den

Achseln, ein armer, alter Spinner eben. Dienstbeflissen bestätigte Huber alle in der Mordnacht gemachten Aussagen und kam als Täter zunächst einmal nicht infrage. Zwar war sein Alibi nicht hundertprozentig wasserdicht, doch er hatte, wie man fand, kein echtes Motiv.

»Vorsichtig bleiben«, riet Polizeichef Matthias Ohnewein, »raus ist er trotzdem noch nicht. Und denkt daran, was Pixner immer gesagt hat: Es kann alles auch völlig anders gewesen sein.«

»Warum war er dann so fahrig? Warum hat er so rasch die Tür zum Nebenraum geschlossen und uns darüber informiert, dass dies das ehemalige Schlafzimmer seiner Mama gewesen wäre? Wollte er von etwas ablenken?« Grüner war der ganze Mann suspekt, er glotzte sie zu unverhohlen missgünstig an.

»Na, Isabel, wenn du in diesem Alter bei deiner Mutter wohnen würdest, und zwar in original Mobiliar aus den guten Fifties, sogar noch nach ihrem Ableben, dann wären dir überraschende Besuche eventuell auch unangenehm«, überlegte Prinoth. Er hatte seinerzeit nach der Übernahme das Nonna-Häuschen als Allererstes frisch gestrichen und dann ein paar coole antike Möbelteile wie zum Beispiel eine Musiktruhe mit Singleschallplatten in Vinyl übernommen. Danach konnte man im ganzen Viertel Arien aus Opern und etliche Male hintereinander »Volare« in der Originalfassung hören, Prinoth war hin und weg. Das Bad musste renoviert werden, wobei er darauf achtete, die herrlichen Art-Deco-Kacheln, die seine Großeltern zur Hochzeit geschenkt bekommen hatten, nicht zu zerstören. Auch in der Küche behielten er und seine Frau bewusst einige Elemente ihrer Vorgängerin. Fenster und Rahmen mussten gewechselt werden, die Steinfußböden ließen sie im ursprünglichen Zustand. Den Rest richtete seine Ex-Frau komplett neu und modern ein. Da sie die Sachen bei ihrem Auszug und nach der Scheidung nicht gewollt hatte, ließ er es schlicht so, wie es war. So ähnlich hatte es wohl auch Otto gehalten. Unvorstellbar für eine Frau, urteilte Isabel. Doch sie schwieg dazu, mit dem Fall hatten ihre Ansichten nichts zu tun.

»Mag sein, lieber Kollege, es sah alles nicht sehr frisch aus und es roch schlecht, da gebe ich dir recht. Könnte ihm aber komplett am A... vorbeigehen, sonst würde er kaum so wohnen, oder? Ach, was weiß ich schon über männliche Hirne«, entfuhr es der Transfrau, was bei ihrem binären Arbeitspartner ein schallendes Lachen hervorrief. Isabel lachte mit. Der Augenblick erinnerte sie erneut daran, dass ein solch unkomplizierter Umgang auf einer der bisherigen Arbeitsstellen nie möglich gewesen war.

Sie freute sich auch auf den bevorstehenden Ausflug mit Elena Pixner. Lolita Mitteregger hatte sich gemeldet und lud die beiden zum Brunch in ihre Lieblingsbar in Brixen ein. Ein ganz neuer, schicker und studentischer Laden, in dem es ausschließlich biologisches und veganes Essen gab. Isabel war nicht so begeistert, Elena wie immer für alles offen.

Die Kommissarin hatte ihr heißes Abenteuer mit einem Südtiroler Cowboy hinter sich und war zurzeit solo. Mal sehen, welches Taxi als Nächstes vor ihrer Haustüre hielt. Der Cowboy dagegen ließ nicht locker und schickte Nachrichten. Das Leben war schön.

»Meines jedenfalls meint«, störte Prinoth ihre Träume, »dass es Huber an der nötigen geistigen Raffinesse fehlt, um uns geschickt anzulügen. Er mag ja Schauspieler sein, aber den Zeno erschießen und dann anschließend die Polizei über Notruf zu alarmieren, nur, um von sich abzulenken. Ma – non lo so. Den Schmuck könnte er dagegen durchaus genommen haben. Es muss nicht zwangsläufig so sein, dass der Eindruck eines Raubmordes erweckt werden sollte. Die Tatsache, dass jemand eine so ungewöhnliche Waffe benutzt hat, spricht mehr als eindeutig für Vorsatz. Warum sollte diese Person ernsthaft versuchen wollen, die Tat zu vertuschen?«

Während er sprach, kam von lautem Palaver aus dem Vorzimmer begleitet Stefan Oberhofer zu ihnen ins Büro. Grinsend verköstigte er einen der süßen baci, den er Ursel gemopst hatte.

»Es handelt sich tatsächlich um den Pfeil einer modernen Armbrust, Kollegen. Die Person, die damit schoss, hatte die Waffe nicht zum ersten Mal in der Hand. Der Schuss war äußerst präzise. Bestätigt von Lukrezia. Es stellte sich als genialer Vorwand heraus, sie aus ihrem kühlen Keller herauszulocken.«

Stefan gönnte sich ein Lächeln, Grüner verzog keine Miene.

»Wir haben uns längere Zeit über Armbrüste unterhalten. Ich erzähle euch nichts Neues mit der Information, dass sie bei uns ein beliebtes Schießeisen ist. Leider auch zum Wildern, aber das ist wahrhaftig eine andere Geschichte. Ich habe mehrere Fälle aus Deutschland in Erinnerung, wo jemand mit einer Armbrust einen Menschen erschossen hat. Dass dies einmal hier bei uns vorkommen würde, hätte ich niemals für möglich gehalten.«

Prinoth stimmte zu, während Isabel Grüner wusste, dass nichts unmöglich war.

»Fälle mit Armbrust-Morden sind in der Tat gar nicht so selten, bester Stefan. Sogar außerhalb der Schweiz, aber erleuchte uns bitte weiter«, merkte sie sanftmütig an. Oberhofer referierte mit Genuß:

»Doch normalerweise benutzen die Wilderer, die zum

Beispiel Murmeltiere oder Hasen jagen, kleine Geräte. Für die Jagd auf Großwild muss die Sehne der Waffe eine Spannkraft von ungefähr fünfundachtzig Kilo haben, habe ich recherchiert. Weiters, dass erfahrene Jäger zum Beispiel Compoundbögen mit mehreren Schichten bis zu zwanzig Kilo wählen, um Gämsen, Wildschweine, Hirsche, Rehe oder Mufflons zu jagen. Nur Armbrüste mit einer Schusskraft über 7,5 Joule gelten als Waffen und dürfen in Deutschland nur auf Schießplätzen verwendet werden. Besitz ist nicht strafbar. Eine sehr gute kann vierstellig kosten, man braucht keinen Waffenschein, obwohl sie einen ordentlichen Rückstoß hat und großen Schaden anrichtet.«

Isabel dachte an den verunstalteten Zeno Mittermaier und nickte automatisch mit dem Kopf.

»Muss man besonders stark oder groß sein, um sie zu verwenden?«, fragte sie.

»Meines Erachtens nicht, die Kraft steckt ja im Bolzen, mit dem man die Sehne zum Abschuss spannt,« erläuterte der frisch gekürte Armbrustspezialist.

»Fit im Schießen muss man sein, vor allem bei einem solchen Schuss wie dem unseren. Außerdem kann die Person nicht sehr weit weggestanden sein. Sie hatte wohl zusätzlich Harry Potters Tarnumhang«, versuchte der SpuSi-Chef ein wenig zu scherzen.

»Ach, Stefan. Bedenke die Uhrzeit und die Tatsache, dass die Kneipen, sogar die Disko oben bei den Lauben, schon zu hatten. Mit ein bisschen Geschick und vielleicht einem langen Kapuzenmantel, meine ich, wird sich das perfekt ausgegangen sein.« Prinoth sah die Szene förmlich vor sich.

»Bisher kam ja bei der Nachbarschaftsbefragung außer jeder Menge Klatsch kaum etwas heraus. Sie haben alle geschlafen, Mittermaier war leise nachts, aufgewacht sind die Ersten durch das Gek…, sorry, durch das Erbrechen von Otto Huber«, fügte er hinzu.

»Und auch das«, ergänzte seine Kollegin, »holte zunächst keinen Hund hinter dem Ofen hervor, das sind die dort gewohnt.«

Stefan bestätigte das, hatte er doch selbst lange Jahre über dem dortigen italienischen Drogeriemarkt eine Wohnung besessen.

»Lukrezia meinte, dass er schneller tot war, als es ihm bewusst wurde. Er hatte große Menge an Schleifspänen an den Händen, grüne Farbe. Er muss bis kurz vor seinem Tod gearbeitet haben.«

Prinoth erkundigte sich interessiert:

»Habt ihr denn einen frisch bearbeiteten Stein gefunden?«

Der SpuSi-Chef antwortete:

»Tut mir leid, nein, gar nichts, auch nicht in seinem Laden. Die Fingerabdrücke dort lassen sich in erster Linie ihm und seiner Assistentin zuordnen, ebenso die DNS. Alles gut durchmischt mit einigen fremden, wohl von seiner Kundschaft. Da kommen wir nicht weiter. Da viel Meranith und ein Haufen Gold im Laden zurückblieb, glaube ich nicht so recht an einen Raubmord. Außer …«, er machte eine Kunstpause, die von dem soeben eintretenden Polizeichef unterbrochen wurde, »… der Mörder wurde gestört. Womöglich war es doch Huber, schnell noch was mitnehmen, bevor die Karabs eintreffen, wäre ja gegangen. Ich meine, wir sollten einen Durchsuchungsbeschluss beantragen, und ich mache das jetzt gleich.«

Schon war er wieder in seinem Büro verschwunden. Stefan fing an, unruhig zu werden. Allen war bekannt, der Kollege gehörte zu den Menschen, die keine fünf Minuten stillsitzen konnten, und das, obwohl ihm Ursel sogar seinen

Lieblingstee gebracht hatte. Eine Sache allerdings musste er unbedingt noch loswerden.

»Unser Pathologiestar wird sich bald melden, mit, wie sie mir sagte, sensationellen News.« Er blickte von Prinoth zu Grüner und wartete.

»Okay,« meinte die Kommissarin einige Sekunden später, »aber entweder weißt du gerade wirklich nichts oder du spannst uns auf die Folter, absichtlich. Mal sehen, ob es demnächst weiterhin Süßigkeiten für dich gibt«, versuchte sie dem SpuSi-Chef, der immer noch auch gleichzeitig KTU-Chef war, Angst zu machen. Was absolut misslang. Doch bevor das abfällige Räuspern der Sekretärin zu dieser übergriffigen Bemerkung kam, fragte Thomas:

»Sensationell in Bezug auf die Leiche oder auf sich selbst?« Oberhofer war zufrieden. So hatte er das gewollt, schön doppeldeutig.

»Beides, meine Lieben. Doch, die Arbeit ruft, daher die Kurzversion: Mit dem Zeno Mittermaier stimmte etwas gewaltig nicht, was, das berichtet sie euch selbst. Das Kaffetscherl mit ihr erbrachte, dass sie privat unglücklich ist. Ob das was mit ihrer Familie oder mit ihrer Frau zu tun hat, behielt sie granatenmäßig unter Verschluss. Da muss ich ein zweites Mal ran. Bin ja schließlich Fachmann», scherzte er wie so oft. Stefan drehte sich im Hinausgehen noch einmal um und flötete:

»Die Unterlagen sind alle bei eurem Kommissariatsengel.« Er deutete auf Ursel, die daraufhin zehn Zentimeter über dem Boden schwebte.

»Vorab so viel: Das Smartphone war Mittermaiers Büro und Hosentaschenwerkstatt. Er bediente damit die Alarmanlage und sein Haustürschloss, Zeichnungen und Vorentwürfe zu Schmuck in seinen Notizen, sprachliche Anweisungen an sich selbst, jede Menge Fotos von seinen

Werken und kaum private Adressen. Sein Mann rief ihn mindestens einmal am Tag an, er selten zurück. Die letzte Sprachnachricht ist vom Abend vor der Ermordung, völlig belanglos. Außerdem versorgte er das Opfer ganz altertümlich mit SMS, manche kamen mir wie Drohungen vor.«

Stefan kramte einen Zettel aus der Hosentasche.

»Die hier habe ich mir aufgeschrieben, aber ihr findet alles in der Akte säuberlich dokumentiert.« Die Kollegen blickten ihn gespannt an und er las vor:

»Wenn du nicht bald persönlich hier aufschlägst, mit all den Steinen und dem Zeug, das du brauchst, sorge ich für deinen Umzug. Ich habe meine Verbindungen und dieses Herumgezerre muss ein für alle Mal ein Ende haben. Es reicht. Ist vom April dieses Jahres.«

Die Kommissare schauten sich an und bestätigten Oberhofers Einschätzung. Es war eine echte Warnung. Der SpuSi-Chef war noch nicht am Ende seiner Ausführung:

»Häufig gab es Kontakt zu zwei Damen, Jakobine und Virginia. Vielleicht war er ja bi? Jakobine ist älter, es gibt nur wenige Aufnahmen von ihr. Sie wirkt wie eine Nonne, schmal, unauffällig und schlicht. Mager. Völlig im Gegensatz dazu trägt sie ein sehr prägnantes Schmuckstück, einen riesigen Ring. Da sie fast schon krallenhafte und dünne Finger hat, wirkt das ein bisschen seltsam. Aber ein toller Stein, muss ich sagen. Noch nie zuvor gesehen, feuerrot mit ein bisschen Schwarz. Könnte ein Jaspis sein. Für die übrigen Entwürfe hatte er ein traumhaft schönes Model, Typ Schneewittchen. Das Mädchen aus dem Märchen, das mit den Vögeln redet. Das ist Virginia. Sie füttert offenbar gerne Vögelchen im Park von Martinsbrunn, ihr wisst schon, das Hospiz hier. Von ihr gibt es Hunderte von Fotos. Also.«

Er klopfte auf den Holzrahmen der Tür und flanierte

wiegenden Schrittes davon. »Aschenputtel«, riefen Grüner und Prinoth gleichzeitig aus, »das mit den Tauben war Aschenputtel.«

»Möglicherweise meinte er ja auch Dornröschen oder Rosenrot«, konnte es sich Ursel nicht verkneifen, ihren Senf dazuzugeben, und brachte einen Stapel mit Ausdrucken herein.

»Die dürft ihr jetzt mal durcharbeiten, das sind alle Verbindungen der letzten zwei Wochen des Zeno Mittermaier.«

Dann stand endlich Melanie Falcone vor der Tür und Ursel meldete einen Anruf aus Südafrika an.

»Isabel, meinst du, die Petrarcastraße könnte uns das abnehmen?« Thomas Prinoth deutete nachdenklich auf die Drucksachen.

»Ich rufe schnell an«, beeilte sich die Sekretärin, dort jemanden an die Strippe zu bekommen. Sie erreichte Franco Marini, der sich bereit erklärte, den Job für sie zu machen. Beziehungsweise seine beiden Sklaven, Toni und Patti, wie er sie gelegentlich nannte. Dafür erzählte ihm Isabel die neuesten Ergebnisse, die Stefan Oberhofer soeben verkündet hatte.

»Ma dai«, rief Marini da aus, »das könnte genau die Frau sein, von der meine Schwester berichtet hat. Die Beschreibung stimmt haargenau überein.«

Nun informierte der Maresciallo seinerseits über das Treffen mit Daisy, das er bereits schriftlich festgehalten hatte und gerade in der gemeinsamen WhatsApp-Gruppe posten wollte. Die Gruppe hieß »Armbrust«.

»Diese Frau muss unbedingt so schnell wie möglich kontaktiert werden«, bekräftige Thomas Prinoth. Matthias Ohnewein, neugierig auf den Stand der Dinge geworden, lehnte an der Tür seines Büros, meinte nur lässig:

»Das will ich meinen. Ran an den Speck, Herrschaften«, und zog sich sogleich wieder zurück. Ein Anruf mit dem Innenministerium wartete, es gab inzwischen eine Gefahr, die deutlich größer war als die Mafia: Bandenkriminalität aus Osteuropa. Noch schlimmer allerdings war, dass der »Rosengarten«, die meist gelesene Tageszeitung in Südtirol mit der größten manipulativen Kraft, quasi sekündlich eine Stellungnahme forderte. Am allerschlimmsten war die Aufgabe, die das für den Chef der Polizei mit sich brachte, die er ausnahmsweise nicht seiner Ursel überlassen konnte und die er hasste: eine Pressemitteilung zu verfassen.

KAPITEL ACHT

Ein wenig entnervt gingen auf der Wache in der Petrarcastraße die Carabinieri Toni Scarpone und Patti Mayrhofer die gespeicherten Telefonnummern Zeno Mittermaiers durch.

»Nachher haben wir einen Termin, ihr beiden Hübschen. Den Kaffee dafür serviere ich«, befahl Maresciallo Marini mit einem schelmischen Grinsen. Kaum war er in seinem ufficio verschwunden, meinte Toni:

»Ehrlich? Mir geht das ganze Casino mit seiner bevorstehenden Heirat langsam auf den Sack.« Er war überzeugt, es könne sich bei dem »Termin« nur eine weitere Vorbesprechung zu diesem Ereignis handeln.

»Und mir erst«, grummelte seine Kollegin dazu. Gerade gestern war sie auf der Arbeit erschienen und hatte laut und deutlich in den Raum geworfen:

»Bevor irgendwelche dummen Fragen kommen: Carmine und ich sind kein Paar mehr, und damit basta.«

Marini, der unterschwellig seit geraumer Zeit Ähnliches gespürt hatte, zuckte mit den Schultern und sagte gar nichts. Toni nahm sich vor, bei Gelegenheit privat mit Patti zu reden. Hatte doch Maresciallo Losso, der jahrelang als Brigadiere sein Kollege hier in der Petrarcastraße gewesen war, die Kollegin vor Kurzem hier abgeholt und die beiden waren dicht nebeneinander davongegangen. Allerdings nicht Hand in Hand, wie früher, das fiel Toni jetzt im Nachhinein so richtig auf. Launisch wie die Katzen, dachte er, und sieh an, da stand wie gerufen eine alte Bekannte vor ihm: Molly, die Katzenmama, ein Streuner und doch anhänglich, seit sie einmal bei ihnen ihre Jungen hatte aufziehen dürfen. Patti stand gleich auf und holte aus der Zelle, wo einst die Kitten aufwuchsen, etwas Futter und Wasser für die schmächtige Mieze, denn hauptsächlich kam sie deswegen vorbei: aus Hunger. Von Marini ließ sie sich nicht streicheln, da hatte sie ihre Prinzipien. Der Herr dieses Hauses hatte sie seinerzeit, als sie ihre Kinder hier untergebracht hatte, nicht in der Wache haben wollen. Er meinte, die Carabinieri würden dadurch weiter zum Gespött der ganzen Stadt werden, wenn sie nun auch noch als Katzenmamas und -papas aufträten. Doch das Gegenteil war der Fall. Seither eilte ihnen der Ruf voraus, ein italienischer Verwandtschaftszweig von Dr. Dolittle zu sein, da sich immer wieder Vierbeiner oder geflügelte Wesen in ihre Räumlichkeiten verirrten, denen es hier an nichts fehlte.

»Wann gehen wir mal was trinken, Patti, was ist denn nur passiert«, traute sich da Toni zu fragen. Der Chef rumorte in seinem Büro herum, sprach laut und schnell Italienisch und hörte gewiss nicht zu.

»Bald, ich versprechs. Ich muss mich finden, ich weiß selbst nicht ganz genau, was passiert ist. Es hat irgendwie mit Carmines Fortbildung zum Maresciallo zu tun. Äußerlich jedenfalls.«

Sie ging zu Toni, gab ihm ein Küsschen auf die Wange und drückte ihn kurz.

Der Brigadiere sah Tränen in ihren blauen Augen, zum ersten Mal, seit er diese sonst so belastbare Kollegin kannte. Auffälligerweise trug sie ihre glänzenden blonden Haare gar nicht mehr offen, sondern band sie zu einem strengen Knoten zusammen. Dies bereits seit längerer Zeit. Auch Marini war das aufgefallen, doch er hielt sich komplett zurück. Er war vertraut mit seinen Mitarbeitern. Wenn sie etwas auf dem Herzen hatten, selbst Privates, kämen sie von selbst zu ihm.

»Was mich allerdings reichlich nervt, ist, dass uns der Chef seit dem Leichenfund fast nicht mehr aus dem Nest lässt. Schon wieder müssen wir Papierkram erledigen, stinklangweiligen noch dazu«, maulte die Carabiniera absichtlich laut. Da es in diesem Augenblick recht ruhig beim Chef war und der Ohren wie ein Luchs hatte, bestand die Möglichkeit, dass er diesen Satz gehört hatte.

»Geschäftsadressen und immer wieder Geschäftsadressen«, las Toni vor.

»Sein Ehemann kontrollierte ihn, wie es scheint, schriftliche Nachrichten mindestens einmal am Tag. Mit nicht immer freundlichem Inhalt. Wenn ich so was meiner Lissi schicken würde, wären ruckzuck die Türschlösser ausgetauscht!«

»Wie, wohnt ihr jetzt doch schon zusammen?«, wunderte sich Patti, die den Widerstand der Studentin gegen eine geteilte Wohnung trotz aller Liebe, kannte.

»Nein, nein,« grinste Toni, »ich meine, falls wir zusammenwohnen würden, wäre ich dann ganz schnell wieder Single«. Oh je, dünnes Eis, wie er gleichzeitig bemerkte. Seine Kameradin sah augenblicklich getroffen aus, fing sich aber rasch. Toni lenkte ab.

»Und diese beiden Tussis, die komische Betschwester und Schneewittchen.« Es war ihm gelungen, er hatte bei

Patti ein Lächeln hervorgelockt. Dennoch schalt sie ihn wie eine ältere Schwester.

»So spricht man aber nicht über Kundschaft, werter Kollege, wir müssen die garantiert befragen. Da bitte ohne Anzüglichkeiten, wir sind doch Profis!« Der junge Mann las weiter und rief:

»Jakobine heißt mit Nachnamen Verdross und wohnt in Lana, sie ist vierundvierzig Jahre alt und scheinbar ohne Beruf, ohne Ehemann, dafür mit Kind.« Toni schwieg und Patti klapperte auf der Tastatur. Da meldete ihr Kollege erneut:

»Schneewittchen aka Virginia heißt ebenfalls Verdross«

»Ist ja auch die Tochter«, rief Patti hinter ihrem Computer.

Toni Scarpone war ernsthaft erschüttert. Zusammen mit den zu überprüfenden Telefonnummern hatten sie die übrigen Dateien des Mittermaierschen Smartphones bekommen, also auch die Fotos. Natürlich war dem jungen Mann die bezaubernde Schönheit der etwas jüngeren Frau nicht entgangen, Patti hatte nichts dazu gesagt. Sie war selbst für ihre Attraktivität weit und breit bekannt, aber ein völlig anderer Typ.

»Ich fall' gleich vom Glauben ab«, meinte der Kollege, »dieser Engel soll die Tochter von dem – sorry, Patti – vertrockneten Knochen sein? In hundert Jahren nicht, cazzo!« Der jungen Frau gelang ein mühsames Lächeln.

»Doch, tesoro, ich habs zusätzlich via Social Media probiert. Virginia hat Profile auf mehreren Plattformen, aber nicht allzu viele, die üblichen Verdächtigen. Bei Facebook, dort macht sie kaum etwas, bei Instagram mit ihren Modelfotos, und auch TicToc. Bei Facebook ist sie mit einer gewissen Jakobine Verdross befreundet, Mutter. Glaub mir.«

»Ma, das wird ein Joke sein, Patti. Das haben vor Jahren viele gemacht mit den Facebook-Familien.«

»Stimmt, aber ich habe es eben überprüft. Sie wohnen zusammen und das Einwohnermeldeamt gibt als Mutter von Virginia Verdross Jakobine Verdross an. Unehelich, daher trägt sie den Namen ihrer Mama.«

Aus Tonis Mund kamen eine Reihe übler italienischer Flüche, die vom eintretenden Maresciallo Marini beendet wurde.

»Ein Polizist flucht nicht in aller Öffentlichkeit, Signore Scarpone. Wollt ihr zwei bitte zu mir kommen, ich bin jetzt so weit, ihr hoffentlich auch.«

Seine Schützlinge nickten, als bei Patti das Telefon mit der Nummer der Pathologie in Bozen klingelte. Überrascht ergriff sie den Hörer. Lukrezia di Lorenzini meldete sich.

»Ich habe sehr wenig Zeit«, sagte sie, »daher in Kürze: es gibt eine große Überraschung für euch. Schlagt mir einen Termin vor.« Dann legte sie auf. Schon wieder so kurz angebunden, was hatte die bloß?

»Warum hat sie bei mir angerufen«, wunderte sich Patti zusätzlich. Ihre beiden männlichen Kollegen wussten auf die Schnelle keine Antwort, Marini meinte: »Das wird sich sicher weisen«, und winkte in sein Büro. Dort standen drei dampfende Espressotassen. Nachdem sich die Untergebenen gesetzt hatten und der Chef eine wichtige Miene aufgesetzt hatte, aber bedeutungsvoll schwieg, probierte es Toni.

»Es geht nicht um deine Vermählung, Marinius Augustus?«, versuchte der Appuntato, die Stimmung aufzulockern. Denn Patti war in einer Gedankenblase verschwunden, aus der sie nun erwachte.

»Du kombinierst genau richtig. Und weil wir wieder einmal einen offenbar nicht lösbaren Fall haben – ich zitiere den »Rosengarten« – will ich mich nicht lange aufhalten.«

»Das ist offenbar gerade Mode«, schoss Patti dazwischen. »Lukrezia fasst sich seit Neuestem genauso nur noch sehr kurz. KISS«.

»Kiss?«, fragte der Chef, »was hat Küssen damit zu tun? Klär mich auf, holde Kollegin, oder war das wie so oft eine Anspielung auf mein Alter? Kiss hörte ich als Jugendlicher ausgesprochen gern.« Er verzog ein wenig das Gesicht und guckte ärgerlich.

»Nein, auf welchem Planeten lebt ihr eigentlich? Kiss für keep it short and simple. Gute Strategie.«

»Va bene, das mache ich hiermit: Ihr zwei werdet auf meine Empfehlung hin zum Brigadiere und zur Appuntata erhoben. Eine neue Allieva ist im Anmarsch. Darüber seid ihr ja in Kenntnis. Allerdings muss ich sagen, dass bei mir gewisse Bedenken vorliegen.«

Er hielt einen Moment inne. Trotz der strahlenden Gesichter, sogar Patti freute sich zusehends, musste er diesen Wermutstropfen vergießen. Ihn zurückzuhalten wäre unklug gewesen. Sie wären womöglich ins offene Messer gelaufen, gerade Patti mit ihrer spontanen, herzlichen Art.

»Elsa Ruatti kommt aus Caserta, spricht so gut wie kein Deutsch und möchte hier für Recht und Ordnung sorgen. Besonders, nachdem sie gehört hatte, dass in Südtirol bereits um halb zehn das erste Viertele Weißer gestürzt wird. Sie hasst Trinker und alle, die mit Drogen zu tun haben. Das konnte ich erfahren und dass sie nicht sehr kollegial sein soll. Dafür ein geeigneter Schnüffler. Sie ist schon etwas älter, zweiunddreißig, und hat lange als Physiotherapeutin gearbeitet. Mein Bauchgefühl sagt mir deutlich: Vorsicht. Normalerweise, ihr lieben Schäfchen, sind das Informationen, die ein Boss für sich behält. Da wir hier auch mit den Kriminalkommissaren stets mit offenen Karten spielen, halte ich es anders. Ich bitte euch trotzdem, mit Elsa zunächst so vorurteilslos wie möglich zu verfahren.«

Er blickte beiden mit seinen großen braunen Augen tief in die ihren. Mehr war zu dieser Angelegenheit nicht zusagen. Patti und Toni nickten.

»Euer nächster Auftrag – wie ich hörte, habt ihr keine Lust mehr auf Innendienst – eine Anlehnung an unseren letzten Fall. Damals durftet ihr auch zu einer reichen Dame und habt das prima gemacht. Erneut besucht ihr eine Frau mit reichlich Geld und aus altem Adel: Jakobine Verdross. Wir erwarten ja Lukrezia, obwohl sie sich zeitlich nicht festlegen wollte, aber ihr beiden solltet gleich los, ein Überfallkommando.«

Zur benachbarten Marktgemeinde war es an diesem ungewöhnlich heißen letzten Tag des Frühlingsmonats Mai mit den E-Bikes kaum zu weit, dennoch nahmen sie den Alfa und brausten durch die Apfelplantagen in das angrenzende Städtchen. Ausgerechnet Lana, hier war doch nun Maresciallo Losso der Boss. Hoffentlich mussten sie ihn nicht um Amtshilfe bitten, befürchtete Carabiniera Mayrhofer und ihr Gesicht verfinsterte sich. Marini stellte die Telefone auf Umleitung und begab sich in seine Wohnung. Er hatte für seinen Plan einen halben Tag freigenommen und musste sich entsprechend präparieren, Wanderoutfit. Der ursprünglich anvisierte Sonntag war von Florentine gestrichen worden, eine Freundin brauchte ihre Hilfe beim Umzug. Wie oft hatte er die Schuhe überhaupt schon benutzt? Nie! Vorsichtshalber kam Pflaster mit in den Rucksack und dann holte er seine bewegungsfreudige Braut in Obermais ab.

KAPITEL NEUN

Franco Marini gestand: Er war in seinem bisherigen Leben kaum in der einzigartigen Bergwelt unterwegs gewesen, die die Menschen hier umgab. Doch es reizte ihn, in Eigenregie herauszufinden, ob der farbenprächtige Meranith einfach zu finden war und vermutete, dass der Mord in erster Linie mit den Steinen in Verbindung stand. In welcher Form auch immer.

So hatte er seiner zukünftigen Frau einen Ausflug »in die Botanik« vorgeschlagen. Florentine Senoner überraschte dies, sowohl das Ziel als auch der Ausdruck, der verdeutlichte, wie sehr ihr baldiger Ehemann neuerdings der alpinen Natur zugetan war. Der Maresciallo hatte sich zudem verpflichtet, ihr seine Liebe zum Süden des Landes und zum Meer intensiver zu erklären. Die Bücherfrau reiste genauso gern ans Mittelmeer, aber die Berge waren ihr gefühlsmäßig näher. Franco wollte darüber hinaus mit seinem Freund Matthias Ohnewein ein klärendes Gespräch führen und fand, dies hier wäre eine prima Gelegenheit, es zu üben. Ein Geschichtsouting in Sachen Südtiroler Vergangenheit, das möglichst nicht in stundenlangen Vorträgen oder gar Vorhaltungen enden sollte.

Keep it short and simple, das war seine neue Maxime. Florentine stand in alten Bubenlederhosen, die sie sicher aus dem Bestand ihrer »Hippie«-Eltern hatte, einer blau und rot karierten Sommerbluse, einem echten Janker und dicken, gebrauchten Wanderschuhen vor der Tür ihres Antiquariats. Auch sie hatte einen Rucksack dabei, der wie original aus einem Luis-Trenker-Film anmutete und prall gefüllt erschien. Ihr Bräutigam war sicher, sie hatte sich bei der Auswahl der Speisen für eine zünftige Marende auf dem Berg nicht lumpen lassen und freute sich. Die Antiquarin hatte das Ziel ausgesucht und so lenkte Franco aus der Stadt heraus in das weite und offene Tal des Vinschgaus. An der sanft plätschernden und wenig Wasser führenden Etsch entlang kamen sie zur Töll, wo es gewaltig brauste. Hier hielten viele Touristen an, um sich das Schauspiel der Talstufe mit zweihundert Metern Höhenunterschied anzuschauen, und wussten dabei selten, dass das Wort Töll eine einstige römische Zollstation bezeichnet.

Die beiden Ausflügler verließen hier das Burggrafenamt und fuhren gemächlich in den unteren Vinschgau ein. Schnell-fahren ging hier ohnehin nicht. Der Weg nach Naturns war mit dreizehn Kilometern nicht weit, in strahlendem Sonnenschein durch die blühende Landschaft, die sich gerade auf den nahenden Sommer vorbereitete. Marini bog in das Schnalstal ab, wo vor zweiunddreißig Jahren der Gletschermann Ötzi gefunden worden war. Er brütete fortwährend über den neuen Fall und schalt sich innerlich dafür. Der Nachmittag sollte ausschließlich ihnen gehören.

»Du bist so still, meine Flo«, bemühte er sich, zärtlich zu sein.

»Ich rief mir gerade den Steinzeitmann ins Gedächtnis

und dass er auch ermordet wurde. Damals gab es keine Carabinieri und keine Kriminalpolizei, die seinen Fall hätten aufklären können«, seufzte Florentine. Wenn doch ihr Zukünftiger nur einen anderen Beruf hätte, aber man konnte es sich eben nicht aussuchen. Andererseits hätten die beiden sich ohne diese Tätigkeit kaum kennengelernt, tröstete sie sich. Marini lächelte sie liebevoll an und konzentrierte sich auf die Straße. Der Weg zweigte zu Reinhold Messners Burg Juval ab und hatte gefährliche Kehren. Bis zum jetzigen Zeitpunkt blieb der Besucheransturm aus, die Sommerferien hatten noch nicht begonnen. Florentine wollte ins Pfossental, ein Seitental vom Schnalstal, das sich komplett im Naturpark Texelgruppe befindet.

»Es ist richtig wild und einmalig, Franco, du wirst sehen«, sagte die Wandersfrau freudig und dem Wandersmann wurde mulmig. Er traute sich nicht, ihr zu gestehen, dass er zusätzlich zum Vergnügen ihrer Gegenwart »Arbeit mit nach Hause« genommen hatte. Eine kleine Bergstraße zweigte rechts nach Katharinaberg ab und führte bergan zu den ersten Höfen. »Stehenbleiben«, befahl Florentine Senoner und deutete auf eine Parkmöglichkeit. Marini gehorchte und stellte den Wagen ab.

»Und jetzt?«, erkundigte er sich. Weil er zum Fahren Straßenschuhe angezogen hatte, öffnete er den Kofferraum und holte seine Wanderschuhe heraus.

»Na, oft kannst du mit denen aber noch nicht unterwegs gewesen sein«, meinte die künftige Ehefrau lachend und bekam ihrerseits leichte Bedenken.

»Ich habe eine ganze Menge Pflaster dabei und notfalls fährst du eben zurück.«

Der Maresciallo grinste. Ihm war durchaus bekannt, dass Frau Senoner mit modernen Fahrsystemen wie dem seines Wagens auf Kriegsfuß stand, aber sie würde das im Zweifel schon packen.

»Mein Rucksack transportiert lauter feine Sachen, Liebster, die darfst du nachher verspeisen«, lenkte sie schnell vom Thema ab.

»Ist aber topsecret, erst, wenn wir wenigstens eine Stunde gelaufen sind.«

Marini stand nach dem umständlichen Zuschnüren der Schuhe schon jetzt der Schweiß auf der Stirn, doch er musste und wollte seine wahre Liebe erneut beweisen. Der Kampf um diese Frau war anstrengend genug gewesen, war allerdings nicht völlig ausgestanden, dessen war er sich bewusst. Florentines Ziel war der Talschluss, den die Hohe Wilde mit 3.480 Metern Höhe abgrenzte. Daher begann sie einen Vortrag, um Francos Leidenschaft für unberührte Berglandschaften ein wenig anzukurbeln.

»Über Jahrtausende wurde die Landschaft hier von Eis, Wasser und Wind geformt, musst du wissen. Damit du mir das glaubst, gehen wir den Almerlebnisweg. Der erzählt von der Geschichte des Tales und seiner einzigartigen Vielfalt an Flora und Fauna und gilt als einer der schönsten Abschnitte des Meraner Höhenweges«, las sie von einem mitgebrachten Ausdruck ab.

»Er bietet beispiellose Ausblicke auf die Bergriesen der Texelgruppe. Die Wahrscheinlichkeit ist groß, dass wir hier Gämsen, Steinböcke oder Steinadler sehen. Wir kommen an richtigen schönen und alten Almen vorbei, Mitterkaser und Rableid. Die sind nicht mehr bewohnt, sondern werden nur noch im Sommer bewirtschaftet. Vom dreizehnten bis in das neunzehnte Jahrhundert hinein war eine davon, der Eishof, eine der höchstgelegenen

Dauersiedlungen in den Alpen. Von hier geht es über die bekannte Stettiner Hütte und das Eisjöchl zu Fuß bis in das benachbarte Passeiertal. Der Eishof dient heute von Mai bis in den Herbst hinein als Stützpunkt für Wanderer und Bergsteiger, als Almhütte, Schutzhaus und Jausenstation. Und dort, cuore mio, werden wir mit wunderbaren Köstlichkeiten belohnt.«

Sie stellte sich auf die Zehenspitzen und küsste ihren Franco auf den Mund. Das war Motivation genug, die Mühen und Lasten, die vor ihm lagen, auf sich zu nehmen.

»Horch, Florentine«, meinte er nach einem Stück bergauf, währenddessen beide geschwiegen und die schwelgende Natur bewundert hatten, »es gibt schon einen Grund, warum ich bisher die Bergwelt gemieden habe. Es hängt mit der Geschichte der Familie Marini zusammen. Merkwürdigerweise stieß mich sogar mein Trauzeuge, Hias Ohnewein darauf. Der machte sich kürzlich einen Spaß und nannte mich ständig Feldwebel.«

Florentine machte ein ungläubiges Gesicht und zeigte gleich anschließend auf eine Schar Gämsen, die munter kletterten. In sicherer Entfernung. »Dica«, meinte sie nur und stieg kräftig voran, während Marini eine Luftschnapppause brauchte.

»Ich habe keine Ahnung, was das sollte und werde es demnächst mit ihm klären, wir wollen in Terlan einen guten Spargel essen gehen.« Florentines Gesichtsausdruck wechselte von ungläubig auf neidisch, doch sie schwieg. Marini erinnerte sich an KISS und beschloss, den Ausflug nicht kaputtzumachen. Er setzte sich auf einen großen Stein und berichtete:

»Es ist ja mal so, meine Schöne: Nicht nur Kommissarin Isabel Prinoth hat eine schwierige Familienhistorie, die Marinis ebenso. Mein Nonno wurde während der Zeit des Faschismus gegen seinen Willen hierher versetzt, er war Lokomotivführer. Sein Vorgesetzter war aus altem österreichischen Adel, reich, mit einem Ansitz in Lana, natürlich damals ohne Titel.«

Florentine nickte, ihr waren die geschichtlichen Abläufe bekannt.

»Den deutschsprachigen Südtirolern war nahegelegt worden, zurück ins Mutterland zu gehen, die sogenannte Option. Nicht viele kamen dem nach und bei Weitem waren nicht sämtliche Südtiroler, die blieben, Nazis. Der war einer, und zwar von der wirklich üblen Sorte. Er hasste alles, was südlich des Gardasees war, doch das durfte er sich selbstverständlich nicht anmerken lassen mit Italien als Verbündetem Deutschlands. Der daraus entstandene Gewissenskonflikt muss enorm gewesen sein. Er hat ihn an jedem ausgelassen, der unter seine Fuchtel geraten war.« Florentine nickte betroffen und Marini schickte ihr einen Luftkuss.

»Ich will dich damit nicht langweilen, mir ist bekannt, dass du die geschichtlichen Hintergründe unseres Landes kennst. Der Vorgesetzte war ein Feldwebel und alles andere als dumm. Ein hochintelligenter Psychopath, der listige und äußerst raffinierte Mittel und Wege fand, die Marinis zu quälen. Es gelang ihm hervorragend, denn mein Großvater brachte sich 1939 um. Die Nonna zog die Kinder alleine groß, meine Mutter hat sich von dem Schock ihr Lebtag nicht erholt. Der Rest meiner süditalienischen Verwandtschaft mag diese Gegend hier nicht besonders gerne. Das ist der Grund, warum es mich deutlich mehr ans Meer zieht. Und nun: basta.«

Florentine nickte erneut. Inzwischen war Franco wieder aufgestanden, bereit, weiterzumarschieren. Sie nahm ihn einfach in die Arme und drückte den großen Mann an sich. Fest umschlungen standen sie einige Sekunden und dann wanderten sie dicht beieinander, soweit dies eben ging. Franco bückte sich zuweilen, hob einen Stein auf, betrachtete ihn und warf ihn zurück zu Boden. Keiner sagte während des weiteren Aufstieges ein Wort, bis Florentine eine geeignete Stelle für die Jause fand. Sie hatten beide Hunger, der Nachmittag war deutlich angebrochen und ohne Frage würden sie die Spitze heute nicht mehr erreichen. Nach Francos Füßen wagte sich die Liebste nicht zu erkundigen, sondern stellte lächelnd den Rucksack ab und fing an auszupacken und genüsslich zu schmausen.

Es gab besten Südtiroler Heukäse, Kaminwurzen von einem der selten gewordenen Fleischhauer in Eigenproduktion, ein frisch gebackenes Brot von Florentines Mama, Butter vom Milchhof einer Freundin, Buttermilch von heute Morgen, äußerst köstlich, sauer eingelegte Gurken von der Antiquarin selbst, oberleckere, ebenfalls selbst gebackene Scones und persönlich hergestellte Orangenmarmelade, auch von der Erzeugerin seiner Zukünftigen. Deren Englandtick hatte zu diesen Köstlichkeiten geführt, die dennoch passten. Vor allem, wenn man einen Bärenhunger hatte. Da rief Florentine:

»Guck mal. Da liegt was.« Der Bräutigam aber war abgelenkt, denn eine Nachricht ploppte in die WhatsApp-Gruppe auf. Sie kam von seinen Leuten und war kurz: Jakobine Verdross ist eine passionierte Armbrustschützin und besitzt etliche und sehr verschiedene Varianten dieser Waffe. Franco nahm noch eine Kaminwurz und biss hinein. Würde sich erstmals seit Langem ein Fall so rasch lösen lassen? Sein immer richtiges Bauchgefühl meldete Zweifel an. Doch er wollte keinesfalls nun im Schweinsgalopp den Berg »abi kugeln« und sah außerdem Florentine hinter einem großen Felsstück knien. Ein Stück braunes Fell ragte dahinter heraus.

»Franco, kimm schnell, do lig a volekts Murmltier», rief sie ganz erschrocken. Als Marini zu ihr gelangte, sah er das verletzte Murmeltier und auch, dass der Nager offenbar angeschossen war. Er blutete, wirkte schwach, aber noch nicht tot. Sofort dämmerte ihm, was Florentine garantiert als Nächstes sagen würde.

»Wir nehmen es mit und bringen es zu einer Tierarztpraxis, keine Widerrede.« Sie blieb bei dem Tierchen hin und überlegte, wie man es am besten transportieren könnte.

»In meinem Rucksack ist ein Handtuch, Franco. Nimm es bitte heraus, es war eigentlich für deine Schweißfüße gedacht, unten, wenn du wieder deine normalen Schuhe anziehst.«

Ihr baldiger Gatte war überrascht, so etwas hatte er überhaupt nicht in Betracht gezogen, und ging raschen Schrittes zurück zur Picknickstelle. Florentine stand mit großer Geschwindigkeit auf, zu schnell. Ihr wurde schwindelig, da sie auf dem Weg nach oben nicht genug getrunken hatte. Damit hatte sie vermeiden wollen, allzu oft Wasser lassen zu müssen. Sie schwankte, suchte mit den Armen Halt, der nicht da war, ruderte, verdrehte den Fuß und stolperte. Franco erstarrte zur Salzsäule. Die Frau schwang wie das Pendel einer Standuhr, sah ihn an, als habe sie einen Liter Schnaps intus, rutschte und fiel langsam nach hinten die Bergkante hinunter. Sie schrie nicht einmal. Ihrem Liebsten stockte der Atem, dann löste er sich aus seiner Erstarrung und rannte in enormen Schritten zur Absturzstelle.

»Florentine,« rief er, »nein, Florentine.«

Es war totenstill. Das Murmeltier pfiff und Franco hätte große Lust gehabt, es anzubrüllen, es solle gefälligst die Klappe halten. Dann war er da. Seine Braut lag auf einem Vorsprung, inmitten bunter Bergwiesenblumen wie auf einem Totenbett und regte sich nicht. Franco fasste eine eiskalte Hand ums Herz und drohte, es zu zerquetschen.

»Fiore«, schrie er, »tesoro mio, dica, che fai?« und kniete neben der wie schlafenden Frau nieder. Er fühlte ihren Puls und rüttelte sie. Eine kleine Biene brummte aus ihrem Zopf hervor und flog aufgeschreckt davon. Florentine öffnete die Augen.

»Was ist passiert«, fragte sie und hob den Kopf. Franco drückte sie an sich und versuchte, sie aufzuheben.

»Lass das, du Spinner, du verhebst dich noch.«

So zeigte ihm seine Braut, dass alles mit ihr in Ordnung war.

»Hast du dir etwas gebrochen, etwas verstaucht, tut was weh, wir müssen sofort ins Krankenhaus, falls du eine Gehirnerschütterung hast. Mann, hatte ich eine Angst!« Franco ratterte wie ein Maschinengewehr.

»Schatz, ich bin okay, wirklich. Allerdings tut mir der Hintern reichlich weh.«

»Und dein Fuß, du hast den schlimm verdreht!«

Florentine stand auf und humpelte.

»Ja, der schmerzt ziemlich, das könnte schon eine Art Verstauchung sein.«

»Ich bring dich ins Krankenhaus, Liebste«.

»Aber das Murmeltier muss mit.«

Darauf bestand sie. Immerhin bot dieser Umstand die perfekte Gelegenheit, tatsächlich abzusteigen, ohne dass er den schwarzen Peter hätte, er, der ewige Bulle. Die Nachricht behielt er für sich. Daher stimmte er gleich zu, was wiederum Florentine überraschte, die aber nichts sagte. Das Tierchen hatte sehr viel Blut verloren und war alles andere als sicher hier. Erstaunlicherweise waren die beiden schneller wieder am Auto, als sie nach oben gestiegen waren, fand Franco, obwohl die passionierte Bergsteigerin mit ihrem rechten

Fuß nicht fest auftrat und humpelte. Außerdem war sie mit dem Fellmonster, das wenig begeistert über den Umzug, aber zu entkräftet zur Gegenwehr war, zu beschäftigt, um auf seine Scherze zu reagieren. Maresciallo Marini fuhr vorsichtig zurück, der Feierabendverkehr war zum Glück vorüber.

»Die Praxen haben jetzt alle zu, meine Schöne, achtzehn Uhr ist vorbei, was machen wir?«

»Eure Patti ist doch so tierlieb und kennt sich prima aus, vielleicht könnt ihr das Mädel ja über Nacht bei euch aufnehmen? Ihr habt ja Übung«, fragte Florentine ganz unschuldig.

»Das hast du schon herausgefunden, Frau Kommissarin, und einen Namen weißt du bestimmt auch», stöhnte Franco, der Ähnliches geahnt hatte. Patti und Toni mussten sicher vom Besuch bei Jakobine Verdross wieder zurück sein, gegen neunzehn Uhr hatten sie Dienstschluss.

»Heidi«, kam es so prompt, dass der Polizist beinahe einen Unfall gebaut hätte.

»Ma che cosa!«, rief er.

»Eine Nacht, du Tierfreundin, und dann aber pronto zum nächsten Viehdoktor, sonst bringe ich Heidi höchstpersönlich zum Ziegenpeter. Egal, wie krank sie ist.« Er lieferte Florentine mit einem dicken Kuss am Meraner Krankenhaus ab und fuhr dann zur Wache. Sie wollte unbedingt allein hineingehen und versprach, sich sofort zu melden. Einen Meranith hatte Franco bei ihrem Abenteuer nicht gefunden.

KAPITEL ZEHN

Die neue Appuntata fuhr mit dem neuen Brigadiere nach dem Mittagessen verbotenerweise durch die Apfelplantagen hinüber in Richtung Lana. Für Ende Mai war es wirklich zu warm, und vor allem: viel zu trocken. Die Berieselungsanlagen liefen auf vollen Touren und die Hagelnetze waren ausgespannt. Eine schwere Gewitterfront war gemeldet und lag, zwar derzeit nicht sichtbar, aber drückend über dem Burggrafenamt. Toni hatte die Klimaanlage angestellt, damit sie nicht mit Schweißflecken in der Uniform vor der Zeugin stehen müssten. Er kam um ein paar Bemerkungen bezüglich der übermäßigen Apfelproduktion Südtirols nicht herum, vor allem, weil seine Freundin Tendenzen entwickelte, sich eventuell nach deutschem Vorbild mit einigen Kommilitonen auf der MeBo festzukleben. Patti hatte keine Lust auf Diskussionen dieser Art, sie hatte überhaupt keine Lust, irgendetwas zu beurteilen. Ihre permanente miese Laune ging Toni allmählich auf die Nerven, sie war so pattiuntypisch und beeinflusste ihn zudem. Daher versuchte der Kollege und Freund, über Gott und die Welt zu plaudern, was mehr misslang als gelang. Das entstehende Schweigen aber passte ihm auch nicht, er startete einen weiteren Versuch.

»Warst du schon mal in Caserta«, fragte er daher, um ein wenig Konversation zu machen und tatsächlich kam endlich eine Antwort, wenn auch eine kurze.

»Nein«, meinte Patti. Und schwieg.

»Marinis Familie kommt doch von da«, probierte der Brigadiere es weiter. »Vielleicht beehrt uns die Neue deswegen.«

»Toni, mir ist es vollkommen wurscht, wo die Dame herkommt, Hauptsache, sie lernt bald Deutsch, ist nice und fügt sich brauchbar ein. Weiteren Stress kann ich grad echt nicht gebrauchen.«

Wieder verfiel sie in Schweigen. Sie kurvte wild zwischen den Obstbäumen herum, an Traktoren und Giftbehältern vorbei. Inmitten der Reihen hatten die Herbizidbehandlungen kein Gras mehr wachsen lassen, der Boden war kahl.

»Mann, Patti, was ist denn nur los? Macht dir die Trennung von Carmine so viel aus? Sonst bist immer so cool und taff, jetzt so empfindlich, ich kenn mich gar nicht mehr aus.« Toni seufzte und schaute so betreten, dass die Kollegin den Alfa kurzerhand an den Wegesrand lenkte und anhielt. Sie holte tief Luft. »Madonna, nicht einmal meine Mutter weiß es, okay? Wenn du auch nur einem Menschen etwas verrätst, singst du danach im Frauenchor Orphea, die suchen noch dringend Leute.«

Toni erstaunte ihre Heftigkeit, doch er sperrte symbolisch mit Zeigefinger und Daumen seinen Mund wie einen Reißverschluss ab. Ihm dämmerte etwas, was Patti umgehend bestätigte.

»Ich bin schwanger«, stellte sie fest. »Punktlandung

bei einem der letzten Male, Carmine hat keine Ahnung. Nachdem ich vier Wochen drüber war, hatte ich mir einen Test aus der Apotheke geholt. Einwandfrei schwanger. Also bin ich dann sicherheitshalber zu meiner Frauenärztin gegangen. Der Bluttest dort war ebenso eindeutig.«

Plötzlich fing sie bitterlich an zu weinen. Toni hatte keine nur winzig kleine Idee, was er sagen könnte oder sollte, so rückte er ein wenig näher und nahm die Kollegin einfach in den Arm. Nach einer Weile stoppten die Tränen und Patti schluchzte ein bisschen.

»Weißt, dass es mit uns nicht mehr so rund läuft, geht seit seiner Schulung zum Maresciallo. Mein Herz sagte mir, dass etwas nicht stimmt. In der Tat hat Carmine in Rom eine Professorin für Kognitive Wissenschaft der Universität Trient mit Sitz in Rovereto kennengelernt. Die Frau ist zehn Jahre älter als er und er hat es sich nicht leicht gemacht.«

Toni nickte ein wenig. Soweit er Maresciallo Losso aus den langen Jahren, in denen sie zusammen Dienst getan hatten, kannte, neigte dieser zur Schwermut und war ein ernsthafter Mensch.

»Carmine meinte, es wäre seine wahre Liebe, er könnte es nicht ändern. Der Treppenwitz an der Sache ist der, diese Frau wird ihm seine so innig gewünschten Kinder auch nicht gebären, sie ist zu alt. Nun bekommt er endlich eins und ist von der Mutter getrennt.«

Toni erkannte, warum Patti ihm diese Sache erzählte und es sich bisher für sich behalten hatte. Was sie jetzt bestimmt nicht brauchte, waren Überlegungen, ob sie und Carmine nicht vielleicht doch ... wo doch jetzt ein bambino unterwegs wäre ... und so als Polizistin wäre es auch besser ... bla bla bla. Er hielt still.

»Das ist eben genau der Punkt, weißt du?« Patti schnäuzte sich die Nase.

»Ich als alleinerziehende Mutter und Carabiniera, das alles im erzkonservativen Südtirol – wie soll das gehen?« Sie schien durch und durch verzweifelt. Als sie Toni kurz anschaute, setzte sie noch hinzu:

»Selbstverständlich will ich es behalten, frag erst gar nicht!«

»Patti, willst du das Kind behalten?«, quakte da der Appuntato mit Minnie-Maus-Stimme. Er erreichte, was er wollte. Sie lachte ein wenig. Der Kollege wurde wieder ernsthaft, er streichelte ihr eine letzte Träne von der Wange und meinte dann:

»Patti, du kannst ganz sicher sein, dass du alle erdenkliche Hilfe haben wirst. Carmine lässt dich garantiert nicht allein. Auch wenn er nun seine große Liebe gefunden hat. Deine Mutter wird ausrasten vor Freude, so viel steht fest. Marini und ich unterstützen dich, wo wir nur können. Und sei es als Babysitter. Meine Lissi ist total vernarrt in bimbi, die wird sich freuen. Ich finde, darüber machst du dir jetzt mal keine Gedanken. Die Meinung der Allgemeinheit ist dir bisher am Allerwertesten vorbeigegangen, warum interessiert sie dich jetzt plötzlich?«

»Weil ich nun eine Mutter sein werde, und damit angreifbarer«, erklärte die junge Frau, die zum ersten Mal in anderen Umständen war.

»Ma porca miseria, was redest du da? Es gibt kaum etwas Stärkeres als eine Mama, Patti, ich bitte dich.«

Toni hatte recht und sie wusste es auch. Die Hormone spielten mit ihr Pingpong. Ausgeprägter als je zuvor während ihrer Periode. Die Carabiniera straffte den Rücken, legte dem Kollegen die zarte Hand auf die Schulter und sagte abschließend:

»Danke, Toni, du bist wirklich ein echter Freund. Und jetzt knöpfen wir uns die Jakobine Verdross vor.«

Sie startete den Wagen und schoss wie eine Rennfahrerin in Richtung Gewerbegebiet. Sie bog kurz davor rechts auf die Route Südtiroler Apfelweg ab und zeigte auf den Aichberg. Er erhob sich hinter dem Ansitz Kränzel und bot im Herbst so manche nette Weinstube zum Törggelen.

»Ich war noch nie da oben, Toni, einmal Ultental, immer Ultental«, versuchte sie zu scherzen. »Warst du schon mal im Falschauer-Biotop?«, bohrte sie weiter, dankbar ein anderes Thema gefunden zu haben.

»Ehrlich gestanden, war ich da noch nie, wollen wir mal zusammen hin, wir könnten ja Marini und die Neue fragen und unseren ersten gemeinsamen Ausflug dorthin machen«, schlug der Brigadiere vor. Patti lächelte dankbar und nahm nun die dafür vorgesehen Straßen der Stadt. Lana hatte einen attraktiven alten Kern, mannigfaltige Burgen um sich herum und ein munteres Treiben in der Altstadt. Viele Läden, Gastwirtschaften, Galerien und Brunnen luden zum Flanieren ein, was gerne angenommen wurde. Sorgfältig renovierte und mit Blumen geschmückte historische Adelshäuser glänzten mit ihren weißverputzten Wänden in der Sonne, während die hohen Absätze der modebewussten Frauen auf dem Pflaster stöckelten. Kirchen und Klöster bestimmten das Stadtbild, kleine Brücken und breite Gassen. Vor einem großen, geschichtsträchtigen Prunkhaus stellte Patti einfach den Wagen ab. Absolutes Halteverbot, doch das störte die Polizistin wenig. Es gab keine Klingel, sondern eine Glocke zum Läuten. Nachdem beide Carabinieri ihre Uniformen glattgezogen hatten, betätigten sie diese und erwarteten, eingelassen zu werden. Doch es tat sich nichts. Toni schwang den Klöppel ein zweites Mal, was auch hier draußen deutlich zu hören war. Wieder nichts. Gerade wollten sie enttäuscht gehen, da öffnete sich in einem oberen Stock knarzend ein Fensterladen.

»Was wollts?«, fragte eine dünne, aber laute Frauenstimme und ein beinahe weißes Gesicht erschien.

»Sind Sie die Signora Verdross«, fragte Toni freundlich an.

»Aber sicher bin ich die. Frau Verdross, bitte, nix Signora. Ba ins ›Frau‹! I kimm frisch.« Patti und Toni schauten sich kurz an und schwiegen betroffen.

»Bei uns Frau«, wiederholte Patti betroffen. Italienerfeindlichkeit bei älteren Südtirolern war für sie nichts Neues, aber so alt war die Frau ja gar nicht. Nachdem sich wie in einem abgedroschenen Hollywoodgruselschinken die schwere schwarze Eichentür mit einem Ächzen geöffnet hatte und beide Polizisten gerade eintreten wollten, stand urplötzlich eine weiße, große Gestalt vor ihnen. Sie hatte keinerlei Geräusche verursacht, diese waren ausschließlich von dem historischen Portal gekommen. Sie bot einen faszinierenden Gegensatz zur dunklen Tür, in deren Rahmen sie stand und wodurch sie den Eindruck eines Schwarz-Weiß-Films vergangener Tage unterstrich. Kein Wortwechsel war zunächst möglich, denn die Person trug eine Armbrust in der Hand, mit der sie auf Brigadiere Scarpone zielte. Dass jemand mit einer Waffe auf sie zielte, war nicht alltäglich für die beiden Carabinieri.

»Seids auch echt«, fragte die Herrin des Hauses und forderte beide Beamte auf, ihre Dienstmarke zu zeigen. Diese inspizierte sie und Patti, die in ihrem Zustand sensibler als sonst war, bemerkte einen sonderbaren Geruch an der Frau. Sie roch ein wenig nach Weihrauch und nach eingetrocknetem, altem Schweiß. Automatisch trat sie einen Schritt zurück und herrschte die seltsame Dame dann an:

»Wenn Sie uns hier weiter bedrohen, Signora«, diese Formulierung wählte sie nun mit Absicht, »nehmen wir sie einfach mit. Wir haben hübsche Einzelzimmer, die zurzeit sogar frei sind.«

Erstaunlicherweise wirkte das und die Weißgehüllte winkte mit der Armbrust in ihren Palast. Weit kamen die Polizisten freilich nicht. In einer riesigen, dunklen, jahrhundertealten Eingangshalle blieb Jakobine Verdross, denn sie war es persönlich, stehen.

»Was gibts?«, fragte sie weiterhin unfreundlich. Das Gerät hatte sie inzwischen auf eine ebenfalls antike Holztruhe gelegt. Da wurde die Carabiniera gewahr, dass es sich wahrscheinlich um ein Museumsstück handelte, das, wäre die Sehne ebenso alt, gar nicht schussfähig war. Dann musterte sie die Hausherrin eingehend, während Kollege Toni die Dame in Sachen Zeno Mittermaier befragte. Jakobine fiel zunächst durch ihre Größe auf. Sie maß sicher über ein Meter achtzig, schätzte die Polizistin. Der Körper hager und schmal, kaum weiblich. Sie trug eine weiße lange Bluse über einem wadenlangen weißen Rock, darunter weiße Socken in ebenfalls weißen Sneakern. Im krassen Gegensatz dazu prangte auf der Bluse eine auffällige bunte Brosche. Die mausgrauen Haare waren zu einem festen Knoten wie verschweißt, kein noch so kleines Härchen lugte heraus, und ihre Augen waren blassblau. Das Gesicht spitz und kantig, kein Mund zu sehen, die Nase schmal. Ihre Augenbrauen hatte sie eventuell wegrasiert, sie waren kaum sichtbar.

Patti kam es vor, als stünde sie einer altjüngferlichen, völlig vergeistigten Klosterbewohnerin gegenüber. Die Frau strahlte Härte und tiefen Gram aus. Sie wirkte alt und war doch erst Mitte Vierzig. Als sie hörte, dass Zeno tot war, rührte sie sich nicht. Aus ihr kam, genauso abweisend wie alles, was sie bisher geäußert hatte, nur ein Wort: »So.« Mehr nicht. Sie ging eine Runde auf dem rotbraun karierten Steinfußboden hin und her, die Arme hinter dem Rücken verschränkt, während Patti und Toni abwarteten. Dann drehte sie sich zu ihnen und verkündete etwas freundlicher, aber mit hölzerner und vollkommen emotionsfreier Stimme:

»Zeno Mittermaier und ich sind alte Schulfreunde gewesen. Nachdem er aus unserer Heimat abgehauen war, sahen wir uns weniger. Dann kam er irgendwann zurück und kümmerte sich als Ausgleich dafür, dass er mich verlassen hatte, um meine Tochter Virginia.«

»Sie waren ein Paar?«, fragte Toni überrascht. Jakobine schien nun ebenso entgeistert.

»Wie kommen Sie denn auf eine solche abstruse Idee? Nein, wir waren einfach nur Freunde, gute Freunde. Soll es geben!«

Sie sah von ihm zu Patti und schüttelte den Kopf.

»Ich vertraue niemandem. Meine Tochter wuchs bei ihrem Vater in Bayern auf, das war besser so,« erklärte die ehemalige Gräfin Verdross, bevor die Gesetzesvertreter nachbohrten.

»Zeno teilte seit unserer gemeinsamen Kindheit meine Schmuckleidenschaft. Er war darüber hinaus wirklich ausgesprochen begabt. Was ich nicht von meiner Mutter geschenkt bekommen habe, bevor meine Eltern ihren Alterswohnsitz auf Sardinien aufgeschlagen haben, ist von ihm. In letzter Zeit allerdings machte er mehr Schmuck für andere, sein Ehemann steckt dahinter. Zeno sollte internationaler werden, damit er ihn zu sich nach Kapstadt holen könnte und er dort gleich als großer Meister einsteigen würde. Ich bekam Angst, er würde Stücke, die er nur für mich gefertigt hatte, nun verallgemeinern. Das hätte ich nicht ertragen.«

Bei den letzten Sätzen hatte Frau Verdross zum ersten Mal so etwas wie Gefühle gezeigt und außerdem den Bericht von Marinis Schwester Daisy bestätigt. Patti und Toni tauschten Blicke, das würde der Chef weiter entscheiden müssen, wenn nicht die Kommissare aus der Meinhardstraße einschritten.

»Zeno Mittermaier wurde ermordet, Frau Verdross«, entschied sich Patti, der diese Frau eine merkwürdige Angst in ihrem tiefen Inneren machte, den Besuch abzukürzen, »mit einer Armbrust. Sie haben uns vorhin mit einer solchen angegriffen. Haben Sie Zeno Mittermaier ermordet?«

Die Carabiniera fühlte große Aggressionen gegen die Frau, ohne benennbaren Grund. Allerdings auch Mitleid wie zu einem Wesen, das sein Leben lang in einer unsichtbaren Gefangenschaft lebte.

Eine Sekunde lang sah es so aus, als würde die Hausbesitzerin laut loslachen, doch diese Art von Äußerung kannte sie nicht. Stattdessen verzog sich ihr starres Gesicht zu einer Maske, wobei die rechte Gesichtshälfte einen anderen Ausdruck zeigte als die linke. Toni hätte nur zu gerne gewusst, wie sie das hinbekam.

»Ich bin Jägerin, ich habe im Armbrustschießen als Familientradition einige Preise gewonnen und besitze mehrere Stücke. Historische wie moderne. Aber ich erlege gelegentlich Hasen oder Murmeltiere damit, keine Menschen«, ächzte sie mit ihrer eingerosteten Stimme. Patti bohrte weiter.

»Gut, dass Ihnen dieser Umstand vorhin wieder eingefallen ist. Allerdings müssen wir wissen, ob Sie ein Alibi für den Todestag und die Todeszeit haben.« Sie nannte die

Daten. Beinahe schien es, als würde diese bizarre Erscheinung erneut lachen wollen.

»Ich war da, wo ich immer bin, zu Hause«, antwortete sie mit einer Eiseskälte, die Ötzi nach fünftausend Jahren Gletschergrab nicht hätte überbieten können. »Das kann ich bestätigen«, säuselte da eine zarte Mädchenstimme.

Ähnlich ihrer Mutter am Beginn der Befragung war Virginia Verdross plötzlich aufgetaucht, lautlos wie ein Geist. Eine märchenhafte Schönheit, sanft, schwarzhaarig, schwarz gekleidet, der zierliche Körper beinahe durchscheinend. Sie trug gar keinen Schmuck, war barfuß und um die Augen mit dickem Kajal und dunklem Lidschatten bemalt wie eine ägyptische Sphinx. Die langen Haare umgaben sie wie ein Schutzschild und ihre mandelförmigen Augen schwammen in Tränen.

»Ich erzähle Ihnen gerne über Onkel Zeno, der hatte nicht nur angenehme Freunde. Aber ich muss mich erst beruhigen. Darf ich später in die Wache oder ins Kommissariat kommen«, fragte sie mit solcher Trauer und Schwermut in der Stimme, dass beiden Polizisten kaum eine andere Antwort als »Ja, natürlich« blieb. Toni klappte sein Notizbuch zu, Patti beendete die Aufnahmefunktion ihres Handys und die beiden wandten sich zur Tür. Jakobine hielt ihre Tochter im Arm.

»Wir finden alleine heraus«, sagten die Polizisten und ließen diese Figurengruppe aus Mutter und Tochter, die an eine Pietà erinnerte, in Ruhe.

Draußen fasste Toni Scarpone Mut:

»Patti, wir sollten sie unbedingt beobachten. Mit denen stimmt einiges nicht, sowohl Mutter als auch Tochter. Ich würde gerne Maresciallo Losso um Amtshilfe ersuchen – lass bitte Gefühle außen vor, Schwangerschaft hin oder her. Oder du kümmerst dich um andere Angelegenheiten auf unserer Wache. Es gibt genügend. Da müssen wir professionell rangehen. Du erinnerst dich, wie du mir beim letzten Fall aus der Patsche geholfen hast, als ich mich zu emotional gezeigt hatte.« Patti flippte nicht aus.

»Du hast ja recht, fahren wir bei Carmine vorbei, aber vorher schreiben wir einen kurzen Bericht in unsere WhatsApp-Gruppe.« Diesmal fuhr Toni und sie brausten davon. Der werdenden Mutter war es von der Begegnung mit dieser Frau noch immer eiskalt, trotz der sommerlichen Nachmittagshitze, und sie fröstelte ein wenig. Ihr Chef Marini meldete, die Gerichtsmedizinerin wäre noch immer nicht aufgekreuzt und benähme sich seltsamer denn je. Er wollte da nachhaken.

KAPITEL ELF

»Bevor ich mit Elena Pixner los düse, lieber Kollege, heute an meinem freien Tag, wollte ich dich bitten, den Otto Huber ein weiteres Mal heimzusuchen. Der Durchsuchungsbeschluss kam gerade eben herein«, informierte Isabel Grüner Thomas Prinoth telefonisch. Der sollte daheim in seiner Wohnung in Bozen und quasi auf dem Weg sein. Da sie ein Bellen im Hintergrund hörte, ahnte Isabel, dass Prinoth wieder einmal nicht nur Ohneweins ehemaliges Haustier Eugen besucht hatte, sondern dessen neue Besitzerin gleich mit. Seine runde Traumfrau. Die Kommissarin war genauso wenig die Allerschlankeste und freute sich immer über Prinoths Schwärmereien bezüglich weiblicher Rundungen.

»Noch schnell, ich habe hier eine Mail von unserer Pathologin, ziemlich angefressen, ich lese eben vor: Leider war es mir nicht möglich, euch alle zusammenzutrommeln, mi piace. Ich musste dringend einen Vortrag vorbereiten. Meine Auskunft über den Toten ist von höchster Brisanz und ich habe keine Lust, sie zehnmal zu erzählen. Natürlich gehts auch schriftlich, aber ich möchte gerne eure

Gesichterchen dabei sehen. Jetzt muss ich schleunigst zu einem Kongress zum Thema ›Next Generation Morphometry (NGM) und Pathomics‹ in die USA, ihr müsst euch daher gedulden. Ciao.«

»Guter Gott, hoffentlich kriegt Oberhofer bald heraus, was mit der ist«, sagte ihr Kollege verwundert.

»Das geht ja gar nicht«, murmelte gleichzeitig Patti Mayrhofer, die auf der Wache ihren Bericht in Sachen Besuch in Lana zusammen tippte, während Toni mit Carmine Losso sprach. Die Pathologin hatte schon bei früheren Fällen gelegentlich Informationen zurückgehalten, weil sie eine »wichtigere« Leiche auf den Tisch bekommen hatte, aber diesmal müsste sich Polizeichef Ohnewein einschalten. Oder sie spuckte endlich aus, was mit ihr los wäre und würde sich entschuldigen. Marini recherchierte derweil über den Schuhabdruck, es war ein Markensportschuh. Seine Gefährtin, die gestürzte Florentine, hatte sich aus ihrer Wohnung gemeldet, alles war in Ordnung, aber sie müsse sich schonen, Ruhe halten. Das bedeutete, sie schloss den Buchladen.

Marini, dem der Schreck noch in den Knochen saß, beruhigte sich nun. Allerdings saß er jetzt quasi auf dem Murmeltier, das – was keinen wunderte – nur die Appuntata an sich heranließ und wieder einmal vorerst bei ihnen in der Station bleiben würde. Es hatte niemand Zeit, das Tier zum Arzt zu bringen. Noch nicht einmal die Tierpflegerin selbst, die, wie dem Chef auffiel, offenbar kaum mehr zum Sport ging. Doch die neue Allieva wäre bald da, Gott sei Dank! Er schrieb zusätzlich eine kurze Nachricht an Matthias Ohnewein und lud ihn zum Spargelessen nach Terlan ein. An einem der nächsten Tage, Matthias konnte es sich aussuchen. Florentine brauchte Ruhe, das würde er ausnutzen. Isabel schnappte sich ihre Birkin-Bag und lief zum Auto in der Thermengarage. Sie holte Elena, die nicht gerne selber fuhr, in der Bäckergasse ab. Sie mochte diese eher wenig bekannte Gegend Merans, die aus nur ein paar Straßen bestand. Sie führte direkt in die Apfelplantagen, in denen es heuer abgestanden roch. Der Hitze geschuldet wurden sie bewässert und dazu benutzte man geklärtes Abwasser. Das wiederum entwickelte beim Verdunsten eine schlecht riechende Glocke über dem Obstbaugebiet, die je nach Wind in die Stadt oder allmählich in Richtung Bozen zog. Im übelsten Fall stieß sie an die Texelgruppe im Norden Merans und bleib dort hängen.

Isabel, heute lässig angetan in Jeansrock und blauer Bluse, blauen Segeltuchschuhen und Türkisohrgehängen, die unter ihrer roten Löwenmähne hervorlugten, war überrascht über Frau Pixner. Kein Althippielook, sondern sehr mondän wartete Elena im weißen Hosenanzug und riesiger Naturlederumhängetasche ungeduldig auf der Straße. Der Gatte, ehemaliger Polizeichef und bekannt wie ein bunter Hund nicht nur in Meran, schlief selig in seiner Bettstatt. Seit seiner Pensionierung hatte er seinem ursprünglichen Rhythmus nachgegeben und sich immer mehr zur Nachteule verwandelt. Elena kam das sehr gelegen, so nervte er deutlich weniger. Bei Autofahren war sie, die in jungen Jahren einmal in einer Kurve zu schnell unterwegs gewesen, wobei ihr Fiat Ritmo auf dem Dach im Straßengraben gelandet war, ziemlich angespannt. Daher redete sie wenig und achtete mit auf den Verkehr.

Beide Frauen ergaben sich während der Fahrt nach Brixen ihrer Gedankenwelt. Isabel hatte Pattis Kurzbericht und selbst über Zeno im Internet nachgelesen, mit seinem Mann ein bestürzend kurzes Telefonat geführt, das unerfreulich verlaufen war. Baumgartner würde sich in die nächste Maschine setzen und herkommen, »um nach dem

Rechten zu schauen«. Sein Unmut, einen weiblichen Polizisten am Hörer zu haben, war ihm anzumerken. Na warte, dachte Isabel, dich werde ich Mores lehren. Schon kamen sie an der Ausfahrt Bressanone/Brixen an und die Kommissarin nahm den kürzesten Weg zum Kommissariat. Eine Strecke, die sie von früher in- und auswendig kannte.

Lolita Mitteregger wartete vor der Eingangstür und führte die beiden in eine kleine, gemütliche und volle Bar. Die Kommissarin aus der Domstadt hatte wenig Zeit, für einen Verlängerten und eine Brioche aber langte es. Auf der Autobahn war tags zuvor ein erstochener Mann von einem Lkw-Fahrer gefunden worden, unter der Plane seines Wagens. Der Berufsfahrer hatte ein astreines Alibi, da er im Motel übernachtet hatte. In einer Gemeinschaftsunterkunft, wo sie zur Tatzeit Karten gespielt hatten. Der Tote war ein Rumäne und in der Kartei. Ein Haufen Arbeit stand bevor.

»Zwei komische Frauen, so so«, grinste sie mit ihrem karmesinroten Mund. Wie stets war sie tipptopp modisch und ein kleines bisschen zickig.

»Sind Frauen denn in männlichen Augen nicht immer irgendwie komisch?«

»Na ja, Kollegin, unsere Patti ist ebenfalls zu dieser Einschätzung gekommen, und die steht normalerweise eher auf der weiblichen Seite.« Lolita ließ sich erzählen, was die liebe Patti denn so komisch gefunden hatte.

»Da soll es doch bei euch im Burggrafenamt seit einiger Zeit so eine Art Sekte geben, habt ihr noch nichts davon gehört?«, fragte sie leicht pikiert. Elena und Isabel schauten sich an und mussten verneinen.

»Nicht einmal eure Patti?«, spottete Mitteregger.

»Das weiß ich nicht, und wenn, hat sie sie bis jetzt nicht mit den Ladys in Verbindung gebracht, Lolita«, versuchte

Isabel Grüner, die diese Anwandlung von der Kollegin nach vielen gemeinsamen Jahren gut kannte, zu beruhigen. Es klappte und die Kollegin beschloss, großmütig zu sein.

»Ich schick euch nachher was rüber. Straffällig seins noch nicht worn, aber auffällig. Maria Invicta. Ein reiner Frauenverein, männerhassend. Ja wirklich, das ist der Grund, warum sie uns aufgefallen sind. Es gab einen Aufruf von ihnen, das Priesterseminar hier in Brixen schließen zu lassen wegen angeblicher sexueller Übergriffe. Diese sind – bisher jedenfalls – nicht dokumentiert. Wir haben ein Auge darauf, weil wir vermuten, dass sich Betroffene aus Scham und Angst vor Reaktionen der sehr katholischen und kirchenfreundlichen Bevölkerung noch nicht geoutet haben. Übrigens, der Firmensitz«, sie lachte ein wenig, »– ich nenne es jetzt mal so –, ist wohl in Lana. Das täte also schon ein bissl passen.« Die Kollegin verriet außerdem, es gäbe seit einigen Jahren ein feministisches Online-Portal für Südtirol. Dort habe die Chefredakteurin selbst einen Artikel über Maria Invicta geschrieben, sie wäre eine nützliche Ansprechpartnerin. Isabel bedankte sich für den effektiven Tipp und Elena wünschte der früheren Kollegin ihres Mannes alles Gute.

Dann ging es weiter nach Innsbruck. Sie kamen prima voran. Es war Vormittag und die A 22 kaum befahren, schon gar nicht außerhalb der Ferienzeit. Nur der Schwerlastverkehr kroch in behäbigen Schlangen in Richtung Grenze, ein Lkw nach dem anderen, die frische Alpenluft nachhaltig verpestend. Isabel sah die saftigen Almen mit den typischen Stadeln gar nicht mehr, viel zu oft war sie hier schon entlang gebraust. Elena dagegen konnte sich immer wieder an diesem Anblick erfreuen. Die eisblauen Fluten des Eisacks gewannen ihr stets Bewunderung ab oder gar die Franzensfeste, die so malerisch beinahe an die Autobahn geschmiegt, den Blick manch eines

Durchreisenden von der Fahrbahn abschweifen ließ. Das mittelalterliche Städtchen Klausen mit Kloster Säben, das gleich einem Adlerhorst oberhalb der Ansiedlung lag, ereilte das Schicksal vieler abgelegener Orte – es fand keinerlei Beachtung. Zu Unrecht. Gerade rollten sie mit Grausen über ein verbranntes Stück Asphalt. Isabel erinnerte daran, dass hier kürzlich vier junge Frauen, die von einem Diskothekenbesuch nach Hause fahren wollen, von einem Raser gestreift worden waren. Ihr Wagen ging in Flammen auf und die vier starben darin. Der Unfallverursacher raste weiter und wurde nicht gefunden. Auch mit dieser schrecklichen Geschichte hatte Lolita Mitteregger alle Hände voll zu tun.

In der Nähe des Stadtgrabens fanden sie einen Parkplatz und eilten zu Isabels Onkel. Als die antike Türglocke bei Grüners altmodischem Laden schellte und der Inhaber blinzelnd durch die Glasscheibe der Tür schaute, war Elena klar, dass sie hier goldrichtig war. Gabriel Grüner war klein, zart und gebrechlich, mit einer Art John-Lennon-Brille auf der Nase in einem überaus freundlichen Gesicht.

»Ja, was für eine Überraschung, die Isabel und eine fesche Dame hat sie auch dabei?«, charmierte er und betrachtete den Gast mit offensichtlichem Interesse. Es war ihm bewusst, dass er das mit seinen zweiundneunzig Jahren durfte und er genoss es. Der Ladenbesitzer wirkte wie sein Geschäft: Aus einem vergangenen Jahrhundert. Seine silbernen Haare versteckte er unter einer schwarzen Lederkappe, dazu trug er eine verblasste, aber saubere kobaltblaue Weste. Ein buntes Hippiehemd kam darunter zum Vorschein. Seinen Unterleib zierten ehemals blaue, verwaschene Jeanshosen, die Füße steckten erstaunlicherweise in feinen, handgenähten Lederschuhen.

Seine Besucherin schaute sich interessiert in diesem

einzigartigen Geschäft um. Es war gewiss über hundert Jahre alt. Die Patina der handgefertigten, genau dem Raum angepassten Inneneinrichtung aus dunklem Holz mit Einbuchtungen, Schubladen und Türchen wirkte fast greifbar. Grüner erklärte, dass dies hier früher einmal ein Schreibwarengeschäft gewesen wäre, das er so übernommen hatte. Staubkörnchen flimmerten umher.

In dieser wundersamen Galerie der stehengebliebenen Zeit fand Elena ein passendes Präsent für die Carabinieristation. Nicht wissend, dass es dort schon ein lebendes Exemplar gab, kaufte sie ein ausgestopftes Murmeltier. Jemand hatte es Grüner einfach vor die Tür gelegt und der hatte keine Ahnung, wohin damit. Nichte Isabel war sich nicht sicher, ob das Geschenk tatsächlich so wirkungsvoll ankäme, wie Elena sich das vorstellte, die sich dabei vor Lachen den Bauch hielt. Onkel Gabriel erschien es auch lustig und so hatten sich zwei schräge Vögel rasch gefunden. Die beiden Verwandten plauderten dann über die Familie, während Elena sie alleine ließ. Isabel konnte nicht von der Arbeit loslassen und erzählte ihrem klugen alten Onkel davon.

Sie zeigte ihm sogar ein paar Fotos von dem Meranith. Zeno Mittermaier kannte er nicht, hatte aber von ihm und seinen Werken gehört, immerhin war der ein Künstler.

»Möglicherweise ist das alles eine Fehde um diesen speziellen Jaspis, ein großes Geheimnis. Wer hat ihn wirklich entdeckt, wer hat ihm den Namen verpasst und so weiter. Schließlich fehlt ja die aktuelle Arbeit, wenn ich das richtig verstanden habe. Dinge, hinter die ihr vielleicht nie kommen werdet«, sinnierte der Greis.

»Na, du machst mir ja Mut, Gabriel«, schmollte die Nichte. »Genau deswegen, Igor«, manchmal nannte er sie mit ihrem früheren Namen, »wenn es jemand aufklären kann, dann du, meine Kluge«

Dieses Schlitzohr, dachte die Kommissarin, die dem Onkel wegen der Namensschnitzer nie böse war. Zuerst niedermachen und dann wieder aufrichten, aber so war er nun mal. Derweil lief eine schicke und hungrige Dame durch die Innsbrucker Altstadt. In Richtung Goldenes Dachl fand sie einen Bäcker, der lecker aussehende Wurstsemmeln verkaufte, davon nahm sie für sich und Isabel mit. Zu trinken hatten sie genug im Auto und hier essen zu gehen hatten sie nicht eingeplant. Da riss plötzlich eine Person die Tür eines Wirtshauses auf und stolperte volltrunken auf das Kopfsteinpflaster. Um die Mittagszeit ein Glas Wein oder Bier zum Essen zu trinken, war nicht ungewöhnlich, aber hackedicht zu sein dann schon. Wie immer waren die Gassen des beeindruckenden Kerns der alten Handelsstadt am Inn mächtig besucht, und so rempelte der Mann in Trachtenlederhosen sogleich eine pikiert schauende unglaublich dürre Frau in einem kanariengelben Kostüm an.

Sie strauchelte und hielt sich an dem reichlich umfangreichen Mann neben sich fest, der sich, anstatt sie zu halten, auf den Betrunkenen stürzte.

»Du dreckige Sau«, schrie er in einem deutschen Dialekt, den Elena nicht kannte, »lass meine Frau in Ruhe.«

Elena wich aus und zückte ihr Handy. Hier musste die Polizei eingreifen. Die Dürre saß inzwischen auf der Straße und schrie, eine Menschenmenge rottete sich in Windeseile um alle drei zusammen und die beiden Männer waren in eine handfeste Schlägerei verwickelt. Die Ehefrau des ehemaligen Meraner Polizeichefs wusste, was sie zu tun hatte, nämlich eine Zeugenaussage abgeben, und dennoch drängte sie etwas massiv zurück in die schützende Höhle, aus der sie für ein paar Schritte an der frischen Luft entwichen war.

Schon erreichten erste Stadtgendarme zu Fuß den Ort des Geschehens, Alarmsirenen klangen und kamen immer näher. Das Wutgeschrei des Deutschen war laut und deutlich zu hören, der besoffene Tiroler tat es ihm gleich. Elena sprach ihre Beobachtungen in ihr Handy und suchte das Weite.

Der hiesigen Polizei würde sie später eine Aussage übersenden. Für ihr ansonsten beschauliches Leben war dieser Ausflug mit dem jetzigen Geschehen zu viel, sie wollte wieder zurück nach Hause, zu ihrem Hubert, in den Schutz ihres behaglichen Hauses in der Bäckergasse. Wo es ruhig und ohne fliegende Fäuste zuging. Gabriel und Isabel Grüner lauschten Elenas Ausführungen und sie bekam einen beruhigenden Kräutertee. Der Onkel sah sich gezwungen, das so positive Bild der Psychologin von Innsbruck zu korrigieren, räumte aber ein, dass die zunehmende Gewalt auf der Straße kein Tiroler Einzelfall wäre. Dem stimmten beide Frauen zu und machten sich auf den Heimweg in ihre kleine, wahrhaftig nicht immer friedliche Stadt.

»Auf Wiedersehen, schöne Frau, und kommen Sie gewiss bald wieder«, bezirzte sie der Galerist und verabschiedete sich mit einem Handkuss. Ganz, wie es sich gehört, nur angedeutet. Im Auto erzählte Isabel ein wenig über ihr vergangenes Leben, wie wohl sie sich in Meran fühle und wie dankbar sie sei, endlich einfach sie sein zu können. Keiner ihrer Kollegen hatte ein Problem damit, dass sie eine Transfrau wäre, es wäre kein einziges Mal thematisiert worden, außer sie wolle das so. Und sie hätte sogar zum ersten Mal in ihrem Leben eine richtige Freundin. Sie lächelte Elena kurz an, bevor sie sich auf den

Verkehr auf der Inntalautobahn konzentrierte, der nun stark von Berufsverkehr geprägt war.

Ihr Polizistengehirn ging zurück zu dem erschossenen Goldschmied, seinem außerordentlichen Talent und zur Tatwaffe. Warum eine Armbrust? Warum sollte, wie es Patti Mayrhofer angedeutet hatte, eine bisher harmlose, wenn auch merkwürdige Frau mittleren Alters einen gleichaltrigen Mann, dessen Schmuck sie liebte, töten? Mit einer Waffe, die sofort auf sie weisen würde? Gab es da ein Geheimnis? War es eine Vergeltung, wollte sie nichts verdecken, wollte sie für etwas büßen? Sie erzählte diesen Gedankengang auch der Psychologin an ihrer Seite, die ihn annahm. Sie ließ ihn dennoch unkommentiert, das war ihr zu früh. Nachdem sie Elena an ihrer Adresse abgesetzt hatte, fuhr Isabel Grüner gleich in ihre Wohnung. Sie hielt ihre Gedanken gerne schriftlich fest, altmodisch auf Papier, aber dadurch zementiert in ihrem Kopf.

KAPITEL ZWÖLF

»Marini, kommst mit, ich möchte bei der Hausdurchsuchung gerne noch jemanden außer den Wühlmäusen dabeihaben«, rief Thomas Prinoth in sein Handy, nachdem er auf seinem Schreibtisch die nötigen Papiere vorgefunden hatte. Als Wühlmäuse bezeichneten sie gerne die Beamten, die sämtliche Schubladen und Schränke durchsuchten und dabei nichts übersahen.

Grüner weilte im gemütlichen Innsbruck und er musste in die, wie Isabel zurecht gemäkelt hatte, nicht so fein duftende Wohnung.

»Freilich, gerne«, kam eine rasche Antwort und der Maresciallo schwang sich auf sein Fahrrad. Das Privatrad war kein E-Bike, denn er wollte sich für seine Zukünftige weiterhin stählen. So trafen sich Kommissar Thomas Prinoth und der Chef der Carabinieri aus der Petrarcastraße an einer kleinen Bar direkt an der Nikolauskirche. Beide nahmen zum Espresso ein Marillenhörnchen, das direkt aus der dahinterliegenden Bäckerei kam, wunderbar duftete und genauso gut schmeckte. Die altehrwürdige

Kirche, auch Meraner Dom genannt, glänzte in der vormittäglichen Sonne, Straßenhändler breiteten ihre Waren vor den Mauern aus, die Touristen zogen mit Handwägelchen und Regenschirmen als Sonnenschutz vorbei, ein Schwall von Geruch nach Sonnencreme mit Parfum und frisch geduscht vermischte sich mit den Kaffeearomen der Bar. Marini grummelte:

»Jetzt hatte ich geplant, die Hochzeit für Florentine zu einem wirklich hochgradigen Fest zu machen, und dann das!«

Prinoth schaute überrascht über seinem Kaffee hervor.

»Was ist denn passiert, um Himmels willen?« Den Fall meinte der Maresciallo ganz sicher nicht. »Vaffanculo«, schimpfte der und schüttete den Espresso hinunter.

»Von der Verwandtschaft kommen aus Süditalien entgegen ihrer Ankündigung doch nur ein paar wenige. Sie vorurteilen, in Südtirol gäbe es kein feines Essen, sondern nur Knödeln und Schweinebraten, und das mögen sie nicht. Es half keine drei Cent, ihnen alle möglichen Links zu schicken. Sie haben ihre Meinung und damit basta, finito.«

Prinoth fragte sich, ob er lachen oder trösten sollte. Ausgerechnet Südtirolern mangelnde Gourmetqualität zu unterstellen hatte etwas sehr Komisches, andererseits war die einheimische Küche für die Gaumen der Menschen mit mediterranem Geschmack in der Tat gewöhnungsbedürftig. Da der Kollege aber ganz andere Gründe der Absage für wahrscheinlicher hielt und Marini mit seiner Ahnung keinesfalls vor den Kopf stoßen wollte, sagte Prinoth nichts, sondern zuckte nur verständnisvoll mit den Achseln.

»Florentine hätte ihrerseits gerne den anmutigen Kräutergarten ihrer Tante Elisabeth Premstaller am Sonnenberg als Location gehabt, aber die will nicht so recht. Der Garten ist unvergleichlich, ich durfte ihn einmal bewundern. Und, als ob das nicht reichen würde pfeift zusätzlich den ganzen Tag diese vermaledeite Katze im Büro herum. So heißt im Jägerlatein ein Murmeltierweibchen, wie mich meine neue Appuntata durch ihr eifriges Deutschstudium neunmalklug belehrt hat. Patti ist hin und weg von ihr, - also von dem Tier, nicht von der Alieva - man könnte fast meinen, das Viech wäre ein Baby. Sie will's gar nicht wegtun, hat es super verarztet und wird stinkig wie eine Löwenmama, wenn man auch nur andeutet, dass es ein Wildtier ist und unbedingt wieder in seine natürliche Umgebung sollte. Porca miseria e altri tre diavoli!«

Marini machte ein düsteres Gesicht, was man bei ihm selten sah, aß sein süßes Stückchen auf und zahlte. Er lud Prinoth ein und brummelte:

»Jetzt basta mit der schlechten Laune, es wird sich alles finden, andiamo da Otto.«

Er stand hurtig auf, zog seine Uniform in Form und marschierte voraus. Die übrigen Beamten warteten bereits vor der Haustür der Wohnung, die oberhalb einer ehemaligen, tadellos sortierten Buchhandlung lag. Einst der älteste Buchladen der Stadt beherbergte er seit vielen Jahren eine Drogerie und Parfümerie. Einige der Kunden fühlten sich offenbar von der Polizeipräsenz gestört, obwohl diese gar nicht im Laden war, sondern davor, und schimpften, als sie ihrer gewahr wurden.

Otto Huber schimpfte geradeso, und nicht wenig. Sein Vokabular umfasste dabei nicht nur die gängigsten und immer wieder gerne genommenen italienischen Flüche, sondern auch die alten aus dem Südtiroler Dialekt. Die hatte ihm seine Mama in mühevoller Kleinarbeit beigebracht. Es begann mit »oschtia putana« und endete mit »va far un culo«. Allein, es half ihm nichts. Vier Männer und Frauen in weißer Schutzkleidung durchkämmten seine

Wohnung und fanden nicht nur zerfledderte Pornohefte, sondern auch Filme. Echte Filme, dazu CDs und ziemlich wahrscheinlich etliches Material auf seinem Rechner, den sie mitnahmen. Von der Kleidung seiner Mutter hatte Huber nichts entsorgt, sogar ihr uralter Pelzmantel mit Mottenlöchern lag in einem blauen Plastiksack. Für seine Küche war die Entrümpelungsaktion dagegen vortrefflich, obwohl die Polizisten nichts wegwarfen. Das machte Huber dann selbst, er hatte einen ganzen Vorrat an schwarzen Müllsäcken. Er verriet Marini und Prinoth, dass dieser noch von seiner Mutter stamme, die ihm das Sammelgen vererbt hatte.

Im Schatzkästchen seiner Frau Mama wurden die Wühlmäuse fündig. Neben allerhand Trachtenschmuck fand sich ein berückend schöner, herzförmiger Meranith, der frische Bearbeitungsspuren zeigte. Huber lief so rot an, dass er beinahe dem Stein Konkurrenz machte, als man ihm das Fundstück präsentierte.

»Den hat mir der Zeno mal geschenkt«, behauptete er, »weil ich ihm immer die Pflanzen gegossen habe, wenn er bei seinem ...«, er hüstelte und es fiel ihm sichtlich schwer, das Wort zu gebrauchen, »Ehemann in Kapstadt war.«

Marini und Prinoth gingen im Geiste das Atelier durch, mehr als einen stacheligen Kaktus hatten dort beide nicht gesehen. Der Kommissar meinte nur kurz und sachlich:

»Wir werden Ihre Kleidung mitnehmen und untersuchen. Ich bin mir sicher, dass wir an ihr frische Schleifspuren finden werden. Sie bleiben bitte in Meran in der nächsten Zeit, Herr Huber.«

»Ma, wo sollt i denn a hin?«, war der Schauspieler mit einem Mal recht kleinlaut. Die Wahrheit mochte er dennoch nicht herausrücken. Sie verließen die Wohnung mit ihrem absonderlichen Geruch. Marini überlegte, gleich in seine Bleibe zu fahren, um zu duschen und frische Kleidung anzuziehen, Prinoth war der Meinung, das müssten sie im Büro eben aushalten. Denn er hatte eine Nachricht von Sekretärin Ursel erhalten, die Assistentin Zenos, Melanie Falcone warte seit geraumer Zeit, wo er zum Teufel stecken würde, die Grüner wäre weg und Ohnewein dürfe man nicht stören, der hätte anderes zu tun. Ui, vermutete Prinoth, heute sind alle genervt, vielleicht ist ja gerade Vollmond. Na, das wird was geben, wenn Frau Ursels verwöhnte Nase sein soeben erworbenes Parfum riechen durfte.

»Geht es Ihnen inzwischen besser, Frau Falcone«, begann er das Gespräch, »fühlen Sie sich denn inzwischen imstande, auszusagen?«

»Ja,« rief die kleine, kugelrunde Frau, und wiederholte das, als Thomas Prinoth ihr wenig später die Fotografie auf seinem Diensthandy zeigte.

»Das ist der Stein, an dem der Chef zuletzt gearbeitet hat. Es sollte ein Geschenk zum einundzwanzigsten Geburtstag seiner Nichte Virginia werden.«

»Ach, die sind sogar verwandt«, tat nun Thomas Prinoth verwundert, dem die heute ganz in Gold gekleidete Ursel mit gerümpfter Nase zwei Tassen Kaffee und ein paar Kekse gebracht hatte. Melanie nahm sich sofort. Da sie dabei einige Krümel auf den gepflegten Marmorfußboden des achtzig Jahre alten Gebäudes fallen ließ, hatte Ursel einen weiteren Grund, konsterniert zu schauen. Doch sie sagte nichts.

»Nein, nicht wirklich verwandt, er ist ihr Nennonkel. Er und ihre Mutter sind zusammen aufgewachsen, beides die Outlaws der Familie. Hat er mir mal erzählt, wobei er selten was rausgelassen hat. Jakobine war Einzelkind und bei ihm wurde die Vaterschaft seines Tata angezweifelt.

Weil er ein bisschen exotisch aussieht – oh Mann, aussah.«

Sie blickte unter sich und wischte verstohlen eine Träne ab.

»So ein bisschen indianisch. Die Virginia schaut ja mit ihren komischen schwarzen Augen auch fremdländisch aus, finde ich, und die bildet sich auch noch mords was drauf ein«.

Melanie bekam einen wütenden Blick, offenbar mochte sie den Liebling ihres ehemaligen Chefs nicht so arg. Da würde Prinoth später nachhaken.

»Das ist völlig easy, das zu beweisen, an der Kleidung des ›Finders‹ gibt es Schleifspuren. Wenn sie passen, ist er dran. Die Frage bleibt nur zu klären, wie der an das Stück kam.«

Prinoth sah die kauende Melanie herausfordernd an.

»Also, der Chef nahm manche Arbeiten häufig mit nach Hause, er fühlte sich in seiner Wohnung oben in Dorf Tirol sicherer als in der Stadt.«

Mit diesen Worten fing sie an zu schniefen, aber der Kommissar hielt die Trauer für wenig echt.

»Wann haben Sie denn das Atelier verlassen?«, fragte er. Melanie begriff endlich, dass sie tatverdächtig war, und zeigte sich jetzt verängstigt.

»Ich hätte doch dem Chef niemals etwas angetan, warum denn auch? Klar, er hat mich manchmal ganz nett zusammengestaucht, und so richtig viel durfte ich auch noch nicht machen, aber deswegen bringt man doch niemanden um. Ich bin heimgegangen, ich wohne noch bei meinen Eltern.«

»Gut, das überprüfen wir«, kommentierte der Polizist. Ursel schaute durch die offenstehende Tür und lächelte.

»Der Schweizer Ehemann Jürg Baumgartner ist in

Meran eingetroffen. Er muss sich einen Hauch frisch machen, dann will er herkommen, und«, Ursel überbrachte diese Nachricht mit Genuss, »ich zitiere: ›nach dem Rechten sehen‹. Er scheint ein ganz außerordentlich angenehmer Zeitgenosse zu sein, der Eidgenosse.«

Sie zog sofort den Kopf wieder zurück, Prinoth hatte den ironischen Ton in ihrer Stimme wahrgenommen, er war kaum zu überhören. Melanie bekräftigte die Meinung der Sekretärin:

»Ein arrogantes Ar... sorry, der ist krass überheblich, wollte ich sagen. Nur zu mir nicht. Bin immer mit dem klargekommen, die zwei-, dreimal, die ihn getroffen habe.«

Prinoth legte nach:

»Wann haben Sie denn Jürg Baumgartner zum letzten Mal in Meran gesehen?« Die Auszubildende überlegte einen Augenblick.

»Er war jetzt tatsächlich längere Zeit nicht mehr hier, jedenfalls, soweit ich weiß. Ostern haben sie gemeinsam in Kapstadt verbracht.« Sie dachte nach.

»Meines Wissens nach war der an Weihnachten hier, und danach nicht mehr. Obwohl er hier scheinbar ein paar Bekannte hat. Mit denen traf er sich in der Iren-Kneipe. Ist ja ein recht zwielichtiger Laden, die Virgi geht jedenfalls gerne hin!« Melanie schnaubte. Der Kommissar überlegte, sich Fragen zu den Phänomenen ›nur-zu-Melanie-nicht-arroganter-Schweizer‹ und ›zwielichtiger Laden‹ für ein anderes Mal aufheben. Er vermutete einen Grund, den er so der jungen und unsicheren Frau nicht auf die Nase binden wollte. Melanie machte noch weitere Angaben zu ihrem Wohnort und zu ihrer Familie.

Die Achtzehnjährige würde gerne ausziehen, es fehlte ihr allerdings am nötigen Kleingeld. Familie Falcone wohnte in der Nachbarschaft des Bahnhofs in der Viehmarktstraße. Die Gegend galt als eine der weniger guten Adressen in Meran, was der Bozner nicht wusste.

»Die Eltern hätten es lieber gesehen, ich hätte eine Ausbildung zur Verkäuferin gemacht. Aber ich habe schon als Kind ständig mit dem Lötgerät meines Vaters Drähte zu Schmuck zusammengeschweißt. Heimlich, versteht sich.« Dem Kommissar fielen die kräftigen und schlanken Hände der Assistentin auf.

»Zeno verlangte nichts für die Ausbildung, nur deswegen konnte ich dem nachgehen. Im Gegenzug war mir nicht erlaubt – ich bin im ersten Jahr – sehr viel eigenständig zu machen. Ich fertigte nach seinen Vorlagen Goldschmuck an. Den Meranith durfte ich anfassen, aber um Himmels willen nicht bearbeiten. Das war dem Meister persönlich vorbehalten«, sagte sie grollend. Wieder kam Ursel herein, in der Hand einen Aktenordner.

»Wie gewünscht habe ich für euch alles gesammelt, was ich an Telefonlisten, Bankverbindungen, Überweisungen, Kontoauszügen etc. zusammentragen konnte. Nichts Auffälliges dabei,« informierte sie ihren Vorgesetzten und verschwand gleich wieder. Der war über die ungebührliche Störung nicht böse, er wusste, was er an ihr hatte.

»Gab es Feinde oder jemanden, der ihm Böses wollte, wissen Sie das?«, fragte der Kommissar vorsichtig. Melanie überlegte eine Weile.

»Sonderlich beliebt war er nicht. Zu anders als die meisten. Ein bunter Paradiesvogel in Weiß. Und dann neideten sie ihm seinen Erfolg und seinen Reichtum, obwohl er all sein Geld gleich wieder in die Edelsteine steckte. Dass er so offen mit seiner Sexualität umging und sogar verheiratet war, na ja, manch einem war das auch heute noch ein Dorn im Auge. Hat nicht jeder richtig gut weggesteckt. Ein kleines bisschen exaltiert. In Mailand wäre der überhaupt nicht aufgefallen und ich habe mich manchmal wirklich gefragt, warum er nicht nach Kapstadt gegangen ist. Irgendetwas hat ihn in Meran festhalten. Für mich zum großen Glück. Aber was wird jetzt aus mir?«

Nach dieser Frage, die vorerst nicht zu beantworten war, durfte die junge Frau gehen. Sie brauchten unbedingt die Befragungen der Nachbarschaft und eine Konferenz. Lukrezia di Lorenzini war wieder im Lande und musste nun endlich ihre Informationen herausrücken. Die Vorankündigung einer Abmahnung durch Ohnewein lag in elektronischer Form bereits in ihrem Briefkasten. Da die Pathologin zwar eigen, aber niemals unzuverlässig war, würde nicht einmal Stefan Oberhofers Charme reichen, herauszufinden, was mit ihr wäre. Sie musste es dem Polizeichef erklären, was sie dazu gebracht hatte, so unprofessionell zu arbeiten. Das war Fakt.

KAPITEL DREIZEHN

»Maresciallo, ich melde mich zum Dienst«, herrschte eine vierschrötige Frau den neuen Chef zur Morgenschicht im Juni an. Gemeinsam mit ihr war Molly in der Wache erschienen, auf der Suche nach Fressbarem und Streicheleinheiten. Vielleicht ist sie doch älter, als wir alle annehmen, überlegte Patti, der das zunehmende Zärtlichkeits- und Nähebedürfnis der Streunerin aufgefallen war. Auffällig war zusätzlich die Anfangdreißigerin, die mit schwerem Schritt quer durch den Raum marschierte und sich vor Franco Marini positionierte. Ihr Italienisch klang für Toni und seine Kollegin ein wenig so, wie sie das von alten Tonbandaufnahmen mit Reden Benito Mussolinis kannten. Sie stand kerzengerade, war beinahe so groß wie Pattis Ex Losso, schlank, aber nicht dünn und trug einen Bürstenschnitt, die Haare hellblond wie bei einer Skandinavierin. Patti Mayrhofer erkannte sogleich, dass das nur gefärbt sein konnte, denn Elsa Ruatti hatte einen dunklen Flaum auf ihrer Oberlippe und einige wenige schwarze Härchen auf den Fingergliedern. Nach Make-up-Spuren suchte man in ihrem Gesicht mit groben Zügen und einer breiten Nase vergeblich.

Das einzig Schöne waren ihre geschwungenen Lippen, ihr langer Schwanenhals und erstaunlich blaue Augen. Den Hals versteckte sie mit einem Tuch und den Mund kniff die Frau zusammen. Kaum hatte der Maresciallo die neue Allieva begrüßt, drehte sie sich um, begutachtete die Station und meinte:

»Va bene, zwei Männer und eine Frau, Zeit, dass hier ein anderer Wind weht. Du solltest dich nicht so herunterbuttern lassen, Süße«, moserte sie zu Patti gewandt, die sie von oben bis unten lüstern musterte und die blutrot vor Ärger anlief, »aber jetzt bin ja ich da. Und was ist denn das hier, igitt.« Sie stand vor dem Käfig mit Heidi, die Gefahr im Verzug spürte und ängstlich zu winseln begann.

»Das ist ja eklig, rattenartige Tiere bei den Carabinieri, die doch immer ein Vorbild für die Bevölkerung sein sollten. Das muss weg, unverzüglich!«

Franco Marini fragte sich, ob er irgendetwas missverstanden und statt seiner nun Elsa Ruatti das Kommando übertragen bekommen hatte. Selten war der Maresciallo derartig überrascht worden und es dauerte ein bis zwei Schrecksekunden, bis er zu einer Antwort fand. Sein Brigadiere und die Appuntata schauten ihn mit starren Blicken an, während Ruatti Beifall heischend auf die Ausführung ihrer Befehle wartete. Patti hätte die Dame am liebsten mit einem kurzen Win-Tsun-Griff, schließlich hatte sie darin die Meisterschaft, zur Vernunft gebracht, und Toni es mit einer Watschen probiert, indes entschloss sich der Chef zur Milde. Er überging die Wünsche der neuen Allieva vollkommen und überbrachte stattdessen die Botschaft der Pathologin Lukrezia di Lorenzini. Auf Deutsch.

Ihm war das Aufklärungsgespräch zwischen Matthias

Ohnewein und der Medizinerin, das kurz zuvor stattgefunden hatte, bekannt und so wusste er den Grund für di Lorenzinis unkollegiales und wenig professionelles Verhalten. Es war privater Natur und trug zu ihren Überlegungen bei, zurück in die Vereinigten Staaten zu gehen. Sie hatte sich allerdings entschuldigt und würde, solange sie in Bozen bliebe, keine solchen Fehler mehr machen.

»Wir sollen alle zusammen in Lukrezias ›Arbeitszimmer‹«, so nannte sie den Kühlraum in der Gerichtsmedizin, »kommen. Grüner und Prinoth sind schon dort und ich schlage vor, Ruatti bleibt hier und hält die Stellung.« Seine beiden Altcarabinieri grinsten sich eins, denn nicht nur hatte Ruatti fast nichts verstanden, noch durfte sie bei der von allen wissbegierigst erwarteten so sehr wichtigen Eröffnung über den Toten teilnehmen. Als sie dann ihr Mobiltelefon mit der Übersetzungsapp zückte und den Maresciallo bitten wollte, das Ganze ein zweites Mal dort aufzusprechen, platzte Marini doch der Kragen. In feinsten Hochitalienisch wurde er laut:

»Ruatti, ich erwarte nicht, dass Sie hier diese Station übernehmen, auf der noch immer ich sage, was gemacht wird, sondern dass Sie schleunigst die Sprache lernen, die hier am häufigsten gesprochen wird: Deutsch. Wir müssen für unseren aktuellen Fall in die Gerichtsmedizin nach Bozen. Sie bleiben hier und machen Dienst. Sollte unserem Gast« – er zeigte auf Heidi – »bei unserer Rückkunft auch nur ein winziges Härchen fehlen, tragen Sie anschließend Glatze. Und zwar bis zum Ende Ihres Lebens.«

Ruatti machte Anzeichen, etwas erwidern zu wollen, bemerkte aber rechtzeitig, dass dies nicht der richtige Zeitpunkt wäre, feministische Statements durchzupauken. Nun, sie hatte Zeit. Dass sich hier einiges ändern müsse, war ihr nach dieser unverschämten Ansage eines typisch italienischen Machos vollkommen klar.

Das ekelerregende Tier wurde von ihr nicht eines Blickes gewürdigt, auch nicht, als eine alte Hippiefrau später vorbeikam und noch ein ähnliches Wesen, allerdings ausgestopft, mit lieben Grüßen an ihren Freund Franco vorbeibrachte.

Sie ließ die komische Kauzin das Viech auf Marinis Schreibtisch abstellen und widmete sich den liegen gebliebenen Strafmandaten. Irgendwer musste hier ja die Arbeit erledigen. Lukrezia stand an ihrer Arbeitsplatte, sprich Seziertisch, im Autopsieraum, auf der ein mit grünem Tuch abgedeckter Mensch lag. Normalerweise macht die in der medizinischen Welt als Genie bekannte Medizinerin ein ziemliches Gewese um ihren Auftritt, den sie sehr gerne auch als solchen inszenierte. Eine simple Auskunft zu geben war ihr nicht möglich, es musste stets ein längerer Aufsatz zum Thema Todesursache werden. Wollte jemand ihr darin nicht folgen, war sie recht schnell beleidigt und hielt gelegentlich Informationen zurück. Dem war heute nicht so. Lukrezia deckte den Leichnam kurz auf, nur das Gesicht war zu sehen. Zeno Mittermaier hätte ebenso gut tief und fest schlafen können, seine Züge waren entspannt und friedlich. Dann verkündete sie:

»Euer Mann war eine Frau, ihr Lieben. Das Becken verrät es. Sie wurde mit Mitte zwanzig operiert und ihre DNS ist eindeutig weiblich. Es besteht überhaupt kein Zweifel«, erklärte sie und schaute dabei Isabel Grüner intensiv an. Diese reagierte nicht. Dafür allerdings Carabiniera Patti.

»Hätte das nicht Jakobine Verdross wissen müssen? Die kannten sich doch seit Kindertagen?« Lukrezia zuckte mit den Achseln und deckte den Toten wieder zu. Mayrhofer fiel dabei auf, dass sie keinen Ehering trug. Franco Marini registrierte das ebenfalls, während er konstatierte:

»Dass sie das nicht erzählt hat, macht sie nur noch verdächtiger. Leute, wir brauchen eine Konferenz, alles, was wir bisher haben, wird zusammengetragen. Die Presse ruft ständig bei uns an, bei euch bestimmt auch. Wir sollten Zeno frei geben, damit er endlich beerdigt werden kann.« Grüner und Prinoth nickten.

»Und dann formulieren wir die Pressemitteilung, vielleicht hilft ja eure wortgewandte Ursel. Also«, fragte der Maresciallo, »bei uns oder bei euch?« Grüner meinte, mit einem ebenso intensiven Blick zu di Lorenzini, wie sie ihn von ihr bekommen hatte:

»Lieber bei uns. Wir haben mehr Platz und sind ungestörter, nicht wahr, Franco.« Sie pfiff leicht. Die Kollegin Lorenzini blickte verwundert und Isabel klärte auf.

»Die haben schon wieder einem niedlichen Tier bei sich Asyl gegeben, diesmal ist ein verletztes Murmeltierweibchen, Katze Heidi.«

»Wahrscheinlich war keiner der beiden Meraner Tierärzte zu einem Krankenbesuch zu bewegen und Heidi es nicht zuzumuten, im – wo habt ihr sie, in Mollys ehemaligen Katzentransporter? – Käfig bewegt zu werden. Und bestimmt kümmert sich die Appuntata Mayrhofer perfekt um das arme Tierchen.« Patti grinste.

»Die andere Katze macht keinen Stress?«, interessierte sich erstaunlicherweise Lukrezia.

»Das ist eine lange Geschichte«, setzte die Carabiniera an und di Lorenzini unterbrach sie.

»Ach, und Patti, magst du einen Augenblick hierbleiben? Ich würde dich gerne etwas fragen«, bat die Pathologin. Mayrhofer schaute ihren Chef an, der nickte. Die anderen verließen den kalten Raum und Lukrezia wandte sich direkt an die Carabiniera:

»Patti, kann es sein, dass du schwanger bist?«

Die junge Frau wurde blass. »Woher, wieso …?«

»Ich sehe es einfach, ich bin ja schließlich Ärztin, meine Hübsche«, lächelte Lukrezia zum ersten Mal seit langer Zeit. Da die Carabiniera schwieg und bedrückt erschien, forderte die Ältere sie auf:

»Komm, wir gehen was trinken, ich glaube wirklich nicht, dass Marini etwas dagegen hat. Ihr habt ja jetzt eine neue Kraft, da wird er dich mal verschmerzen können.«

Als Patti die Augen verdrehte, hakte Lukrezia sie unter und zog sie aus der Gerichtsmedizin. Die Cafeteria war gähnend leer, da die meisten Mitarbeiter um diese Uhrzeit kurz nach dem Mittagessen entweder Dienst hatten oder schon nach Hause gegangen waren. Während Patti neuerdings einen Bärenhunger hatte und eine große Portion selbst gemachte frische Spinat-Ricotta-Tortellini in sich hineinschaufelte, saß Lukrezia vor einem Tomatensalat und nagte an einzelnen Stückchen herum. Sie erzählten sich ihren Kummer. Patti über ihre Sorgen mit der Schwangerschaft, die Ältere über das Scheitern ihrer Ehe. Dabei merkten die beiden so unterschiedlichen Frauen, dass sie sich sympathisch und gar nicht so verschieden waren, wie sie immer dachten. Sie verabredeten sich locker und freundschaftlich, froh, endlich jemanden zum Reden zu haben. Es sollte nicht das letzte Date der beiden Frauen bleiben.

KAPITEL VIERZEHN

Auf der Fahrt nach Meran aus Bozen heraus verursachte ein E-Scooterfahrer einen schweren Unfall, bei dem einem kleinen Mädchen das rechte Bein abgetrennt wurde. Der Alfa der Carabinieri war einige Autos davor gefahren und Toni hatte seinem Unmut über den Leichtsinn des Scooterfahrers, der ständig die Straßenseite wechselte und viel zu schnell fuhr, geäußert. Sie hörten einen dumpfen Knall, Reifenquietschen und dann eine unheimliche Ruhe. Marini, der im Fond saß, drehte sich um und sah ein am Boden liegendes Kind und einen blutverschmierten Roller. Dahinter abgebremste Autos und eine Gestalt, die mit einem Arztkoffer in der Hand aus einem Auto zur Unfallstelle stürzte.

Toni, der den Wagen fuhr, gab den Kollegen und dem Rettungsdienst durch den Polizeifunk Bescheid und setzte dann auf Weisung seines Chefs den Weg nach Meran weiter fort. Es war nicht ihr Einsatzgebiet und ihre Beobachtungen halfen derzeit nicht. Die Schuldfrage war eindeutig und wenn nicht, könnte man das später nachholen. Was der Maresciallo auf gar keinen Fall wollte, war, in den sich ankündigenden Stau vor ihnen zu geraten. Viele Fahrzeuge hielten an, um zu sehen, was da eben passiert war. Toni fuhr nun über Seitenstraßen und den malerischen Bozner Vorort St. Magdalena. Sie kamen an einem winzigen, kaum als solches erkennbaren Kirchlein vorbei, da meinte der Chef von hinten:

»Florentine will mit mir unbedingt da rein. Das ist eine der ältesten Kirchen Südtirols, was kaum jemand weiß, geschweige denn sie findet. Danke, Toni, jetzt habe ich wenigstens Ahnung, wo sie ist, ohne vom Navi in die Irre geführt zu werden«. Der Lenker antwortete:

»War eher ein Zufall, Boss, aber was ist so Besonderes an den paar betagten Steinen? Ich hätte das Teil ehrlich gestanden völlig übersehen. Nur eine schlichte Hauswand, sonst nichts.« Er kurvte planlos zwischen alten Weingütern und Wingerten in Richtung MeBo.

»Die Kirche ist kunsthistorisch relevant und soll frühe gotische Wandmalereien haben. Man kommt nicht so ohne Weiteres hinein, aber Florentine hat so ihre Beziehungen. Ich lasse mich dann mal überraschen«.

Danach erging er sich in geistigen Vorbereitungen zur baldigen Vermählung, während Patti ihren Kollegen bat, nicht so zu rasen. Das war völlig übertrieben. Marini beobachtete zu seinem Erstaunen, dass Toni sich nicht beschwerte,

sondern milde lächelte, und Patti ihren Bauch hielt. Ein Gedanke zuckte kurz durch sein Gehirn, den er für so unwahrscheinlich hielt, dass er ihn ganz schnell wieder beiseite räumte. Daher fragte er ganz unschuldig:

»Ist dir schlecht, Kollegin, war die Leichenbegutachtung oder das anschließende Gespräch mit Madame Lukrezia so furchtbar?«

»Nein, nein, habe nur wenig geschlafen, bin übermüdet

und überlege, wie das mit unserer Neuen weitergeht. Auf mich machte sie einen sehr kratzbürstigen Eindruck«, versuchte Mayrhofer abzulenken.

»Ja«, gab der Maresciallo zu, »ich bin auch gewarnt worden, wollte mir aber erst selbst ein Bild machen. Früher nannte man so etwas ein Mannweib, heute würde ich für diesen Ausdruck vier Wochen Kerker bei Wasser und Brot bekommen.« Patti lächelte nur zaghaft, während Toni Scarpone über die Schnellstraße zu ihrer Wache sauste. Mit der ist etwas, wurde sich Franco immer sicherer, sie erzählt kaum etwas, geht offenbar nicht mehr zu ihrem Sport und von Erfolgen beim Karaoke, das sie liebte, hatte sie schon längere Zeit nicht mehr berichtet. Franco nahm sich vor, »seine Kleine« bald beiseite zunehmen. In den Räumen der Carabinieri-Station erwartete sie eine Überraschung. Molly war wieder einmal aufgekreuzt und leckte hingebungsvoll am Fell eines ausgestopften Murmeltiers, das mitten auf Maresciallo Marinis Schreibtisch stand. Davor hielt sich mit grünlichem Gesicht tapfer Elsa Ruatti.

»Eine Frau kam herein, sie heißt Elena Pixner, fragte nicht weiter, wo ihr alle seid, und stellte dieses, dieses, also dieses Ungetüm auf Ihren Tisch, Maresciallo. Ich traute mich nicht, es zu entfernen nach der Ansage von heute Morgen. Aber es ekelt mich unglaublich an, diese ganze Situation. Ich hocke hier alleine mit Hunderten von Strafmandaten wegen Falschparkens, wegen Geschwindigkeitsüberschreitungen, ich recherchiere den ganzen Tag nach guten Deutschübungsheften und vertröste beklaute Touristen mit Hilfe des Übersetzungsapp und muss mit einem wild gewordenen Untier zurechtkommen, während mir zu guter Letzt auch noch ein Zombie vorbeigebracht wird. Wenn das eine Mutprobe sein soll, dann habe ich sie wohl bestanden«, sagte sie, immer lauter und zorniger werdend.

Ihr Italienisch klang nun sehr nach Mezzogiorno und war nur Marini noch verständlich. Ihm wurde klar: Sie brauchten diese vierte Beamtin, also musste er alles tun, was ihm möglich war, um diesen verpatzten Beginn der Zusammenarbeit wieder geradezurücken. Das war es, fiel ihm ein, so konnte er es versuchen. Seine beiden Alteingesessenen hatten ihre Sitze eingenommen und schauten möglichst neutral. Marini bat Ruatti, ebenfalls Platz zu nehmen. Seine Stimme war weich, kontrolliert und tiefer als gewöhnlich, als er zu sprechen begann. Molly saß ihm dabei zu Füßen und schaute ihn neugierig an. Es schien, als wüsste sie die Lösung des Problems, würde es aber ausgerechnet ihm ganz gewiss nicht erzählen.

»Hören Sie, Elsa, ich bin der Meinung, wir sollten unbedingt noch einmal alle erneut über Los gehen und neu anfangen. Molly kommt nur gelegentlich vorbei, Heidi bald wieder in ihre Heimat und das Geschenk Elenas war sicher nicht mehr als ein Scherz. Wir wollen hier in Harmonie zusammenarbeiten, was uns bisher meistens gelang. Was halten Sie davon, wir gehen heute Abend in unsere Stammpizzeria und lernen uns kennen? Ich lade Sie und Ihre Kollegen ein.«

Ruatti war ehrlich überrascht.

»Heute kann ich nicht«, meinte sie dann. »Aber in dieser Woche sollte es schon noch möglich sein, volentieri.«

Zu mehr war sie offenbar in dieser Stimmung nicht bereit. Sie widmete sich wieder ihrer Arbeit und der Maresciallo dem verstaubten Wildtier. In den Augenwinkeln nahm er wahr, dass Patti und Toni grienten. Dann druckte die Carabiniera etwas aus und kam zu ihm. Ihr blasser

Teint fiel Marini deutlich auf, sonst war sie stets braun gebrannt.

»Hier, Chef, das hat Maresciallo Losso geschickt«, sagte sie, den vertrauteren Namen ›Carmine‹ vermeidend, und legte ihm einen Stapel Papiere auf den Tisch. Beinahe wäre sie dabei über das tote Nagetier gestolpert. Marini konnte besser schwarz auf weiß lesen als am Desktop. Deswegen, trotz großer Proteste der Appuntata in Sachen CO_2-Ausstoß, mussten wichtige Unterlagen ausgedruckt werden.

Es handelte sich um die Biografien der Verdross-Frauen und Infos zu Maria Invicta, die Marini mit großem Interesse studierte. Sie enthielten die Vergangenheit der Familie, der Eltern und Großeltern Verdross‹. Als er fertig gelesen hatte, bat er Toni, die Adresse einer gewissen Rosi Moroder herauszufinden. Zu dieser Dame, der Chefin der Frauengruppierung, wollte er persönlich gehen. Dann rief Franco seinen Freund Matthias Ohnewein an. Sie verabredeten sich für denselben Abend zum Spargelessen in einer Wirtschaft in Terlan, dem wichtigsten Anbaugebiet in der Gegend. Nur hier ging der neue Polizeichef das edle Gemüse verspeisen. Mit Bozner Sauce und dem frischen Riesling der Region war das Essen hier stets ein Gedicht und auch Matthias amüsierte sich bei der Vorstellung, dass Marinis süditalienische Verwandtschaft Angst vor den ungenießbaren Speisen der »Deutschen« hatten.

Daraufhin erzählte ihm Franco seine Familiengeschichte.

»Das Wort Feldwebel erinnert mich einfach an das alles. Zusätzlich muss ich«, Marini nahm einen großen Schluck Wein, »durch das, was ich heute Mittag gelesen habe, annehmen, dass die Familie, die in unsere derzeitige Angelegenheit verwickelt ist, diejenige ist, die meinen

Nonno zum Selbstmord getrieben hat. Vielleicht sollte ich mich von dem Fall zurückziehen, Matthias.« Ohnewein war betroffen.

»Ich verstehe dich, fände das allerdings schade. Wir haben die letzten fünf Fälle nur mit deiner Hilfe gelöst. Denk noch einmal darüber nach. Schließlich haben wir zwar Jakobine Verdross als eine der Verdächtigen, doch sie ist ›nur‹ die Enkelin eines Nazis, aber nicht verantwortlich für die Verbrechen ihres Großvaters oder gar der gesamten Familie.«

Franco gab ihm Recht und so bestellten sie eine zweite Flasche Wein und beglückwünschten sich, statt mit dem Auto mit dem Vinschger, der Südtiroler S-Bahn, hergekommen zu sein. So durfte es nämlich nach dem gehaltvollen Essen mit Dessert zusätzlich ein fein gebrannter Zirbenschnaps sein.

KAPITEL FÜNFZEHN

Im Kommissariat in der Meinhardstraße war es dank fehlender Klimaanlage schön warm. Viel zu warm zum Arbeiten, weswegen einige der Kollegen die Fenster geöffnet hatten. Nicht zum Rennweg, durch den als eine der Hauptverkehrsadern Merans ständig hupender Verkehr floss, sondern zum Kornplatz. Er war nicht weniger belebt, aber erträglicher. Für einen Junitag noch vor den Sommerferien war die Hitze mit um die dreißig Grad zu hoch und die Schulkinder freuten sich. Es gab hitzefrei und sie konnten sich im Lido oder auf einer der Sandbänke der Passer vergnügen. Seit einigen Jahren war dies streng verboten, doch in Richtung Passeiertal hinter dem Steinernen Steg war die Versuchung definitiv zu groß.

Wie in den Erzählungen Mark Twains über Tom Sawyer und Huckleberry Finn gab es winzige Inseln im Strom, der keinesfalls mit dem Mississippi verglichen werden kann, überwuchert mit Brombeersträuchern, freiliegenden Wurzeln und schilfartigen Gräsern. Auf ihnen konnten Feuerchen gemacht werden, man fand allerhand

Holzreste im Wasser bis hin zu ganzen Bäumen und jagte gelegentlich Bisamratten in die Flucht.

In der Passer zu schwimmen wagten sich die Abenteurer glücklicherweise nicht.

Es war bekannt, dass dieser kleine Wildfluss sehr gefährlich war und nur harmlos aussah. Aber in den flachen Fluten am Ufer spielen ging schon. Fische und Süßwasserkrebse beobachten. Versuche, Enten zu fangen, was nie gelang. Ein Paradies für die Sprösslinge der Stadt, für diesen Zweck nahmen sie manche Strafe in Kauf. Die Carabinieri waren dafür zuständig, der eine oder andere übereifrige Besucher Merans, leider häufig Deutsche, alarmierte empört und aufgeregt die Polizei. Als eine sommerlich bekleidete Isabel Grüner und ein Thomas Prinoth mit leichtem Leinenhemd und leichten Chinos gemeinsam ihr Büro betraten, stürmte ihnen die resolute Vorzimmerdame Ursel entgegen. Auch sie hatte ein Outfit gewählt, das den Temperaturen entsprach, und war in einem mintgrünen Seidenkleid asiatischen Zuschnitts erschienen.

Sie berichtete mit Strenge in der Stimme: Während die Kommissare in Bozen waren – ihre Tonlage glitt ins Ärgerliche, als hätten die Herrschaften dort mitten in der Arbeitszeit den Naschmarkt aufgesucht – war Zeno Mittermaiers Ehemann Jürg Baumgartner im Kommissariat aufgeschlagen. Weil er die erwarteten Polizisten nicht an ihrem Arbeitsplatz vorfand, hatte er einen ordentlichen Zinnober veranstaltet.

»Weil niemand da war«, ereiferte sich die Sekretärin, »meinte er wortwörtlich. Bin ich vielleicht niemand?«

Konsterniert habe sie dann den Polizeichef geholt, denn der sehr schlanke und höchst elegant gekleidete Mann konnte – oder wollte – sich nicht beruhigen. Ohnewein besänftigte ihn und versprach, zwei Beamte zu ihm ins Luxushotel zu senden. Ursel verschwand wieder ins Vorzimmer, nicht ohne den Hinweis auf die viele Arbeit, die sie noch zu erledigen hätte, und ließ die beiden allein.

»Isabel, nachdem, was ich so über diesen Ehemann gehört habe, soll er es nicht so arg mit der holden Weiblichkeit haben«, versuchte Prinoth sein Glück.

»Kunststück, der war ja auch mit einem Mann verheiratet«, lachte ihn da seine Kollegin aus.

»Nein, ich meine das anders.« Er räusperte sich ein wenig und Isabel sah ihn an.

»Daisy, Marinis Schwester, ist in der Vergangenheit auf verschiedenen Veranstaltungen mit dem aneinandergeraten. Sie schildert ihn als frauenfeindlich und frauenverachtend. Was für einen homosexuellen Mann ziemlich ungewöhnlich ist.« Weiter kam er nicht. Grüner ereiferte sich und ihr irisches Temperament brach durch:

»Von wegen, das gibt es häufiger, als die Allgemeinheit so annimmt. Der schwule Mann als bester Freund der Frau ist ein gern genommenes Klischee für sogenannte Familienkomödien. Die Wirklichkeit sieht in der Regel anders aus, das gebe ich dir schwarz auf weiß! Am allerschlimmsten sind Transfrauen, die an den Biofrauen kein gutes Haar lassen, sie als Gebärmaschinen abklassifizieren und so weiter. Du erinnerst dich eventuell an Diskussionen zum Begriff der Mutter als gebärende Person. Das ist nur der Gipfel des Eisbergs, in welcher absurden Situation wir uns gerade befinden.«

Isabel schnaufte. Eine solche Einstellung hätte Thomas Prinoth bei der progressiven Kollegin nicht erwartet und er ließ sich mit seiner Antwort daher Zeit. Isabel nuckelte an ihrer Trinkflasche mit Roibuschtee und beruhigte sich langsam.

»Es wäre die richtige Strategie, wenn du ihn befragen würdest und gleich die Kampflesbe aus der Petrarcastraße mitnimmst. Ihr zwei könntet den ordentlich auseinandernehmen.«

»Kampflesbe? Die neue Carabiniera? Wie kommst du darauf?«

»Flurfunk«, erwiderte Prinoth nur geheimnisvoll. Grüner erriet sofort die Zusammenhänge.

»Patti hat Konkurrenz bekommen?«, fragte sie frech. Sie mochte die Appuntata und durfte sich solche Bemerkungen erlauben. Die Carabiniera war grundehrlich, von Kind auf frauenbewegt dank ihrer feministischen Mutter und kollegial. Stutenbissigkeit musste garantiert von der Neuen kommen, das war Isabel klar.

»Marini hat kürzlich mit mir ein paar Worte telefonisch gewechselt. Ruatti, so heißt sie, spricht zurzeit nur süditalienisch und tut sich sehr schwer mit dem Deutschlernen. Sie bezeichnete sich ihm gegenüber bereits im Vorstellungsgespräch selbst als Hardcore-Feministin und findet, dass nur die Liebe unter Frauen die wahre Liebe ist. Hackte gleich mal auf Toni herum und machte Patti deutlich an.«

»Warum«, war Isabel wissbegierig, »ist sie in sie verliebt, oder was?«

»Nach Marinis Beobachtungen eher neidisch. La Mayrhofer ist eine richtige Schönheit, ein Licht, das sie gerne unter den Scheffel stellt.«

Grüner unterbrach erneut.

»Aber nicht wie einen Schutzschild vor sich herträgt.«

»Stimmt, deswegen ist es Franco ja aufgefallen. Ruatti nervt seither mit ständigem völlig unangebrachtem Genörgele in Sachen Frauenklamotten, Make-up, Frisuren et cetera. Die Kollegin wiederum ist zurzeit offenbar total empfindlich, kontert entsprechend und andauernd muss

Franco einschreiten. Sogar ein gemeinsames Pizzaessen bei der Lieblingspizzeria geriet fast zum Desaster. Als Ruatti begriff, dass die in Südtiroler Hand ist, wollte ihr die Pasta nicht mehr schmecken, auch nicht, als sie feststellte, dass der Pizzaiolo eine Frau war. Das führte zur Diskussion, man müsse dann gefälligst Pizzaiola sagen. Danach schmeckte offenbar nur noch der Grappa. Ich hoffe, du kannst mit diesem gemeinsamen Auftrag was retten.« Grüner wurde nachdenklich. »Überempfindlichkeit passt nicht zu Patti. Ist sie eventuell schwanger?«

Thomas Prinoth wirkte unverhohlen überrascht. Er entgegnete:

»Ich kenne sie kaum, um ehrlich zu sein. Franco schätzt sie, du stehst ihr näher als ich. Am Ende bin ich doch zu oft in Bozen. Worüber ich informiert bin, wird sich mit deinem Wissen decken: dass sie mit Carmine Losso auseinander ist, und, das melden auch die Buschtrommeln, in letzter Zeit häufiger mit unserer Rechtsmedizinerin Lukrezia di Lorenzini gesehen wurde. Die wiederum frisch geschieden ist. Vielleicht bahnt sich ja da etwas an.«

Sonst war der Kommissar selten geschwätzig, Isabel nun ihrerseits sprachlos. Die Kommissarin überlegte, Thomas ein wenig wegen seines Superweibs mit zwei Dackeln zu piesacken, doch es gab wahrhaftig Wichtigeres. Sie dachte einen Moment nach und regte dann an, alles für die Konferenz zurecht zumachen.

Diese würde in einer halben Stunde stattfinden. Die beiden Kommissare packten ihre Aktenordner zusammen, schickten alle fallrelevanten Dokumente an die Rechner im Konferenzraum und verließen gemeinsam ihr Büro. Ursel hämmerte auf der Tastatur ihres hochmodernen Geräts und beachtete die beiden nicht. Polizeichef Ohnewein brauchte ihre Hilfe, denn er befasste sich ausgesprochen gründlich mit einem Phänomen, das im beschaulichen Südtirol schleichend zur Bedrohung geworden war: den hochentwickelten cyberkriminellen Strategien des organisierten Verbrechens.

KAPITEL SECHZEHN

Di Lorenzini und Oberhofer waren schon da und räkelten sich am runden Tisch. An einer der vertäfelten Wände stand eine große Glastafel, auf die Zettel und Fotos aufgeklebt werden konnten. Stefan knabberte Studentenfutter, das zu seinem Amüsement auf der Tüte als vegan bezeichnet wurde, und Lukrezia tippte wie wild auf ihrem Smartphone herum. Oberhofer hatte seine Versuche, Lukrezia privat zu verhören, aufgegeben. Außerdem schien es ihm gar nicht mehr nötig zu sein. Als die Kommissare den Raum betraten, kamen gleichzeitig Maresciallo Marini und seine drei Carabinieri die Marmortreppe herauf. Toni rannte schon fast, während die im Allgemeinen so sportliche Patti eher langsam Stufe für Stufe schlich. Marini ging schnell zwischen den beiden und wunderte sich. Schlusslicht bildete Elsa Ruatti, die heute vorsichtig sein wollte.

Der stets um eine gemeinsame Wellenlänge bemühte Chef der Truppe hatte am Tag zuvor ein ernstes Wort mit ihr gesprochen und mit der Versetzung in das kleinste sardische Dorf gedroht, wenn sie sich nicht endlich zusammenriss. Der Tonfall, in dem er ihr die Aussicht klarmachte, war eindeutig und sie verstand. Nachdem alle mit Wasser und Kaffee versorgt waren, gab als erster SpuSi-Chef Stefan Oberhofer die Erkenntnisse seiner Abteilung und die der kriminaltechnischen Untersuchung bekannt. So stammten die Schleifspuren an Otto Hubers Kleidung eindeutig von dem Herzmeranith, den Zeno Mittermaier zuletzt bearbeitet hatte. Zudem gab es auf Zenos Handy Fotos seines neuesten Werks, die den Stein zeigten, der bei dem Laienschauspieler entdeckt worden war. Kommissar Prinoth ordnete an, Huber, der hiermit eindeutig als Dieb überführt war und darüber hinaus kein Alibi hatte, umgehend festzunehmen und ins Kommissariat zu bringen.

»Der muss sofort her, der darf erst mal bei uns im Einzelzimmer wohnen«, stimmte Isabel Grüner zu.

»Fingerabdrücke von der Praktikantin Melanie Falcone haben wir im gesamten Geschäft gefunden, nicht aber am Pfeil. Der hatte keinen einzigen Abdruck, man hat wohl Handschuhe benutzt. Fremde DNS ebenfalls überall im Laden, keine, die in unserer Datei ist. Einen bekannten Raubmörder schließen wir daher aus. An der Kleidung des Toten gibt es nur DNS von ihm und von der Praktikantin. Der blutige Schuhabdruck der Größe 40 rührt von einem Sportschuh. Ihr solltet herausfinden, wem sie gehören, dann haben wir den Täter oder die Täterin«, referierte Oberhofer.

Isabel verdrehte die Augen, zu diesem Schluss wäre sie auch ohne Stefans Hinweis gekommen. Wobei der Abdruck so eindeutig, wie Stefan meinte, gar nicht wäre. Nun denn. Der Kollege dozierte weiter:

»Ärgerlich ist allerdings, dass Spuren, die auf der Straße gewesen sein müssen, durch das Getrampel der schaulustigen Zuschauer absolut unbrauchbar geworden sind. Ich halte es für offenkundig, dass der Verbrecher sogar die Schuhe nach der Tat wechselte, weil wir wirklich gar nichts mehr gefunden haben, auch nicht im Laden. Rein gesprungen, Vitrinen hastig geleert und zack wieder raus. Man bemerkt den Abdruck, entledigt sich draußen der Schuhe und ab die Post. Denkt dran, es war warm, da barfuß zu laufen wäre auch nachts kein Problem gewesen. Ob es allerdings besonders hygienisch ist, ist eine andere Geschichte. Die Datenauslesung aus Zenos Mobiltelefon ergibt keine relevanten Daten. Mir sind die Notizen aufgefallen, in denen Zeno immer wieder wie in einem Tagebuch und gebetsmühlenartig erwähnt, es gäbe nur einen wirklichen Grund, warum er in Meran bleiben müsste. Den er dummerweise aber verschweigt. Die Tatwaffe haben wir immer noch nicht. In der Umgebung des Tatortes war sie nicht, da haben wir keinen Stein auf dem anderen gelassen und die gesamte Nachbarschaft endgültig gegen uns aufgebracht. Eine Hausdurchsuchung bei der Familie Verdross ergibt nur mit Abgleich von Fingerabdrücken einen Sinn. Schuhwerk und Waffen hätten die Damen, so sie an der Tat beteiligt waren, schon längst beseitigen können«, belehrte Oberhofer seine leicht konsternierten Kollegen. Als Nächste hielt die Pathologin ihren Vortrag.

»Bei euch hab ich ja nie richtig was zu tun, dagegen damals bei den eingefrorenen und frisch aufgetauten Eissoldatenleichen aus dem 1. Weltkrieg oder dem geschredderten Toten im Schweinefleischlaster, ihr könnt euch sicher erinnern, da war richtig was los.« An dieser Stelle fiel Marini auf, dass Lukrezia wie gehabt in dem von ihr gewohnten Redefluss war, was er für ein erfreuliches Zeichen hielt. Allerdings fürchtete er nach ihrer Wortwahl eine längere Sitzung als angedacht. Da fuhr sie schon fort:

»Gerade eben habe ich eine Wasserleiche aus dem

großen Schwarzsee. Das ist der größte im Passeier, glaube nicht, dass schon mal einer von euch Sportmuffeln dort war.«

Allgemeines Gegrummel folgte, Bergprofi Oberhofer feixte ein wenig.

»Wahrscheinlich, weil die Tour dahin keine massiven Ansprüche an den Wanderer stellt, in meinen Augen jedoch recht abwechslungsreich ist und durch typisches hochalpines Almgelände führt, hatte der Mann aus Thüringen statt ordentlichen Trinkwasservorräten ein ansehnliches Schnapsbundele mitgenommen. Anglerzeugs war ebenfalls eingepackt. Ein unglücklicher Unfall, denn er stürzte – vermutlich beim Auswerfen der Angel – volltrunken ins Wasser. Er traf mit dem Kopf auf ein Felsstück und wurde ohnmächtig. Da er alleine unterwegs war, bekam er keine Hilfe und ertrank. Drei Komma acht Promille Alkohol konnte ich noch nach acht Wochen über Fettsäureethylester in den Haaren nachweisen. Obwohl natürlich von dem Typ nicht mehr so viel übriggeblieben war.«

Sie wollte weiter ausholen, nachdem sie endlich in ihre alte Form zurückgefunden hatte. Da sah sie, wie ihre neue Freundin Patti versuchte, unauffällig in Richtung Ausgang und Toilette zu entschwinden. In wenigen Wochen würde man bei einer so zierlichen Person wie der Carabiniera eine Veränderung feststellen können. Nur rundere Frauen konnten Schwangerschaften länger verbergen. Schnell kam sie zum eigentlichen Grund ihrer Anwesenheit bei dieser Konferenz zurück:

»Zu Zeno oder Zena oder wie auch immer die Person vor ihrer Geschlechtsumwandlung geheißen haben mag. Es gibt keinerlei Hinweise auf irgendeinen Drogenabusus. Am Tag vor seiner Tötung hatte er nur gegessen, nicht gerade viel, und Tee getrunken. Alkohol null. Was hierzulande, wie alle hier Anwesenden wissen, wirklich ungewöhnlich ist. Unser Opfer hätte recht alt werden können, es war pumperlxund, bis auf Stresserscheinungen. Tadellose Muskulatur in den Bereichen, die für Bergwandern wichtig sind, und starke sehnige Hände. Das verwundert natürlich auch nicht. Sex hatte er längere Zeit keinen. Der Grund dafür war eine Schuppenflechte, die an einigen Stellen seines Körpers stark ausgeprägt war. An den Knöcheln seiner Hände, an den Ellbogen und im Schritt. Keine Ahnung, was er dachte, da an seinen Genitalien zu haben, behandelt hat er es jedenfalls nicht. Trotz äußerst wahrscheinlich schlimmer Schmerzen und noch viel schlimmerem Juckreiz. Das muss gebrannt haben wie Feuer.« Lukrezia sah in betroffene Gesichter.

»Man kann auch dort Schuppenflechte haben«, fragte Isabel Grüner.

»Das kommt häufiger vor, als es in der Öffentlichkeit bekannt ist«, antwortete die Ärztin.

»Die meisten Leute schämen sich. Obwohl das keine ansteckende Geschlechtskrankheit ist. Keine Kunst, daher treu zu sein und der Ehemann ist ja erst nach seinem Tod angereist.« An dieser Stelle mischte sich Oberhofer ein. »Das stimmt, wir haben den kompletten Chat- und Sprachnachrichtenverlauf der letzten Monate. Zeno – oder wie sie eben hieß – hat immer mal wieder zwischendurch gelöscht, sonst hätten wir alles. Ach ja, das Smartphone war nicht nagelneu, aber auch nicht uralt. Wichtig schien ihm die Dokumentation seiner Arbeit gewesen zu sein, Kundenbetreuung und weniger private Kontakte. Mit seiner Nichte hat er am meisten getextet, lauter belangloses Zeug. Dazu gefühlte Millionen von Fotos. Neben vielen Natureindrücken vor allem die Rohmeranithe, die er gefunden hat.

Danach ständig die Nichte – die ist ja wirklich ein bildhübsches Weiblein, mir wäre sie allerdings zu zahm, zu ätherisch, zu sanft. Private Aufnahmen und als Model für seinen Schmuck. Die könnte Karriere machen. Nicht als Laufstegschönheit, dafür ist sie zu klein, aber für Fotos ... Einige unglaublich schräge Bilder von Jakobine Verdross, der Mama, selbstverfreilich mit Schmuck von Zeno. Die Frau sieht darauf aus wie original eine Muttergottes in Himmelblau, wie nicht von dieser Welt und dann auf ihr eine blutrote Meranithbrosche, die wie flüssige Lava, frisch aus dem Vulkan, und heiß wie die Liebe glänzt. Das sticht total ins Auge. Ein affengeiler Marketinggag, alle Achtung.« Lukrezia nickte Oberhofer zu und schloss dann ihre Ausführungen:

»Zur Todesart gibt es nichts Neues. Er wurde weder vorher betäubt noch vergiftet. Der Pfeil der Armbrust traf von der Seite und schräg hinten, der Jäger muss in der Nähe gestanden und etwas kleiner gewesen sein. Der Mann war quasi sofort tot, gelitten hat er sicher nicht. Jedenfalls nicht körperlich. Das wäre es fürs Erste.«

Sie blickte nicht in die Runde für Applaus wie sonst, sondern hielt nach der blonden Carabiniera Ausschau. Diese kam soeben wieder leise zur Tür herein, recht blass um die Nase. Marini meldete sich zu Wort:

»Mein früherer Brigadiere Carmine Losso, ihr kennt ihn alle, seit Kurzem Maresciallo in Lana, war so freundlich und hat uns Amtshilfe geleistet. Bevor wir uns trafen, habe ich die Familiengeschichte Verdross durchgeackert und auch einiges zur Gruppierung Maria Invicta, die mir mehr und mehr eine Sekte zu sein scheint. Zunächst zu den nicht so heiligen Damen, zu denen nebenbei Heidi, unser Murmeltier, gehört. Sie liegt – Katze contra Katze – im Clinch mit Molly, die deren Anwesenheit möglichst schnell beendet sehen möchte. Ich übrigens auch, aber mich fragt ja keiner.«

Der Maresciallo sah aus den Augenwinkeln, wie sich das Gesicht Elsa Ruattis verdüsterte, sie Bewegungen in den Mundwinkeln hatte, doch, klüger geworden, schwieg. Patti dagegen nahm endlich eine gesunde Gesichtsfarbe an, denn sie errötete.

»Zusätzlich hat sich die Gattin unseres ehemaligen Polizeichefs, Elena Pixner, einen Scherz erlaubt und mir ein ausgestopftes Murmeltier auf den Schreibtisch gestellt. Molly liebt es und schleckt es mit großer Hingabe ab. Währenddessen fiept und pfeift das echte Wildtier und ihr könnt euch vorstellen, wie effizient das alles für die Konzentration ist.«

Seine Untergebene Appuntata Mayrhofer war derweil regelrecht rot geworden, denn sie allein zeichnete für das Chaos verantwortlich. Im Inneren nahm sie sich vor, die inzwischen gesundete Heidi zu guter Letzt auf den Berg zu bringen. Die wurde allmählich vom leckeren vegetarischen Goldhamsterfutter immer runder. Mein Gott, stellte Patti bestürzt fest, so wie ich. Bald werden sie es merken, ich muss endlich mit der Wahrheit heraus.

»Ich wusste es«, rief Isabel Grüner, »ich habe ihr noch gesagt, lass das ZotteldING da, aber sie hat nicht auf mich gehört.«

»Leute, ich weiß ja nicht, was ihr so denkt, aber ich meine, wir sollten jetzt weiter bei der Sache bleiben, sonst sitzen wir noch heute Abend hier, anstatt ein kühles Bierchen zu genießen!«

Thomas Prinoth lugte sehnsüchtig zum Fenster hinaus, durch das Lachen und Stimmengewirr drangen. Der Maresciallo lächelte gütig, war er doch nur den zu erwartenden Fragen nach dem Carabinieri-Zoo zuvorgekommen und trug weiter vor: Jakobine Verdross war gelernte Hebamme, als solche nicht beliebt, wie Einträge auf der Webseite der Südtiroler Hebammenvereinigung nahelegten. Zurzeit arbeitet sie jedoch nicht. Weiters hatte sie im Jahre 2000 die geniale Eingebung, sich sämtliche Domains mit Südtirol im Namen sichern zu lassen und verdiente damit leicht eine hübsche Stange Geld. Wobei dies die Idee des geschäftstüchtigen Vaters von Jakobine gewesen war, wie auf deren Social-Media-Profilen nachzulesen war. Gelegentlich werbe sie dafür auf ihren beiden Profilen bei Facebook und Instagram. Andere gäbe es nicht, sie würden ausschließlich von ihrer Tochter gepflegt. Darüber hinaus war das Grundvermögen der Verdrossfamilie beträchtlich. Es hieß, sie wären in früheren Zeiten Raubritter gewesen, eine Burgruine im Pustertal noch ihr Eigen. Die Eltern Jakobines lebten seit 2001 auf Sardinien, die Tochter im alten Familienansitz in Lana. Jakobine Verdross war vor zehn Jahren in einen Prozess wegen Kindstötung verwickelt, die ihr aber nie nachgewiesen werden konnte. Damals gab es ein psychiatrisches Gutachten, das der Frau und der Familie eine genetische Disposition zum Wahnsinn bescheinigte. Es wurde vom Rechtsanwalt der Sippe vollständig zerpflückt.

Ein Zeitungsartikel im Südtirolteil des seriösen »Corriere della sera« hatte vor vielen Jahren die faschistische Vergangenheit des Großvaters Verdross, Josef, aufgedeckt. Es gab historische Belege über ihn, der ein Sonderkommando über Italiener innehatte, die gegen ihren Willen aus dem Süden in den Norden nach Bozen verfrachtet worden waren. Er galt als grausam, hartherzig und zynisch. Hier wurde ein weiteres Mal angedeutet, dass es in diesem Geschlecht durch zu viele Heiraten mit der verwandten

Familie Himmelheber einen vererbten Defekt gab, der sich in einer geistigen Erkrankung manifestierte.

Vielleicht hatte Jakobine deswegen einen jungen Bayern als Kindsvater erwählt, der damals Urlaub im Burggrafenamt machte. Die Mutter gab das Baby wenige Wochen nach der Geburt zu diesem Vater, den sie nicht geheiratet hatte. Das Kind wuchs in Bayern auf und kam dann als Achtzehnjährige im Anschluss an das Abitur zurück ins schöne Südtirol, wo sie seither wohnte. Sie machte weder eine Ausbildung, noch war sie für ein Studium eingeschrieben. Offenbar lebte sie vom Familienvermögen, denn sie arbeitete nirgendwo. Dass Zeno sie für die Modelaufnahmen bezahlt hatte, könnte natürlich sein, wenn, dann allerdings bar.

»Bankdaten von Mutter und Tochter sind unauffällig«, ergänzte da Thomas Prinoth. Marini erzählte eine Kurzversion über Maria Invicta. Viel gab es da nicht, wie er meinte, und dass er daher selbst zur Chefin des Ladens wolle.

»Und ich habe ein Rendezvous mit der Redakteurin von »Ma-Donna«, diesem feministischen Onlineportal. Die haben sich ausführlich mit dieser Eso-Spinnerinnengruppe beschäftigt«, brachte sich Isabel Grüner erneut ein. Zur erstaunlich stillen Patti gewandt meinte die Kommissarin:

»Magst mitkommen?«, und diese nickte erfreut. Grüner sah Elsa Ruatti direkt an. Ihr Gesicht war komplett verschlossen, aber hinter ihrer Stirn rauchte es. Das würde spannend werden bei Jürg Baumgartner. Toni hatte die gesamte Zeit Ruattis Job übernommen und mit protokolliert. Er hörte aufmerksam den folgenden Sätzen seines Chefs Franco Marini zu, der sein Referat nun abschloß.

»Maria Invicta ist eine sektenähnliche Vereinigung von Frauen, die sich besonders auf Priester und Schwule eingeschossen hat. Dem Internetauftritt ist zu entnehmen, dass die Gründerin Rosi Moroder heißt und eine Vision hatte. Welche das ist, wird nur Mitgliedern verkündigt. Was mir bisher bei Durchsicht der bisher bekannten Anhängerinnen auffiel: Es gibt nur eine einzige Frau, die deutlich älter ist: Rosi Moroder. Sie ist der gleiche Jahrgang wie Zeno und Jakobine Verdross. Möglicherweise kannten sie sich. Ich gehe da auf alle Fälle hin. Adresse ist in Lana, nicht weit vom Lossos Wache, den ich vorher kurz besuche. Mal sehen, ob der so guten Kaffee hat wie wir.«

Lukrezia stand auf und schlenderte gemächlich an der Fotowand vorbei, die Toni zu Beginn angebracht hatte.

»Ich schätze das schon seltsam ein, ein Baby so bald wegzugeben. Mutterliebe sieht für mich anders aus«, meinte sie und blieb vor den Aufnahmen Virginias und des lebenden Zenos stehen. Sie studierte sie genau.

»Und ich finde, dass die beiden sich gleichen, Zeno und Virginia. Sie haben ähnliche Augen in Form und Farbe. Da jedoch Zeno unmöglich der Vater sein kann, ist das doch ein seltsamer Zufall. Am Ende waren Jakobine und er beziehungsweise sie Geschwister? Gibt es ein Foto von dem bayrischen Erzeuger?«, überlegte sie laut.

»Die beiden sind dunkelhaarig und haben braune Augen. Mit Luis Haselberger haben wir demnächst einen Zoomtermin. Bisher nicht tatverdächtig«, erklärte Appuntata Patti Mayrhofer.

»Was nichts heißen muss, meine Beste«, schenkte Lukrezia der Appuntata einen liebevollen Blick. Ruatti schien sich gleich übergeben zu wollen, schwieg aber noch immer. Prinoth meinte:

»Da müssen DNS-Proben her. Jakobine wird ins Kommissariat bestellt und Huber ab in die in die Zelle, der ist höchst verdächtig.«

Isabel Grüner tat es Lukrezia nach und schaute sich die

Bilder genau an. Stefan Oberhofer war nach seinem ausführlichen Vortrag bereits entwichen.

»Ich kenne das Mädchen, sie ist oft im ›Fiddlers Crest‹, meiner irischen Stammkneipe. Wir haben uns mal ausführlich unterhalten. Die hat 'ne Meise, ist aber unauffällig«, stellte sie fest. Zum ersten Mal an diesem Nachmittag meldete sich Allieva Elsa Ruatti zu Wort:

»Wie gestaltet ist denn die Meise?«, kam es gepresst aus ihrem Mund mit zusammen gekniffenen Lippen.

»Na ja, sie macht Parkour auf dem Schloss Tirol, liebt nur Tiere, die sie füttert und beschützt, Kerle nutzt sie ausschließlich für Sex und scheint nicht von dieser Welt,« versuchte die Kommissarin eine Erklärung.

»Männer für Sex zu benutzen, das ist natürlich völlig daneben, das ist wahr«, stimmte Ruatti absolut humorlos zu.

»Trotzdem muss das nicht gleich eine Meise sein. Vielleicht ist sie nur etwas eigenwillig.« Ruatti war hin und weg von dem wunderschönen Mädchen auf den Fotos.

»Na – ba der stimmb epas net im oberstiebl aso wia ba saina muito«, kam der Kommentar dazu im tiefsten Dialekt und aus tiefstem Herzen aus dem Mund der Kommissarin. Bis auf die neue Carabiniera lachten alle. Sie hatte kein Wort verstanden, während zuvor die gesamte Unterhaltung auf Italienisch geführt worden war. Aus Respekt vor ihr.

Dann ergriff Toni das Wort:

»Ich übersetze mal eben für Elsa: Da stimmt etwas nicht im Oberstübchen wie bei ihrer Mutter. Außerdem fasse ich mal alles, was wir bisher haben und was wir heute zusätzlich besprochen haben, zusammen und ihr bekommt es so schnell wie möglich schriftlich als Protokoll. Wobei ich dabei die Erörterungen zum Thema Zoo in der Petrarcastraße mit eurer Zustimmung übergehen werde.«

Allgemeines Grinsen bestätigte ihn.

»Unser Fall könnte ein Raubmord sein, wobei die wertvollsten Stücke nicht geraubt wurden – wurde der Einbrecher gestört oder versuchte der Mörder, einen Raub vorzutäuschen? Was ist mit den Erbansprüchen? Es gibt neben dem Ehemann, der das Erbe ausschlägt, wie er schriftlich mitgeteilt hat, eine Cousine, die nun alles erbt. Sie lebt in Norwegen, ihre Mutter ist die ausgewanderte Tante von Zeno. Sie kannte ihren Cousin nicht einmal. Eine Zoombefragung ist angemeldet. Vielleicht kann sie uns trotzdem die Frage beantworten, woher Zeno damals das viele Geld für die teuren Ausbildungen in Deutschland hatte, vielleicht auch über die Geschlechtsumwandlung und über Familie Mittermaier, die Ex-Sanyasinmutter etc. Die Tante, ihre Mama, weiß das ja möglicherweise. Wir schließen osteuropäische Räuberbanden nicht aus, die bei uns seit einiger Zeit ihr Unwesen trieben, wie wir alle wissen. Bisher mehr im Bereich Pustertal und Osttirol, Lienz ist stark betroffen.

Was aber nichts heißen will, gar nichts. Und, wie der weise Hubert Pixner immer sagte, es kann jederzeit genauso der große Unbekannte gewesen sein. Dennoch bleibt als eine der Haupttatverdächtigen Jakobine Verdross. Warum aber sollte eine bisher harmlose, wenn auch merkwürdige Frau mittleren Alters einen gleichaltrigen Mann, dessen Schmuck sie liebte, töten? Mit einer Waffe, die sofort auf sie weisen würde? Gab es da ein Geheimnis? Wollte sie für etwas büßen? Ihr ganzer Auftritt spräche dafür. Allerdings gibt ihr ihre Tochter ein Alibi, die damit selbst eins hat. Was ist mit ihr als Täterin? Hätte sie ein Motiv? Gibt es Feinde Zenos? Die von der Tochter erwähnten »komischen Freunde«? Hat der cholerische Baumgartner einen Mörder gedungen? Hat Huber Zeno ermordet, um ihm wertvollen Schmuck zu stehlen, und wurde dann gestört? Virginias

Vater Luis muss einige Fragen zu seiner Tochter beantworten. Wir sollten Melanie Falcone ein weiteres Mal wegen ihrer Antipathien Virginia gegenüber befragen und ihr Alibi überprüfen. Schließlich kann sie später noch einmal weggegangen sein, als die Eltern schon schliefen«.

»Aber nicht mehr heute, Toni, machen wir Feierabend«, schlug sein Chef vor. Erleichtert packten sie ihre Sachen zusammen und verließen den Raum in Richtung Freiheit.

KAPITEL SIEBZEHN

Carabiniera Elsa Ruatti schauerte es, musste sie doch gemeinsam mit Kommissarin Isabel Grüner mit der Seilbahn hoch auf das Vigiljoch fahren. Dort, im Luxusresort in St. Vigil, war der reiche Schweizer abgestiegen. Ruatti war zu stolz zuzugeben, dass sie noch nie Gondelbahn gefahren war und außerdem Höhenangst hatte. Doch sie wartete schweigend ab, sie wollte nicht schon wieder versetzt werden. Die Grüner war freundlich zu ihr und redete glücklicherweise kaum. Denn die Kabine schwankte riskant hin und her. Es war windig. Sehr windig.

»Wenn es bei uns so windet, regnet es draußen«, klärte Kommissarin Grüner auf. Leider verstand die Carabiniera kein Wort. Was war draußen? Doch sie sagte nichts, konzentrierte sich darauf, nicht seekrank zu werden. Mit »draußen« war nördlich der Alpen gemeint. Beide hatten das Dossier über den Geschäftsmann am Vormittag gelesen und waren auch über dessen angebliche Frauenfeindlichkeit informiert worden.

»Wir zeigen ihm auf gar keinen Fall, dass wir diesbezüglich gewarnt wurden, Elsa. Das wäre unprofessionell. Ein eigenes Bild zu machen hat immer Vorrang. Sollte er wirklich ein rechter stronzo sein, werden wir ihn mit Freude auseinandernehmen«, meinte Grüner kameradschaftlich.

Sie hatte der harschen Kollegin gleich das Du angeboten, das diese dankbar angenommen hatte. Doch war Elsa verärgert, dass man nicht sie zu dieser Oberfeministin mitnehmen wollte, sondern ihre Kollegin Mayrhofer. Neid nagte an ihr. Patti sah nicht nur toll aus, sie war eine Win-Tsun-Meisterin und verfügte über einen guten Leumund in der ganzen Provinz. Schon vor ihrem Amtsantritt in Südtirol hatte Elsa sich schlaugemacht über die Kollegen und nichts als Lob über die Carabiniera gelesen. Ein bisschen viel, fand die Allieva und vermutete das übliche Prozedere, wenn Frauen Karriere machen.

Dass Mayrhofer damals gleich ein Verhältnis mit ihrem direkten Vorgesetzten angefangen hatte, sprach dafür. Der war jetzt Chef der Carabinieri in Lana und hatte etwas Besseres fürs Image gefunden. Eine Professorin, wenngleich deutlich älter. Na, Patti hatte sich offensichtlich ebenfalls schnell getröstet. Ihr waren die Blicke zwischen der Pathologin und der attraktiven Carabiniera nicht entgangen. Eine Liebe mit einer Allieva war ihr wohl zu popelig, vorsichtige Avancen von Ruattis Seite hatte sie gar nicht bemerken wollen. Und außerdem: Die Blondine hatte so weiche Gesichtszüge und war so verträumt, dass der ihr vorauseilende Ruf als frauenbewegte Kriegerin für Ruatti so gar nicht passen wollte. Jedenfalls hatte sie diensteifrig genickt, als Grüner gesprochen hatte, und war dann ehrfürchtig vor so viel edlem und teurem Ambiente, das sie hier oben erwartete. Sieverstand, warum die Kommissarin für diesen Anlass keines ihrer bunten, flippigen Outfits gewählt hatte. Denn sie trug ein teuer aussehendes blaues Leinenkleid in einem schlichten, aber eleganten Schnitt und Naturledersandalen zu blauen Ohrringen, wahrscheinlich Saphire. Ihre roten Haare waren zu einem französischen Zopf geflochten, das Make-up dezent. In den Händen hielt sie eine lederne Dokumentenmappe, über der Schulter hing eine kleine, einfache Sommerhandtasche, ebenfalls Naturleder.

Sie war den Anweisungen der aktuellen Modevorgaben nicht gefolgt, Socken in den Sandalen zu tragen. Für Grüner war dies ein No-Go und das würde es auch immer bleiben.

Der grandiose Blick über die Berge bis in die Dolomiten, umgeben von Wäldern und einer wohltuenden Stille, nahm der Süditalienerin fast den Atem. Mächtig erhoben sich die Dreitausender und verwuchsen mit dem unendlichen Blau des Südtiroler Himmels. Wie klein man sich hier fühlen und dennoch die Kraft der Natur spüren und in sich aufnehmen konnte. Über ihnen schwebte ein Rotmilan, dessen kurze schrille Rufe die vollendete Ruhe unterstrichen. Eine Wiese wie in Johanna Spyris Kinderbuch, voller Blumen und Gräser, streichelte die Seele. Ruatti hatte ein solches Panorama bisher nur auf Bildern gesehen und es nicht für echt gehalten. Harmonisch fügte sich die Holzarchitektur des flachen Hotelbaus hinein, der es nicht zerstörte, sondern ergänzte.

Isabel Grüner war ehrfürchtig und froh, auf Elena Pixner gehört und »was Ordentliches« angezogen zu haben. Sich als deplatziert gewahr zu werden ist der Arbeit hinderlich, hatte die kluge Freundin gesagt und Isabel die Ohrringe geliehen. Das hier oben war echter Luxus, simpel und überwältigend. Beide Frauen holten tief Luft, denn in der Stadt unten war es heute unerträglich stickig und schwül, eine Hitzeglocke lag über Meran und kündigte ein

Gewitter an. Aus dem Westen näherte sich eine schwarzblaue Front.

Wie schnell sie hier sein würde und ob sie wirklich abregnete, das wussten nur die Götter, die hier oben zu wohnen schienen.

Ruatti dachte kurz an Göttinnen, Mütter, Marias, Murmeltierweibchen und männliche Diven, alles seltsame Gestalten, die seit ihrem Wechsel nach Südtirol plötzlich überall auf sie lauerten. Nun aber hatte sie die Chance, erst einmal einen Frauenfeind in der Pfeife zu rauchen. Auch gut. Kaum hatten sich die Polizistinnen angemeldet, da stand er schon vor ihnen und gleich ging es los.

»Aha. Man bequemt sich also endlich persönlich hier her und belässt es nicht bei kurzen Telefonaten. Ich möchte hier nicht vor allen Gästen belästigt werden, nachdem Sie sich so herzlich wenig um meine Interessen gekümmert haben und, wie ich befürchte, noch nicht einmal eine Idee davon haben, wer meinen Ehemann auf dem Gewissen hat«, fauchte er. Das traf in Isabel Grüners temperamentvolles irisches Herz.

»Vielleicht Sie selbst?«, konterte sie mit ironischem Lächeln, während sich in Ruatti ein Unwetter, ähnlich dem am Himmel, zusammenbraute.

»Spaßvogel, von Kapstadt aus, ja? Ich bin zwar Schweizer, aber so weit trifft noch nicht einmal die teuerste Armbrust!«, wurde er ausfällig.

»Sie können den Mord problemlos in Auftrag geben haben, Herr Baumgartner, nicht wahr?«, plauderte Grüner voller Spott so leichthin, als führten sie hier gerade ein Small-Talk-Gespräch während einer Gartenparty. Der geschäftige Business-Mann nahm eine ungesunde Gesichtsfarbe an, während sich Ruatti, um ihn nicht gleich zu kastrieren, an die Rezeption wandte. Hier bat sie um einen abgeschiedenen ruhigen Ort für die Besprechung und bekam nach einem raschen Rückruf der Rezeptionistin mit der Hotelleitung einen Schlüssel ausgehändigt. Er gehörte zum privaten Gewächshaus der Hotelbesitzer.

Der Schweizer holte schnell seinen Verdampfer mit Edelweißaroma, während die Gesetzeshüterinnen vorausgingen. Isabel Grüner, die Ältere und Erfahrenere, grinste sich eins, das würde ein Spaß werden. Allerdings erhoffte sie sich in erster Linie weitere Erkenntnisse und blieb neugierig. Elsa Ruatti dagegen schäumte:

»Der soll doch seine patriarchalischen Privilegien checken und das Maul halten, wenn marginalisierte Geschlechter reden. Sich sein toxisches Cis-Homo-Mansplaining hinten reinschieben und endlich Toleranz lernen. So ein mikroaggressiver Hassw***er, der ...«

Sie brach ab, denn genau diese Person stand unmittelbar hinter ihr und hatte zum Glück den italienischen Wutausbruch nicht verstanden. Seine Kenntnisse in dieser Sprache waren gering, das in der Schule einst Gelernte ging gegen null. Grüner lächelte freundlich, als er erneut los polterte:

»Ich habe meinen Mann geliebt, Frau Polizist«, wurde er gleich wieder übergriffig.

»Vielleicht könnt ihr wie... äh, Frauen euch das auch einfach nicht vorstellen, was wahre Liebe ist. Eine ohne finanzielle Interessen zum Beispiel.«

Da er seinen göttlichen Zorn mit dieser typischen Schweizer Färbung in der Sprache hervorbrachte, musste die Kommissarin an sich halten, nicht zu lachen. Baumgartner bemerkte dies und wurde umso wütender.

»Was für einen Grund sollte ich denn haben, Zeno erschießen zu lassen? Im Gegenteil, ich habe ihn beschworen, endlich dieses provinzielle Kuhkaff zu verlassen und bei mir in Kapstadt den Ruhm zu erlangen, der er verdiente. Doch dieses Rindvieh wollte nicht.«

»Vielleicht haben Sie ja Zenos Vergangenheit als Frau herausbekommen und deswegen musste er gleich ganz weg, weil Sie Frauen hassen?«, geriet Ruatti in Rage. Hatte der Schweizer dieses in seinen verwöhnten Augen unästhetische Wesen bisher ignoriert, so stürmte er jetzt wie ein rasender Stier auf sie los.

Die Carabiniera wich keinen Zentimeter zurück, sondern ging sofort in Angriffsposition, die rechte Hand in Richtung Pistolenhalfter.

»Natürlich kannte ich seine gesamte persönliche Geschichte, auch die der OP, wir waren immer ehrlich miteinander«, schrie er wutentbrannt einen regelrechten Bühnenmonolog.

»Zeno brauchte für seine Geschlechtsumwandlung sein Leben lang Hormonspritzen. Die führten zu fallweiser Launenhaftigkeit, die einer Diva in nichts nachstanden. Glauben Sie im Ernst, ich als Lebenspartner hätte das nicht mitbekommen? Wie unsensibel und dumm kann man sein? Nein, wegen einem dämlichen, kleinen Mädchen blieb dieses Genie hier, das muss man sich vorstellen. Ein Mädchen. Kein solcher Koloss wie Sie, der alles niederwalzt, was sich ihm in den Weg stellt, nicht wahr? Nein, ein zartes Ding, mit braunen Rehaugen und ja so – er zog das O theatralisch in die Länge – tierlieb, das meinte er beschützen zu müssen. Vor wem denn? Die paar Male, die ich das Fräulein miterlebt habe, wusste die sehr genau, wo der Bartel den Most holt. Die Mutter beschützt sie schon ausreichend, diese Möchtegernnonne.«

Der Witwer hatte die beiden Frauen nun genug angebrüllt, drehte sich um und riss unmittelbar und grundlos ein Blatt von einem mannshohen Gummibaum ab. Grüner und

Ruatti schauten sich an und tranken einen Schluck des reinen Gebirgswassers. Den Krug hatte vor Beginn des Gesprächs eine freundliche Angestellte zusammen mit einer Schale voller Apfelchips hingestellt. Grüner reizte nun ein Detail.

»Wieso bezeichnen Sie Jakobine Verdross als Möchtegernnonne, Herr Baumgartner?«

»Zeno hat mir mal erzählt, dass die als Teenie am liebsten Jungfrau geblieben und zu den Betschwestern gegangen wäre, ihre Eltern das aber nicht zugelassen hätten. Als sie endlich alt genug war, um für sich selbst zu entscheiden, waren Kerle offenbar doch wieder interessant. Die Schlampe. Wollte ja nicht einmal heiraten, als sie schließlich von einem Feriengast aus Bayern geschwängert wurde. Sie war dann mit Freda, so hieß Zeno damals, als ihre beste Freundin und treue Begleiterin tatsächlich ein halbes Jahr in einem Tiroler Kloster.

Bis zur Niederkunft. Sie hatte sich scheinbar geschämt. Vor wem habe ich keine Ahnung, vor den unbekümmerten Jetset-Eltern sicher nicht. Zeno erzählte außerdem von einer weiteren Bekannten, die Jakobine in der Hebammenschule gefunden hatte, die oberkatholische Rosi, während er, damals noch eine sie, eine Lehre zum Touristikmanager absolvierte. Die hat sie entbunden. Danach ließ sich Freda endlich operieren und ging als Zeno nach Deutschland, Jakobine arbeitete eine Weile als Hebamme. Die Kleine hat sie recht bald nach Bayern verschifft, war nix mit ihr, so als Mama. Wahrscheinlich hat sie auch bei Männergeschichten gestört. Jedenfalls wurden ihre Gene offensichtlich an die Tochter weitervererbt, die schmeißt sich ja jedem an den Hals«, tratschte der Eidgenosse.

»Vielleicht war dieser Lebenswandel der Grund, warum ihr Nennonkel besorgt war?«, fragte sich Kommissarin Grüner. Baumgartners Gesicht wurde ebenso wie der Himmel schlagartig finster.

»Sie sagen es«, schrie er, »ihr N E N N O N K E L. Die Göre soll sich doch um sich selbst kümmern, stattdessen begibt er sich in Gefahr« – in diesem Moment tat es einen gewaltigen Schlag –, »geht in den Berg, sucht Steine, um sie mit seinem einzigartigen Talent für sie zu bearbeiten.«

Es folgte eine Reihe von Flüchen in nicht verständlichem Schweizerdeutsch, während sich draußen in rasender Geschwindigkeit ein markantes Alpengewitter zu entladen begann. Zuerst grollte es, als ob eine Armee Bären aus dem Wald heranmarschierte, und dann prasselten schwere Regentropfen wie Pfeile auf die Erde. Es zuckten mehrfach verästelte Blitze von allen Seiten, vereinigten sich und rammten wie Dampfwalzen auf die Felsen und zwischen die Bäume. Um das Glashaus schien die Welt unterzugehen.

Aus dem sintflutartigen Regen, der in Sekunden aus einem eben noch blauen Himmel stürzte, wurde Hagel. Die Donnerschläge erschütterten die Konstruktion, und zwei der Menschen, die unter ihr standen, beschlossen, sie zu verlassen. Die Erde bebte und da passierte es: Ein tennisballgroßes Hagelkorn durchschlug das Glasdach. Es zersplitterte und das Wasser ergoss sich über die Pflanzen. Baumgartner wurde grün im Gesicht. Ruatti zog die Kommissarin in Richtung Tür.

»Wir werden gleich nass wie die Küken, aber sollten trotzdem rüber ins Haus laufen, das ist mir zu gefährlich hier«.

Grüner stimmte zu und klemmte die Ledermappe unter ihr Kleid. Die Frauen mussten zu ihrem Schrecken beobachten, wie der Macho Jürg Baumgartner zu zittern begann, er rief, er wolle nicht sterben, und aus seiner Hose rann eine gelbliche Flüssigkeit. Kurz entschlossen packte Ruatti auch ihn und zog ihn mit sich in den Weltuntergang. Es waren nur wenige Schritte, aber allen dreien kam es vor, als wären sie live im Film Jurassic Park. Solche Donnerschläge hatte noch nicht einmal Isabel Grüner erlebt, Elsa niemals. Baumgartner erschien völlig weggetreten. Der Weg von zwei Minuten schien zwei Stunden zu dauern und tatsächlich waren sie nass bis auf den winzigsten Faden ihrer Unterwäsche.

Die lederne Mappe hatte dagegen standgehalten, sie war klamm, aber intakt. Im Holzhaus brachte man ihnen sofort Decken und bot warme Bäder an, was Baumgartner auch dankend annahm. Die Frauen erholten sich im Spa-Bereich, bekamen die Kleidung im Schnellverfahren gewaschen und getrocknet, während sie im Bademantel einen wärmenden Portwein erster Güte genossen. Isabel Grüner machte sich Notizen auf dem noch trockenen Papier aus ihrer Mappe. Ruatti sprach in rasender Geschwindigkeit in ihr mobiles Telefon. Bevor sie gingen, tauchte der taffe Geschäftsmann noch einmal auf und zeigte sich zum ersten Mal an diesem Nachmittag menschlicher.

»Wann kann ich Zeno denn endlich beerdigen? Ich würde ihn gerne mitnehmen«, erklärte er.

»Er ist freigeben, Herr Baumgartner, aber ich bitte Sie, mit der Überführung zu warten, bis wir den Fall aufgeklärt haben«, beschied ihm die Kommissarin.

»Ich hätte noch eine Frage, nebenbei. Wissen Sie, wie Ihr Ehemann vor über zwanzig Jahren diese aufwändigen Ausbildungen bezahlen konnte? Er hatte kein Vermögen und sich von seiner Familie losgesagt. Und Sie beide kannten sich damals nicht.« Baumgartner schüttelte den Kopf.

»Ich habe ihn das anfangs auch gefragt, er antwortete,

soweit ich mich erinnere, sehr verschwommen. Eine gute Freundin habe ihm geholfen, aber das wäre alles abgegolten. Ich denke ja, dass das Jakobine war. Nur, warum?«

Er wendete sich ab. Der Regen hatte offenbar sein riesiges Zornesfeuer gelöscht und er schlurfte davon. Dann drehte sich der Mann noch einmal um.

»Ich habe in Meran in den nächsten Tagen einiges zu erledigen, Sie entschuldigen mich.« Weg war er. Zu Ruatti gewandt schloss Isabel Grüner ihren heutigen Arbeitstag ab:

»Jedenfalls wissen wir jetzt, warum Mittermaier in Meran blieb. Dieser Herr, der geschäftlich auf internationalem Parkett tanzt, ist privat ein Kotzbrocken. Wenn du mich fragst, ja, ich könnte mir sehr gut vorstellen, dass der eine Warnung für Zeno in Auftrag gegeben hat. Das Ganze lief aus dem Ruder und nun ist er pro forma wegen der Identifizierung und Überführung hier, in Wirklichkeit aber, um abzurechnen. Eins wissen wir jetzt auch noch: Der Macker ist ein ziemlicher Feigling!«

Elsa Ruatti hatte so etwas wie ein Lächeln auf den Lippen, als sie das hörte, und beschloss, mit Kommissarin Grüner könne man auskommen. Die Hotelleitung ließ die Polizistinnen kulanterweise später mit dem hoteleigenen Shuttleservice in die Stadt hinunterbringen. Auf den hohen Berggipfeln hatte es sogar geschneit und sie waren leicht überzuckert. Unten dagegen dampfte die Flüssigkeit von den asphaltierten Straßen in die Lüfte und es war genauso unerträglich wie vorher.

KAPITEL ACHTZEHN

»Was? Zeno hieß Freda, Jakobine war ein schlimmes Weib und Rosi Moroder vermutlich die Hebamme, die Virginia auf die Welt brachte. Das ist ja eine geradezu berückende Ménage-à-trois«, lachte Kommissar Thomas Prinoth, als er am Morgen danach die Zusammenfassung des abenteuerlichen Bergausflugs zu Jürg Baumgartner las. Niemand außer Ursel war im Büro, der hätte zustimmen können. Doch das störte ihn nicht. Er freute sich auf den nächsten Besuch bei Eugen und natürlich bei dessen neuer Besitzerin. Die Überprüfung der Alibis war angeordnet, sie brachten hoffentlich Erkenntnisse, ebenso die Befragung der Tochter des Hauses Verdross, Virginia, die Jungfräuliche. Wenigstens dem Namen nach. Zusätzlich las er auf dem speziellen Südtiroler Nachrichten-Dienst, den sie alle benutzten, ein fantasievoll gestaltetes Share Pic, das ihn und die anderen Kollegen mit einer Rundmail zur Hochzeitsfeier in einen der bezauberndsten Blumen- und Obstgärten Südtirols einlud. Hatte es Florentine Senoner doch noch geschafft, dass die Tante die Tore zu ihrem Paradies öffnete. Marini hatte zwischendurch berichtet, dass Florentine vom Murmelabenteuer keine Schäden geblieben wären und sie die Planung nun gänzlich übernommen hatte. Schließlich wurde ihr Zukünftiger für den aktuellen Fall in voller Konzentration gebraucht.

Diesem fiel im gleichen Moment auf: Es pfiff nicht mehr in der Petrarcastraße. Wie der Kollege Kommissar war er heute völlig allein in der Wache. Nach den Murenabgängen, die das heftige Gewitter ausgelöst hatte, waren alle Carabinieri des Burggrafenamtes unterwegs, es gab ausreichend zu tun. Der Maresciallo suchte überall, der Käfig war verschwunden. Nur der ausgestopfte Genosse Heidis grinste ihn weiterhin diabolisch an und wartete sehnsüchtig auf die zärtlichen Schleckeinheiten der stationseigenen Katze. Die schien sich an den »Orgien« regelrecht berauscht zu haben und quittierte ihre Arbeit mit Niesanfällen. Toni fand es lustig, Ruatti ekelhaft und Patti – ja, Patti.

Was war nur mit ihr los? Sie hatte ihren freien Tag, an dem sie zusammen mit Lukrezia Murmelmädchen Heidi in seine Heimat, das Pfossental, brachte. Nachdem die Tür der Katzentransportbox geöffnet und beide Frauen etwas zur Seite getreten waren, lugte es verängstigt hinaus und hoppelte dann geschwind auf Nimmerwiedersehen davon. Aus den Kolleginnen war inzwischen ein Paar geworden, sie wollten das Kind zusammen aufziehen und sie verabredeten ihr »Outing« auf Franco Marinis Hochzeit.

Im Kommissariat in der Meinhardstraße führte Vorzimmerfee Ursel eine ausgesprochen auffällige, kleine Frau herein, eine Art Reinkarnation einer Märchenfigur, nämlich Schneewittchen im Retrolook der Achtzigerjahre. Woher hat die nur dieses Zeug, fragte sich die stilbewusste Sekretärin. Thomas Prinoth bot ihr ganz gentlemanlike mit einer kleinen Verbeugung eine Sitzgelegenheit an. Gleichzeitig orderte er bei Ursel eine Tasse Kaffee für die mädchenhafte Frau und hörte ihr stillschweigend und fasziniert zu. Was sie erzählte, klang genauso fabulös, wie sie aussah. So sollte ihr »Onkel« Zeno befremdliche Freunde, unter anderem in der Tierhasserszene, gehabt haben, wie sie mit Widerwillen im schönen Gesicht berichtete.

»Tierhasserszene? Das ist mir völlig neu, so etwas gibt es?«, hakte Prinoth nach. Er wurde das Gefühl nicht los, dass ihm soeben ein gewaltiger Bär aufgebunden wurde. Gab es dafür einen Grund oder war die junge Dame ein wenig mehr als eigenwillig, wie seine Kollegin Grüner vermutete. Eigenwillig bis merkwürdig. Ihre Augen flackerten für seinen Geschmack zu sehr. Das konnte von Drogen kommen oder von der Disposition in der Familie, die erwähnt worden war.

»Ich liebe Tiere und versorge sie. Andere machen es genau umgekehrt. Was glauben Sie, warum so viele Katzen abhandenkommen, edel gepflegte Hauskatzen, keine Streuner. Da macht es mehr Spaß. Man fängt sie ein oder lockt sie, schnappt sich das Tier und wirft es vor ein fahrendes Auto. Man sperrt es so ein, dass es sich nicht befreien kann und verdurstet oder verhungert. Oder«, weiter kam sie nicht.

»Lassen Sie es gut sein, Frau Verdross, meine Fantasie reicht. Was ich allerdings nicht verstehe, warum Ihr Onkel mit diesen Leuten Kontakt hatte, das passt so gar nicht zu dem Bild, das wir von ihm bekommen haben«.

»Keine Ahnung, warum. Ich hab ihn nicht gefragt«, antwortete sie flapsig.

»Wir sahen uns nicht jeden Tag. Gelegentlich ging ich am Abend bei ihm vorbei, da war es ruhiger. Die Gesellschaft von Menschen geht mir auf den Wecker. Wenn ich

Leute brauche, fühle ich mich in diesem irischen Laden am wohlsten, wo ich Ihre Kollegin mal kennengelernt habe.« Gerade als Prinoth fragen wollte, wann sie denn Zeno zum letzten Mal besucht habe, fügte sie hinzu:

»Manchmal bin sogar nachts auf dem Schloss Tirol, um die Fledermäuse zu beobachten. Ich bin total fasziniert von diesen Tieren. Sonst gehe ich dort meiner Parkour-Leidenschaft nach. Man kann das in Meran nicht machen, zu viele Touristen, die einen ständig anmeiern. Deswegen bin hier und nicht in Bayern. Mehr Freiheiten.«

Plötzlich wechselte sie das Thema:

»Meine Mutter ist ein stilles Mitglied bei so einer komischen Frauengang, die keine Männer mag. Ich mag Jungs, aber nur in der Horizontalen, hihi«, kicherte sie albern und versuchte, Prinoth tief in die Augen zu schauen. Dieser erschrak und fürchtete, das seltsame Mädchen könne ihm später womöglich sexuelle Nötigung vorwerfen wollen. Er war heilfroh, dass die vorwitzige Ursel vorhin seine Bürotür offengelassen hatte. Wie bestellt kreuzte sie auf, maß Virginia eingehend von oben bis unten und erklärte, dass Otto Huber von den Beamten vorgeführt worden sei.

»Frau Verdross, bitte noch eins, bevor ich Sie fürs Erste gehen lasse: Wann haben Sie Zeno Mittermaier das letzte Mal gesehen? Und sind Sie sicher, dass sowohl Sie als auch Ihre Mutter in der Mordnacht zu Hause waren?«

»Wann hab ich den zio zum letzten Mal gesehen?«, äffte sie den Polizisten mit gequälter Stimme nach.

»No lo so«, antwortete sie dann auf Italienisch, »i woas es do net«, übersetzte sie anschließend ins Bayrische, »vor einer Woche vielleicht. Mama wollte ins Martelltal zum Murmeltier-Schießen und ich sollte assistieren. Ja, Sie wundern sich jetzt, aber es gibt krass zu viele von den Viechern. Sie fangen schon an, in die Stadt zu kommen und den Vögeln das Futter wegzufressen. Meine kleinen Spatzen, die ich im Park von Martinsbrunn füttere, haben Angst vor ihnen. Täglich vermisse ich einen, ich kenne jedes Tierchen. Ja. Daher helfe ich der Mama, fahre mit hin, weil sie seit zehn Jahren nicht mehr alleine im Auto sitzen mag. Die Mama war übrigens 2001 Schützenkönigin und sehr stolz darauf.«

Sie grinste frech. Prinoth überlegte, ob er sie darauf aufmerksam machen sollte, dass die Wildtiere nur von professionellen Jägern entnommen werden dürfen. Besser mein Wild nicht scheu machen, kam er von der Idee ab.

»Sie haben keinen Führerschein?«, wollte er wissen.

»Mei«, antwortete sie bayrisch, »ich verpeste nicht auch noch die Luft und E-Autos kosten Kindern in Afrika das Leben. Na – i brauch des net.«

»Und Sie waren beide in der Nacht, als Zeno starb, im Ansitz in Lana?«, fragte der Kommissar ein zweites Mal. Inzwischen war Isabel Grüner wieder in das Kommissariat gekommen und betrat mit einem verschüchterten Huber ihr gemeinsames Büro.

»Freili, sicher waren wir das, hab ich doch den zwei Karabs schon gesagt. Die Mama könnt noch amal weggangen sein, ich hab genetflixt. Gibt neue freshe Serien mit Tieren«, plauderte sie und merkte nicht, dass sie soeben nicht nur das Alibi ihrer Mutter, sondern auch ihr eigenes ins Wackeln gebracht hatte.

Bei der Hausdurchsuchung würden alle Rechner und weiteren Geräte mit Datenerfassung zur Untersuchung in die Kriminaltechnik geliefert werden und dann würde man überprüfen, was hier an Unwahrheiten verbreitet worden war. Virginia durfte sich verabschieden, wobei sie den Kommissar nicht mehr beachtete. Stattdessen schenkte sie der Kommissarin, die heute mit einer fliederfarbenen

Hippiebluse über Jeans-Bermudas gekleidet war, ein ausgesprochen anzügliches Lächeln und starrte ihr direkt auf den Busen. Thomas Prinoth schrieb in Stichworten auf, was er soeben gehört hatte. Bemerkenswert fand er dabei den Hinweis auf die Frauengang – war das Maria Invicta? – und auf die Armbrust. Warum hatte sie das erzählt?

Ein Bauchgefühl brummte etwas von »die Mutter belasten«, das würde er nachher mit Marini besprechen. Der Volksschauspieler durfte in den Vernehmungsraum und gab endlich zu, den Meranith mitgenommen zu haben.

»Aus der Tasche ist der auf die Straße gefallen, in ein kleines Tuch gewickelt. Das hätte niemand bemerkt und auch keiner vermisst. Was also ist schon dabei? Der Zeno braucht ihn eh nimmer«, verteidigte er seinen Diebstahl.

»Wenn es denn so ist, Herr Huber, warum haben Sie das dann geleugnet?«, fragte Isabel Grüner mit scharfer Stimme. Dieser Typ stieß sie zutiefst ab.

»Vielleicht, weil Sie den Goldschmied zuvor erschossen haben?«, stieg Prinoth in die Vernehmung mit ein. Huber fing an zu greinen:

»Ich bin direkt von der Uraufführung gekommen, wo sollte ich denn eine Armbrust herhaben und warum den Zeno damit ermorden?«

Er hob theatralisch die Hände zum Himmel.

»Es besteht durchaus die Möglichkeit, dass im Theaterfundus eine ist, was weiß denn ich«, meinte Grüner. Sie war sich sicher, Huber wäre nicht der Mörder. Ihn aber ein wenig zu foltern bereitete ihr Freude.

»Sie könnten das Wochen vorher geplant haben, der Wochentag war günstig und Zeno hatte gewiss immer irgendwelche teuren Edelsteine dabei. Das war jedem in der Gasse bekannt, wie wir herausgefunden haben«, Thomas Prinoth machte das Spiel ebenso Spaß.

»Wir haben außerdem die Zeugenaussage einer Nachbarin. Hat ihren Freund nachts aus der Tür gelassen und lange geküsst. Sie wohnt gegenüber und hat die zusammengekauerte Gestalt für einen Betrunkenen gehalten. Dabei hat sie eine Person in einem Kapuzenmantel davonlaufen sehen. In Richtung Pfarrkirche, wo Sie wohnen, Herr Huber.«

Weder Kommissar noch Kommissarin erwähnten, dass die Zeugin die Person als eher schmal beschrieben hatte, was gewiss nicht auf den Mimen zutraf.

»Ich war's nicht, jetzt glaubt mir doch. Warum hätt ich denn den Zeno derschießn solln?« Huber war aufrecht verzweifelt.

»Vediamo« , brummte Grüner und gab dem anwesenden Polizisten ein Zeichen.

»Abführen«, meinte sie, »Sie haben kein Alibi, dafür gibt es DNS-Spuren. Wir spendieren fürs Erste mindestens eine Übernachtung im Einzelzimmer mit Vollpension bei uns.«

Zur gleichen Zeit befragten Toni Scarpone und Patti Mayrhofer Melanie Falcone bei ihr zu Hause. Das gab ihnen die Möglichkeit, sich umzusehen und vor allem die Eltern ein wenig zu befragen. Schon wieder lagen Unwetter in der Luft, als die beiden mit ihren Fahrrädern am Passerufer entlangfuhren. Patti war ein wenig kurzatmig und musste eine kleine Pause einlegen. Sie nahmen auf einer der dunkelgrünen, altmodischen Parkbänke Platz.

»Così«, fiel Toni auf, »sehen tut man ja noch nichts«, und musterte seine gertenschlanke Kollegin.

»Wann willst du raus mit der Sprache?« Patti griff nach ihrer Trinkflasche und nahm einen ordentlichen Schluck.

»Diese Schwüle bringt mich um, muss das ausgerechnet dieses Jahr so schlimm sein?«

»Das ist erst der Anfang, meine Liebe, der Klimawandel macht auch vor Südtirol nicht Halt«, orakelte der Brigadiere. Seit vielen Monaten beschäftige er sich privat mit diesem Thema und überlegte, ob er wirklich bereit wäre, in diese Welt Kinder zu setzen. Doch das würde er sicher nicht jetzt und nicht ausgerechnet mit Patti diskutieren. Die stand auf und lehnte sich an das Geländer zu dem schmalen Rinnsal, das die Passer trotz Wolkenbruchs tags zuvor war. Sie atmete durch. Dann schaute sie den Kollegen an und lächelte.

»Lukrezia und ich sind inzwischen ein Paar, Toni.«

Der nickte nur, er hatte es angenommen. Allerdings war es doch reichlich schnell gegangen, wie er fand. Patti war seit dem letzten Ausbruch deutlich gelassener geworden und wirkte wesentlich weniger hoffnungslos.

»Komm, lass uns weiter strampeln, der Sklaventreiber und Patron Gaius Augustus Marinius erwartet unseren Rapport. Aber eins muss ich dir schon beichten: Ich glaube, ich habe noch nie jemanden so geliebt wie Lukrezia. Wir passen perfekt zusammen. Wer hätte das gedacht? Bei Carmine war da unglaublich viel Leidenschaft, du weißt schon, und so. Aber mit ihr? Es ist, als wären wir füreinander gemacht, trotz großer Unterschiede in manchen Interessenbereichen. Und: Wir freuen uns gemeinsam auf das Baby, denn Lukrezia – und das hat niemand auch nur ansatzweise geahnt – hat sich sehnlichst ein Kind gewünscht. Ich sage es dann bald Carmine, das wäre doch bestimmt deine nächste Frage gewesen.«

Obwohl sie wieder auf ihren Drahtesel steigen wollte, kam Toni zu ihr und umarmte sie.

»Ich würde dich gerne ein bissl fester drücken, aber ich trau mich nicht. Alles Glück auf Erden, Kollegin, und Kinderhüten übernehme ich trotzdem gerne.«

Patti gab ihm ein Küsschen auf die glatte Wange und trat ordentlich in die Eisen. Sie hatten die evangelische Kirche rechts liegen lassen und kurz überlegt, wo Mittermaier, der evangelisch gewesen war, beerdigt würde. Hier oder bei seinem Ehemann in Südafrika? Dann radelten sie unter den Weiden und an hochherrschaftlichen Häusern mit prächtigen, üppigen Gärten vorbei in Richtung Postgranzstraße weiter. Dort bogen sie ab in die Schwimmbadstraße. Viel Geschrei kündete von großer Belegung. Die beiden Carabinieri wären lieber im Lido und würden sich im Wasser abkühlen, vielleicht wäre nach Feierabend ein Sprung ins kühle Nass möglich. Am Bahnhofspark vorbei, der sträflich vernachlässigt wie in Bozen voller Müll und verrotteter Pflanzen war, kamen sie an einem der heruntergekommenen Mehrfamilienhäuser an.

Melanie Falcone, zurzeit arbeitslos und in ein pinkes Hängerchen ohne Büstenhalter und rosafarbene Flipflops gedresst, war da und sogar ihre Eltern. Patti nahm sich die junge Frau vor, deren Aversion gegenüber Virginia Verdross ergründet werden sollte.

»Die hält sich für was Besseres, nur weil sie Kohle und ein Size-Zero-Figürchen hat. Zeno hat ihr aus der Hand gefressen und die ist vielleicht mit dem umgesprungen. Putana. Hab ja überlegt, ob der eventuell bi ist. Wie ein verliebter Gockel. Mich behandeln die Kerle immer wie ein dummes, dickes Hühnchen.«

Patti wäre gerne auf der Stelle wenigstens fünf Kilo schwerer gewesen, denn sie war auch zierlich. Bald würde sie die Kilos haben, freute sie sich, und so kam es, dass sie ein wenig lächeln musste. Das kam bei der ehemaligen Praktikantin schlecht an.

»Da gibts gar nichts zu lachen. Einmal wenigstens habe ich die beiden bei einem Streit erwischt, die glaubten, ich wäre mal wieder beim Bäcker.« Sie sog tief Luft ein, so beleidigt war sie noch immer.

»Ich lächle aus einem anderen Grund, Melanie. Weil ich schwanger bin. Bitte erzähl mal, worüber die beiden sich gestritten haben.« Der Trick zog, die Frau wurde offener.

»Ach, Virginia sollte wohl Mitglied bei so einer komischen Feministinnengruppe werden. Ihre Mutter war auch schon dabei, im Hintergrund, und die Chefin eine alte Bekannte von Zeno und der Mutter, die ja seit ihrer Kindheit ganz dicke waren. Zeno war absolut dagegen und Virginia wollte es nun erst recht machen. Sie blökte: ›Du kennst die Rosi doch, Mama hat's gesagt‹ und zickte wie eine Hollywood-Diva. In Wirklichkeit hatte sie gar keinen Bock auf die Clique. Erst recht, weil eben die Mama dabei war. Manchmal bockte sie wie ein kleines Kind. Mehr kann ich jetzt echt nicht auspacken, mi piace.« Patti ließ sie allein und traf sich vor der Tür mit Toni.

»In Melanies Zimmer konnte ich nichts entdecken, was nach Meisterwerken von Mittermaiers Hand aussah, sondern nur Modeschmuck. Ein selbstgeschmiedetes Goldkettchen, das hat sie mir stolz gezeigt. Ihre Hände sind zierlich, aber kräftig. Theoretisch könnte sie damit ganz gut eine Armbrust bedient haben. Allerdings sehe bei ihr nicht, wie sie vom Tod ihres Ausbilders profitiert haben könnte.« Toni stimmte dem zu.

»Dennoch schwankt ihr Alibi, Kollegin. Sie kam zwar abends nach Hause, wie sie uns gesagt hat, aber die Eltern wissen nicht, ob sie blieb. Die gehen stets um zweiundzwanzig Uhr zu Bett. Der Vater fährt Taxi und beginnt die Schicht um sieben Uhr morgens und die Mutter ist Verkäuferin beim großen Spar an der Romstraße. Frühschicht. Nachmittags kümmern sie sich dann um ihren Gemüsegarten neben dem städtischen Friedhof. Sollte ihre Tochter später noch einmal das Haus verlassen haben, würden sie das überhaupt nicht mitbekommen haben.«

»Somit ist die Dame als Verdächtige in meinen Augen nicht raus, obwohl mir ein wenig das Motiv fehlt«, bestätigte Patti Mayrhofer.

»Weißt was? Jetzt gehen wir ein Eis essen. Und zwar in das neue Eiscafé, da, wo Marini letzt mit seiner Schwester war.«

Toni strahlte und die beiden enterten kurze Zeit später den Salon. Von dort aus informierten sie in der WhatsApp-Gruppe die Kollegen und schlürften ein großes Schokoladeneis aus garantiert biozertifizierten Kakaobohnen. Sekretärin Ursel feilte derweil doch wieder alleine an einer Pressemitteilung, der »Rosengarten« drohte schon mit Interviewanfragen an Polizeichef Matthias Ohnewein, der mit anderen Dingen vollauf beschäftigt war. »Immer bin ich die Dumme«, mäkelte sie und tippte.

KAPITEL NEUNZEHN

Das Kaffeetscherl Franco Marinis bei seinem ehemaligen Brigadiere Carmine Losso hatte mindestens eine geschlagene Stunde in Anspruch genommen. Losso, dem sein neues Glück deutlich anzusehen war, fragte er auch nach Patti, danach verließ der Meraner Maresciallo die Wache in Lana und überlegte erneut, was wohl mit seiner Carabiniera wäre. Oder war er der Einzige, der in der Vorfreude auf seine Hochzeit etwas übersah, worüber alle anderen schon lange im Bilde waren? Er lenkte seine Schritte durch die glühend heißen Gassen zu der Adresse, den Weg hatte Losso kurz beschrieben. Es war nicht weit.

Rosi Moroder wohnte in einem modernen Mehrfamilienhaus in der Andreas-Hofer-Straße direkt im Ortskern. Unten befand sich ein Klamottenladen, anders konnte man das Geschäft nicht nennen, mit Billigramsch. Unmittelbar daneben eine Trattoria, die geschlossen hatte und wenig vertrauenserweckend daherkam. Marini würde dort nicht essen wollen, nicht einmal eine Pizza. In der Hoffnung, sie wäre zu Hause, war der Maresciallo ohne Ankündigung direkt hingefahren. Er hatte diesen Besuch zur Chefsache erklärt. Auf dem Türschild mit mehreren Adressen stand unter Moroders Name die Berufsbezeichnung Hebamme und auf Italienisch Ostetrica.

Einem unangenehmen, durchdringenden Klingelton folgte keineswegs eine Frage über die Gegensprechanlage, sondern es summte und die Tür sprang auf. Durch einen kalten, weiß getünchten Flur lief er eine Steintreppe nach oben, auf der jeder Schritt des Maresciallo nachhalte. Sie stand in ihrer Tür und bedachte ihn mit einem sphingenhaften Lächeln, das Marini, wäre er noch jung gewesen, sicher ein kaltes Kribbeln über den Rücken gejagt hätte.

So nahm er ihren Auftritt, der hundertprozentig inszeniert war, mit Erstaunen wahr und urteilte gleich, dass sie ihn vom Fenster aus gesehen und beobachtet haben musste.

»Was kann ich für Sie tun, Maresciallo?«, fragte sie mit näselnder und dominanter Stimme. Die Frau war mittelgroß, ausgesprochen schlank, völlig ungeschminkt und komplett in Weiß gekleidet. Sogar ihre Haare waren weiß, obwohl sie mit Mitte vierzig nicht alt genug dafür war. Im Gegensatz dazu erschreckte ein blutroter Lippenstift das Auge. Sie wies mit einer großzügigen Geste in ihre Wohnung, aus der der Polizist am liebsten stehenden Fußes wieder entwichen wäre. Er lobte sich, diesen Einsatz höchstpersönlich übernommen zu haben, und wünschte sich zum ersten Mal, seit Matthias Ohnewein zum Polizeichef ernannt worden war, diesen zu seiner Rückendeckung. Die kleine Zweizimmerwohnung hätte die Kühlkammer der Pathologie sein können. Die Wände, die er sah, waren komplett gekachelt. Vielleicht war ihr Schlafzimmer etwas gemütlicher, das war nach seinem Instinkt allerdings unwahrscheinlich. Sie erkannte sein Unwohlsein und fühlte sich dadurch offenbar genötigt, zu erklären:

»Durch meinen Beruf habe ich mich an eine gewisse Sterilität gewöhnt. Nehmen Sie doch bitte hier Platz.«

Sie zeigte dem Maresciallo eine robuste Holzbank, die zusammen mit drei antiken und schlichten Holzstühlen an einem Bauerntisch standen. Dieser wiederum hatte ein kleines bisschen Flair.

»Sie möchten doch bestimmt etwas trinken, bei dieser Hitze und in Ihrer Uniform«, versuchte sie ein wenig Freundlichkeit. Sie bot Marini einen selbst gemachten Holundersirup mit kühlem Quellwasser an, den er gerne annahm. Draußen war es seit dem großen Unwetter überhaupt nicht besser geworden, die gesamte Bevölkerung des Burggrafenamts litt. Auch er. Das Getränk kam genau richtig. Moroder zog sich ihren Stuhl an den Tisch, nachdem sie eine Kanne mit der Erfrischung gebracht hatte.

In der Zwischenzeit hatte sich der Maresciallo etwas umsehen können und kein einziges Buch irgendwo entdeckt. Im krassen Gegensatz zu allem waren ein ultramoderner Flachbildfernseher auf einer lackierten weißen Kommode und ein ebenso moderner Laptop mit Headset auf einem kleineren Tisch positioniert. In einer Ecke stand auf einer weißen Blumensäule eine hölzerne, kreischend bunte Madonnenfigur. Sie war nur an ihrem Heiligenschein zu erkennen, denn sie war splitternackt und hatte Parallelen zu sehr vollschlanken vorzeitlichen Venusdarstellungen. Künstlerisch wertvoll erschien Marini die Plastik nicht, da wüsste sicher seine Schwester Daisy einiges zu sagen.

Ebenfalls auffällig war ein bodenlanger dunkler Kapuzenmantel wie von einem mittelalterlichen Mönch, der an einem Haken direkt neben der Eingangstüre hing. Rosi Moroder gefielen offenbar dicke, weiße Stores, durch die wenig Sonnenlicht in ihre Wohnung geriet und diese kühl hielten, denn kein Fenster war geöffnet. Marini bemerkte, dass der schwere Vorhang nicht völlig perfekt an die angrenzende Wand stieß, sondern eine Lücke frei ließ. Hier hatte sie sicher gestanden. Ob sie auf ihn gewartet hatte? War sie gewarnt worden? Der Maresciallo führte der wortkargen Frau mit der krächzenden Stimme, die als ein Missklang in seinen feinen Ohren schrillte, aus:

»Ich bin wegen der Mutter und Tochter Verdross hier, in deren Zusammenhang Ihr Name als alte Freundin der Familie gefallen ist. Stimmt das so?«

Sie antwortete kühl:

»In der Tat kenne ich Jakobine von der Hebammenschule. Bereits damals habe ich mich gefragt, warum eine Person, die so weltfern ist, ausgerechnet Babys zur Welt bringen möchte.«

Sie verstummte und sah Marini vorwurfsvoll an, als ob nur er ihr diese lang gehegte Frage beantworten könne und dies bisher mutwillig unterlassen hätte. Als er nicht reagierte, sprach sie mit leicht schrägem Kopf weiter:

»Jakobines Liebe zu teurem Geschmeide, wo sie doch ansonsten nichts liebt, nicht einmal sich selbst, ist schon auffällig.« Marini fand das eine erstaunliche Feststellung eines Menschen, der selbst nicht spezifisch liebenswürdig erschien oder erscheinen wollte. Er verstand auch den Zusammenhang nicht, was probierte diese Frau, in ihm auszulösen?

»Vielleicht ist Jakobines Leben beschwert durch ein christliches Vergehen in jungen Jahren, das sie inzwischen zu sühnen versucht«, orakelte die seltsame Erscheinung weiter. Marini bemühte sich nach Kräften, durch all diese kryptischen Andeutungen durchzusteigen, was nicht einfach war. Er überlegte, ob die Sache mit der angeblichen Kindstötung gemeint sein könnte.

»Kannten Sie eigentlich Zeno Mittermaier«, erkundigte er sich direkt. Rosi Moroders Gesicht verschloss sich zusehends. Doch sie erwiderte:

»Flüchtig. Seinen Ehemann dagegen habe ich nie gesehen. Übrigens war ich am Abend der betreffenden Mordnacht mit einigen Freundinnen, darunter Mutter und Tochter Verdross, an einem besonderen Ort. Diesen möchte ich nicht verraten, verzeihen Sie bitte. Er ist mir heilig.«

Rosi Moroder war überzeugt, ihre Auskunftspflicht getan zu haben, und schwieg auf einmal. Marini sah die Gunst der Stunde gekommen und fragte sie nach einer Vereinigung namens »Maria Invicta«. Die Dame des Hauses entschuldigte sich einen Moment und kam mit einem Espresso wieder, den der Maresciallo erfreut gegen seine aufkommende Müdigkeit empfing. Obwohl der Kaffee gerade gekocht worden war, war er trinkfähig und eher warm als heiß.

Der Maresciallo trank ihn in einem Zug, er schmeckte gut. Die Herrin des Hauses erklärte, jetzt leider keine Zeit mehr zu haben und ihm gerne bei einem weiteren Gespräch ausführlich Auskünfte zu geben. Marini ging freudig, denn ihm wurde ein wenig schwindelig. Die hohe Luftfeuchtigkeit schien ihm mit zunehmendem Alter Probleme zu bereiten, obwohl es in der Wohnung mehr trocken und beinahe schon kalt war. Der Maresciallo wunderte sich und bemerkte sogar Sehschwächen, mit ihm stimmte etwas nicht.

Kaum war er auf der Straße, begann er zu torkeln und manche Leute, die ihm entgegenkamen, lachten. So, so, ein betrunkener Polizist. Marini musste sich an die Hauswand stützen und war über die absurde Situation bestürzt. Ausgerechnet er, der im Dienst nicht den allerkleinsten Tropfen Alkohol zu sich nahm, wurde von den Passanten mit unterschiedlichen Mienen beäugt, von missbilligend bis zu belächelnd. Ihm schwante, dass Moroder eine Droge in den Kaffee gegeben hatte, um ihn zu diskreditieren. Es gelang Marini ein Notruf an die Wache, den seine Allieva Elsa Ruatti entgegennahm. Als sie ihn abholte, war ihr Chef völlig neben sich und es ging ihm schlecht. Er stolperte auf den Quadraten der Straßenpflasterung und lallte vor sich hin. Ruatti nahm ihn geschwind in Gewahrsam und verfrachtete ihren Boss in den Alfa, bevor es noch mehr Gerede geben würde. Ihre Vorurteile gegenüber Männern waren bestätigt, dennoch fuhr sie ihn ohne zu murren nach Hause.

Isabel Grüner chauffierte derweil mit Patti Mayrhofer in ihrem eigenen Wagen in Richtung Hafling, wo die Chefredakteurin des feministischen Online-Portals Ma-Donna wohnte. Es hatte die ganze Nacht über geregnet, fernes Donnergrollen und Wetterleuchten kündeten davon, dass es irgendwo im Nordwesten mit Volldampf gewitterte. Sie nahmen ihren Weg durch das pittoreske Obermais mit seinen Villen und parkähnlichen Gärten, den schmalen Wegen dazwischen und dem lieblichen Waalweg. Durch den Winkelweg, den die Anwohner trotz enger Kehren gerne entlang heizten, am idyllischen Schloss Pienzenau vorbei, in dem in Sommer Konzerte und Vernissagen stattfanden, und bogen endlich vor Schloss Rametz in den Kreisel in Richtung Schenna ein. Nun den Berg über die Landstraße 98 zuerst hoch zum Wintersportgebiet Meran 2000. Die Ifinger Seilbahn fuhr lautlos und menschenleer von oben nach unten und wieder zurück – offenbar wollte bei diesem heißen Wetter kaum jemand wandern, obwohl die Luft hier oben von deutlich besserer Qualität war als unten im Kessel. Grüner hatte das Verdeck geöffnet und den Frauen fegte eine frische Brise um die Ohren.

»Gehst du im Winter da gerne hin, Patti«, fragte die begeisterte Schneeschuhwanderin Isabel.

»Na«, antwortete das Ski-As, »gar nicht. Zu voll, keine richtige Abfahrt möglich. Ich geh lieber hinten im Passeier, Moos, das magst du doch auch, nicht wahr?« Sie hatte die Kommissarin dies einmal erzählen hören.

»Genau«, freute diese sich, während sie die vielen steilen Kurven nahm. Einige Meter bis Hafling, das mit seiner Ponyzucht einer berühmten Pferderasse seinen Namen gegeben hatte. Nach einem Stück durch den Wald erreichten die Polizistinnen grüne Almen und gepflegte weiße Höfe, vor denen die »blonden« und sanften Vierbeiner grasten. Da fiel Isabel etwas ein.

»Hast du schon die Plakate für die ›AsfaltArt‹ in der Stadt gesehen? In ein paar Tagen geht es los«, sagte die Kommissarin erfreut, die immer einen Hang zur Artistik gehabt hatte. Was niemand erahnte, denn sie fürchtete, bei ihrer Leibesfülle hätte man sie ausgelacht. Das Straßenkunstfestival gab es seit über zehn Jahren und hatte sich zu einem regelrechten Renner entwickelt.

»Marini wäre in seinem Zustand dafür ideal gewesen, Isabel, der wäre auf einem Seil über die Passer gewandelt, ich sehe es förmlich vor mir, mit schlafwandlerischer Sicherheit.«

»Patti, du hast deinen Humor wieder, ich lach mich grad schlapp«, meinte da die Kollegin. Elsa Ruatti hatte es sich nicht nehmen lassen, allen eine Nachricht zukommen zulassen, warum der Boss im Moment unansprechbar wäre. Glücklicherweise hatte sie auf ein Beweisfoto verzichtet. Es wohnte doch ein Funken Anstand in ihr. Dann studierte sie die Mimik der Carabiniera, die entspannt und freundlich aussah und traute sich:

»Sag mal, kann es sein, dass du schwanger bist?« Patti

drehte leicht die Augen zum Himmel und antwortete gutmütig:

»Okay, eigentlich wollte ich mich zu Francos Hochzeit outen, aber offensichtlich wissen es eh schon alle: Ja, und zwar von Carmine. Sein Abschiedsgeschenk, sozusagen.« Grüner nickte lächelnd und fragte zurück:

»Weiß der das auch?«

»Isabel, wir reden nachher drüber. Nein, bisher habe ich das nicht über mich gebracht, wo er doch jetzt so felice ist mit seiner italienischen Professorin, zehn Jahre älter, dio cane.«

Noch immer schwelte ein leichter Ärger gegenüber dem Maresciallo in ihr. Lukrezia meinte, das sei nichts als verletzte Eitelkeit, weil der Mann sie verlassen habe und nicht umgekehrt. Patti wusste, es stimmte, und dennoch konnte sie sich die eine oder andere Bemerkung nicht verkneifen. Wenn es passte. So wie eben jetzt. Den richtigen Zeitpunkt, ihren Ex-Freund über seine Vaterschaft aufzuklären, würde sie schon finden.

Isabel Grüner legte Patti die Hand auf den Unterarm und gestand:

»Ich habe doch bei unserem letzten Fall auf dieser Westernranch im Unterland, der Pitchforkranch, einen Cowboy kennengelernt. Matteo aus der Maremma. Wir treffen uns wieder und seither weiß ich eine Menge übers Reiten.«

Ihr Gesichtsausdruck war bei diesen Worten derartig zweideutig, dass Patti Schwierigkeiten hatte, zum Ernst ihres Auftrags zurückzukommen, denn sie waren inzwischen an der Adresse ihrer Gesprächspartnerin angekommen. Redakteurin Anna wohnte modern in einer Einliegerwohnung in einem umgebauten Bauernhof. Sie wäre hier nur vorübergehend, berichtet die elegante Italienerin. Das Portal hätte seinen Stammsitz in der Hauptstadt, würde aber nach und nach sämtliche Provinzen bedienen.

Sie hatte Verwandte in Bozen, die ihr diese Wohnung organisiert hatten. Anna sprach etwas Deutsch und sah ihr Verweilen oben am Berg in den Etschtaler Alpen als lehrreiche Auszeit. Außerdem bereitete sie einen Podcast vor und fragte die beiden Polizistinnen, ob sie nicht einmal bei ihr über ihren Arbeitsalltag erzählen wollten.

Sie waren mit ganzem Herzen dabei, es gab noch viel aufzuklären über die Rolle der Frauen bei der Polizei. Dann führte Anna aus, was sie bisher über Maria Invicta recherchiert hatte, zum Teil undercover.

»Diese Vereinigung ist weit mehr als eine esoterisch verbrämte Verstrahltengruppe, sie ist tatsächlich eine Sekte. Gegründet vor drei Jahren von Rosi Moroder, einer heute vierundvierzigjährigen Hebamme aus Lana. Sie gründete den Verein als Glaubensgemeinschaft, die sie in eine staatlich unterstützte Religionsgemeinschaft umwandeln wollte.

Moroder stützt sich dabei auf ihre erste und wichtigste Erscheinung und auf Visionen, die sie immer wieder hat. Ich hatte mich als Novizin angemeldet, da predigte sie mir davon. Sie legte großen Wert darauf, die reine Wahrheit zu sagen, und ich denke, sie glaubt das alles wirklich. Als sie mich auf meine Jungfräulichkeit untersuchen wollte, bin ich getürmt.«

Die Polizistinnen verstanden das und Anna berichtet weiter:

»So soll ihr 2020 die Mutter Gottes in der Pfarrkirche des Dorfes ›Unsere liebe Frau imWalde‹ in Deutschnonsberg erschienen sein. Sie trat als Inkarnation der Großen Muttergöttin unserer Vorfahren auf und beauftragte sie, Rosi, den Männern die Macht zu entreißen und sie zur reinen Zucht zu halten. Das Patriarchat und besonders das

Christentum habe ihre Göttlichkeit vergewaltigt und die Frauen geknechtet. Sie rief Rosi zu einem Feldzug auf, der mit den Homosexuellen und den Vertretern dieser Kirche beginnen sollte. Denn es wäre an der Zeit. Alle Krankheiten, die nun die Menschheit versuchten, würde es beweisen und herausfordern.

In einer weiteren Vision forderte die Mutter Gottes voller Zorn, nicht mehr als solche bezeichnet zu werden, sondern als Maria Invicta. Rosi hatte die Erleuchtungen dort im Wald, so auch die wichtigste: Der spirituellen Führerin Rosi müssten sich unbedingt junge und jungfräuliche Frauen anschließen. Öffentlich wendet sich die ›Gruppe religiöser Menschen weiblichen Geschlechts‹ gegen die patriarchalische gesteuerte Kirche und mit voller Kraft gegen Priester. Sie wollen besonders den sexuellen Missbrauch aufdecken, den speziell die Schwulen mit ihrer Lasterhaftigkeit durchführen würden. Die Frauen der Sekte sind daher alle Jungfrauen, müssen sich bei Rosi einem Test unterziehen. Absolute Männerhasserinnen.

Immer wieder rückt diese Moroder den Schwulenhass vehement in den Fokus, sodass man persönliche Motive vermuten könnte. Und sie kämpft gewaltig gegen die männliche katholische Kirche. Alle Priester sollen ihres Amtes enthoben werden und dafür Frauen eingesetzt werden.«

»Dadurch wurden sie in Brixen mit dem Priesterseminar auf die Damen aufmerksam«, ergänzte Kommissarin Grüner den Bericht und Anna nickte. Die Redakteurin informierte weiter, dass das Weiß ein Statement der Chefin ist – die Jüngerinnen dürfen nur diese Farbe tragen.

»Möglicherweise ist dieses Weiß auch bei Zeno und Jakobine eine Botschaft, immerhin kannten die sich gut«, überlegte Patti, »und die Moroder gehörte später dazu, das hab ich im Uterus.« Isabel Grüner fing schallend an zu lachen und streichelte Patti über die Wange.

»Deine Schlagfertigkeit ist wieder zurück und ich sehe, du bist sogar glücklich. Ich freue mich für dich, Kollegin«, versicherte sie absolut aufrichtig.

Pattis Augen funkelten und automatisch strich sie sich über den Bauch. Natürlich war noch nichts zu sehen, das Kind in ihr eine winzige Kugel und sie achtete noch mehr als sonst auf ihre Ernährung. Gelegentliche Fressattacken eingeschlossen.

»Das mit dem Weiß der drei Leute, die ihr erwähnt habt, kann mit der Jungfräulichkeit zusammenhängen. Jakobine Verdross steht allerdings nicht im Mitgliederverzeichnis, das fiel mir auf. Ihre Tochter bezeichnete sie ja auch als stilles Mitglied«.

Die beiden verabschiedeten sich von der sympathischen Römerin, verabredeten einen Termin für den Podcast und sausten in den Nachmittag und den baldigen Feierabend. Die dunklen Wolken über Meran hatten sich zwar völlig verzogen, doch lag über der Stadt ein Schleier wie eine Schicht Mascarpone. Ginge das den ganzen Sommer so weiter, würde Patti zu leiden haben. Grüner lud ihre Kollegin an der Wache ab und kam noch auf ein Getränk mit hinein. Doch statt der teuren Kaffeemaschine starrte sie ein ausgestopftes Murmeltier mit aufgerissenen, gespenstischen Glasaugen an. Sein Fell sah aus wie geleckt. Toni Scarpone war da, lud zum Kaffee ein und erklärte, dass Molly seit geraumer Zeit einer Lieblingsbeschäftigung nachgehe: dem Abschlabbern von Heidi 2.0.

»Heidi 2.0?«, hörte sich Kommissarin Grüner überrascht fragen. Diese abnormale Schwüle stieg offenbar nicht nur ihr zu Kopf.

»Unsere eigentliche Heidi, die die Kaisergattin in spe

…« – »Florentine«, warf Mayrhofer dazwischen –, »vom Berg gerettet hat, ist wieder dort. In Freiheit und völlig geheilt. Was man vom Chef momentan nicht sagen kann.«

Der Brigadiere kriegte sich nicht ein.

»Deswegen bin ich hier, wie geht es ihm, ist die Blutprobe schon ausgewertet?«

»Ja, und wir haben die Kollegen in Lana zur Wohnung von Rosi Moroder geschickt. Leider ist die Dame ausgeflogen. Es war ein halluzinogenes Mittel in Francos Kaffee, eine ordentliche Portion Tollkirsche an der Grenze zur tödlichen Wirkung, bei der Blutprobe gefunden worden. Mindestens Körperverletzung, eigentlich ein Mordversuch.«

»Unter Umständen stammen ihre Visionen ja aus derselben Quelle, dann hat sie sich zusätzlich eines Vergehens gegen das Betäubungsmittelgesetz schuldig gemacht. Ich fürchte, auf unsere Heilige kommt einiges zu«, erklärte die Appuntata. Alle drei wünschten Marini, der mit Kopfschmerzen im Bett lag und mit Luchsaugen von seiner Braut bewacht wurde, per Sprachnachricht gute Besserung und erwarteten die Ergebnisse der Hausdurchsuchung bei Jakobine Verdross.

KAPITEL ZWANZIG

Kommissar Thomas Prinoth stand mit einer Schar Polizisten vor dem stattlichen Ansitz in Lana und begehrte Einlass. Widerwillig gewährte ihm die nonnenartige, riesige Frau den Zugang, nachdem sie das Schriftstück des Amtsrichters Buchstabe für Buchstabe studiert hatte. Man steckte sämtliches Sportschuhwerk ein, mit dem Mutter und Tochter ausgestattet waren. Sie befanden sich in sich in keinem gemeinsamen Schrank, denn Verdross-Junior bewahrte ihre Schuhe in einer Schatztruhe in ihrem Zimmer auf.

Virginia hatte für ihre Größe sehr große Füße, wie eine Beamtin beim Durchschauen des Schuhwerks feststellte, neununddreißig, während ihre Mutter mit über ein Meter achtzig eher kleine Füße hatte. Als Jakobine den erstaunten Ausdruck im Gesicht der Polizisten sah, kommentierte sie ganz die Adelige von oben herab:

»Ja, ich besitze Turnschuhe, denn ich jogge jeden Morgen durch die Weinberge« und schloss dann wieder den Mund. Alle Armbrüste waren in einem alten, hohen Wandschrank mit getäfelter Tür sicher verstaut und wurden sorgfältig zum Abtransport verpackt. Jakobine Verdross beobachtete die Aktion mit zusammengekniffenen Augen, hielt dabei das Kinn nach oben und schwieg. Sie trug ein langes, weißes Kleid und eine Goldkette, an der ein kunstvoll geschliffener Anhänger aus Meranith prangte.

Da Virginia abwesend war – »Die turnt garantiert wieder im Schloss Tirol herum und erschreckt damit Touristen«, erklärte ihre Mutter –, nahm die Polizei für DNS-Proben ein paar Haare aus ihrer Bürste heraus. Jakobine musste derselben Beamtin, die die Schuhe eingesammelt hatte, die Zunge herausstrecken. Man sah ihr ihren Widerwillen so deutlich an, dass Prinoth sich mit seinem Ärger über diese rebellische ehemalige Adelige mächtig am Zaum halten musste. Für die Vergehen ihrer Vorfahren konnte sie schließlich nichts. Unter Umständen litt sie sogar darunter und war deswegen so auffällig geworden. Nur beim Verlassen des Hauses blieb er noch einmal stehen, als sie hoffte, ihn endlich los zu sein, drehte sich um wie einst Inspector Columbo, und fragte die Hochnäsige:

»Warum haben Sie uns nicht die Wahrheit über Zeno Mittermaier gesagt, gleich bei der ersten Befragung?«

»Welche Wahrheit meinen Sie denn, Kommissar, jeder Mensch hat doch seine eigene.« Sie versuchte ein spöttisches Lachen. Prinoth fand ihre pseudophilosophischen Anwandlungen schlicht zum Kotzen, mit Mühe riss er sich ein weiteres Mal zusammen. Dass die Dame nur provozieren wollte, war sonnenklar. Die übrigen Kollegen fuhren draußen mit allem Material weg und er ließ sich von ihren so offensichtlichen Ablenkungen nicht beirren.

»Die Wahrheit über Zenos Geschlecht und kommen Sie mir jetzt nicht mit: Er war ein Mann. Sie wissen ganz genau, was ich meine!«

»Ach das …«, zog sie die Worte in die Länge.

»Ich war der Meinung, es ginge niemanden etwas an. Zeno wollte nicht, dass jemand in seine Geschlechtsumwandlung Einblick hatte – für mich oberstes Gesetz. Schließlich war in unserer Kindheit Freda meine einzige Freundin.« Prinoth glaubte ihr kein einziges Wort.

»Sie hätten sich doch denken können, dass wir bei der Obduktion alles erfahren, somit ergab eine Verschleierung keinen Sinn.«

»Ich habe mir nichts gedacht, ich war in Trauer, Herr Prinoth, und jetzt möchte ich unbedingt wieder meine Ruhe haben. Sie stehen direkt in der Tür, bitte schreiten Sie endlich hindurch.«

Der Kommissar leistete der unverschämten Aufforderung nur zu gerne Folge und war weg. Im Auto sitzend forderte er zusätzlich sofortige Personenüberwachung an. Leider fehlte ihnen zu seinem großen Unmut noch immer eine relevante Handhabe, um Jakobine Verdross sofort festzunehmen, aber es war Gefahr in Verzug. Nämlich, dass sich die Dame aus dem Staube machen würde. Er wollte eben den Wagen starten, mit dem Gefühl, vom Hause aus beobachtet zu werden, da kam per Funk die Meldung, dass auf Jürg Baumgartner ein Mordanschlag verübt worden wäre. Er läge im Bozner Krankenhaus mit einer schweren Vergiftung, Überlebenschancen zu diesem Zeitpunkt nicht gewiss.

Prinoth fuhr mit Sondersignal zurück ins Kommissariat und informierte die Carabinieri. Franco Marini, wieder im Dienst und dank bester Kräutertees aus dem Vinschgau vom ersten Toben im Kopf befreit, eilte ebenfalls in die Meinhardstraße. Es war seit einigen Tagen genau für heute um fünfzehn Uhr eine Zoomkonferenz mit Virginias Vater Luis anberaumt worden, an der er teilnehmen wollte. Sie waren entschlossen, sie auf jeden Fall durchzuführen.

Baumgartner lag im Koma und sie würden abwarten müssen. Er war mitten in der Hotellounge zusammengebrochen, notversorgt und dann per Bergrettung sofort ins Krankenhaus geschafft worden.

Die Hotelleitung, weitere Angestellte, Gäste und Zeugen wurden von Maresciallo Losso befragt. St. Vigil lag in deren Zuständigkeit. Den Bericht würde er anschließend ans Kommissariat in Meran leiten. Beim Zoomtreffen erzählte der Bierbrauer Luis Haselberger, ein gutaussehender dunkelhaariger Mann mit warmen, braunen Augen von Virginias paradiesischer Kindheit auf dem Hof ihres Großvaters in der bayrischen Provinz und in friedlicher Einsamkeit.

»Daher rührt die Tierliebe, sie waren ihre einzigen Freunde, bis sie in die Schule kam. Mein Vater spielte ein wenig den Almöhi«, berichtet er in seiner Mundart, die hier alle verstanden.

»Virginia wäre am liebsten überhaupt nicht in die Penne gegangen. Schon in der dritten Klasse fand die Lehrerin, sie würde an Dyskalkulie leiden und wäre auffällig unkonzentriert. Sie sollte zu einem Kinderpsychiater, Verdacht auf ADHS. Das haben wir nicht mitgemacht.« Haselberger war noch immer empört.

»Sie bekam dann jeden Morgen auf Anraten meiner damaligen Freundin, einer Heilpraktikerin, ein Schlückchen Kaffee, das half. Doch sie quälte sich schon arg durch die Schule. Freundinnen hatte sie gar keine, die ganzen Jahre nicht. Immer nur der Opa. Abitur wollte sie trotzdem machen. Keine Ahnung, warum, seither lümmelt sie einfach nur herum. Keine Ausbildung, kein Studium, nichts. Allerdings bin ich das Gefühl nicht losgeworden, dass ihre Mutter dem Schulabschluss ihrer Tochter auf einer teuren Privatschule mit einer nicht unerheblichen

Spende nachgeholfen hat.«

Der Zufall wollte es, Senior-Polizeichef Hubert Pixner war im Präsidium. Ihn plagte das Finanzamt mit der nachträglichen Forderung nach Belegen, wozu er Ursel mit allem Charme, den er zur Verfügung hatte, um ihre Hilfe bat. Da er schon mal da war, zwang ihn seine katzenhafte Neugierde, dem Gespräch zu folgen. Dass es einen erstaunlichen Fall gab, war ihm bekannt. Elena hatte ihn in Kenntnis gesetzt und bisher nur mit Mühe davon abhalten können, gelegentlich »ganz zufällig und weil er gerade in der Nähe war« bei den Ermittlern vorbeizuschauen. Nun war er da und dabei.

»Mein Vater hat ihr alles beigebracht, was man so auf der Alm braucht.«

Er zeigte Fotos von einem glücklichen jungen Mädchen auf einer saftig grünen Wiese im bayrischen Voralpenbergland, ein blauer See im Hintergrund. Offenbar hatte sie schon immer gerne posiert, nicht nur für Zeno Mittermaier. Alter circa zwölf oder dreizehn und sie lächelte wie ein geübtes Model und Profi in die Kamera.

»Ihre Mutter sah sie kaum, sie mochte sie nicht einmal. Es wunderte mich immens, dass sie uns nach ihrem gerade so geschafften Schulabschluss verlassen hat und nach Lana zurückging. Da meine Tochter insgesamt als wenig geschickt bezeichnet werden kann, außer im Durchstöbern von Klamottenläden und im Sport, erhoffte sie sich wahrscheinlich durch den Reichtum ihrer Mutter einen beständigen Unterhalt. Ganz ehrlich: Nicht einmal als Briefträgerin oder Spülhilfe hätte sie eine Chance.«

Der Mann schüttelte traurig den Kopf und hatte darüber hinaus ein felsenfestes Alibi, denn er war Brauer in einem ansässigen Unternehmen. Da er am Morgen die Mälzprozesse für die nächste Charge um sechs Uhr beenden und kontrollieren musste, hätte er eine Fahrt von Meran mit einer normalschnellen Limousine kaum in so kurzer Zeit geschafft. Zusätzlich war er nicht alleine, sondern bei seiner derzeitigen Freundin gewesen. Isabel Grüner wollte nun noch etwas Wichtiges wissen:

»Wie war denn das Verhältnis zu Jakobine Verdross, es heißt, Sie hätten nur eine kurze Affäre gehabt?«

Haselberger senkte die Augen wie ein Mädchen und antwortete dann mit leiser zurückhaltender Stimme:

»Ich habe Jakobine damals in der Nähe ihres Elternhauses in Lana kennengelernt, weil ich mich zu Fuß und Bus verirrt hatte. Fragte nach dem Weg zurück zum Kalterer See, wo ich schwimmen wollte. Damals fuhr sie eine kleine Vespa und sie kam einfach mit. So hat sich das ergeben. Ich blieb ja nicht lange, ein paar Tage nur. Wir haben dann per E-Mail noch ein paarmal geschrieben und dann verlief es sich. Bis sie mir eines Tages die Nachricht schickte, sie wäre schwanger. Mich hat voll der Schlag getroffen, aber aus dem Staub wollte ich mich auch nicht machen. Den Rest kennen Sie.«

Thomas Prinoth fiel auf, dass Haselberger während seiner Erzählung keinen seiner Gegenüber direkt angeschaut hatte.

»Mir war das alles furchtbar unangenehm«, kam es wie eine Antwort auf seine unausgesprochene Feststellung.

»Einmal hatte sie mich mit in diesen Ansitz genommen und ich bin vor Ehrfurcht erstarrt. Zum Glück waren die Eltern nicht auch noch da. Die sind offenbar, so hatte es Jakobine jedenfalls erzählt, ständig mit irgendwelchen High-Society-Vertretern in der Welt herumgereist. Ließen sie alleine, was sie allerdings nicht störte. Im Gegenteil. Als Wiedergutmachung oder so hatte sie saumäßig vielen Schmuck, der für mich wertvoll aussah.«

»Waren Sie denn bei der Geburt dabei, Herr Haselberger?«, fragte nun wieder Isabel Grüner.

»Nein, ich durfte das Kind kurz danach sehen. Dann kam, für mich völlig überraschend, drei Monate später die Aufforderung, mich um das Mädchen zu kümmern. Sie, Jakobine, habe keine Zeit mehr und vor allem: keine Nerven. Ich hatte auch keine Zeit, und so wuchs Virginia bei meinem Vater auf.«

Ein Motiv zur Tat sah bei ihm keiner der Anwesenden, aber dennoch blieb er auf der Liste der Verdächtigen. Er war ein Liebhaber der Hauptverdächtigen Jakobine Verdross, die sich insgesamt wenig hilfsbereit zur Aufklärung des Falls zeigte. Den Großvater sollte man befragen, es ging eine Bitte an die deutsche Polizei. Als die Konferenz beendet war, meldete sich Pixner zu Wort:

»Dieser Luis sieht aus wie eine jüngere Ausgabe von Theo Weigel, falls sich außer mir noch jemand, an den erinnert.«

Marini und Prinoth nickten, die übrigen Teilnehmer schüttelten den Kopf.

»Der war mal Bundesfinanzminister in Deutschland und ein waschechter Bayer. Er hat ziemlich viel Casino gemacht und war für seine dichten, zusammengewachsenen Augenbrauen bekannt.«

Toni hatte den auffälligen Mann inzwischen gegoogelt und ein Foto in die WhatsApp-Gruppe geteilt.

»Auf diesen Teeniefotos von eurer Virginia hat sie solche Augenbrauen. Die wird sie für die Modeaufnahmen und wahrscheinlich deutlich früher weggezupft haben. So etwas verändert ein Gesicht erheblich, ähnlich einer Frisur«, referierte der Ex-Polizist und Isabel konnte dem nur zupflichten.

»Ein professioneller Stylist kann dich total verändern,

glaubt mir. Kein Supermodel steigt morgens so aus dem Bett, wie ihr es auf dem Cover einer Modezeitung seht.« Patti stimmte zu, während Elsa Ruattis Gesichtsausdruck, die kaum etwas verstanden hatte, verzweifelt war.

»Wir sahen eine gewisse Übereinstimmung zwischen Zeno und Virginia, Hubert«, erklärte Isabel.

»Doch ich muss dir recht geben, als junges Mädchen kommt sie eindeutig mehr auf ihren Vater. Ob sie das mit Absicht so zurecht geschminkt hat, die Nähe zu Zeno? Wenn ja, was wollte sie denn damit erreichen?«

Franco Marini, der insgeheim äußerst glücklich darüber war, dass ihn niemand auf die Drogengeschichte ansprach, schaltete sich ein:

»Eine bewusste Abgrenzung vom Clan könnte ich mir vorstellen und andererseits das Vermögen verwenden. Ein Konflikt entsteht, der manches erklären würde. Was wir vorhin über sie hörten, schließt sich für mich recht mühelos an die Gerüchte hinsichtlich der geistigen Gesundheit der Familie Verdross an, wozu ich euch gleich noch etwas sagen möchte.«

Hubert Pixner beschloss, an dieser Stelle nicht weiter stören, schüttelte allen die Hände und verabschiedete sich. Vorher aber warf er etwas in den Raum:

»Meine Frau lässt euch grüßen. In ihrem Psychoanalytikerhirn entwickelte sich eine Idee, die ich mitteilen soll. Sie sieht eine Muttersymbolik in der Verwendung der Armbrust: Mutter und Brust. Mit anderen Worten, Elena denkt, dass der Mörder oder die Mörderin nicht aus Versehen diese Waffe gewählt hat oder weil gerade nichts anderes da war. Oder er/sie darin geübt war. Die Wahl dieser Waffe liefert einen Hinweis, ist eine Information.

Ansonsten hätte es auch ein Küchenmesser getan.«

Er lächelte in eine Menge verdutzter Gesichter und

machte sich eilig davon.

KAPITEL EINUNDZWANZIG

Das große Spektakel, das Meran immer Mitte Juni in einen einzigen Artistenzirkus verwandelte, stand vor der Tür und alle wollten es genießen: die AsfaltArt. Sowohl Carabinieri als auch Kriminalpolizei spürten, dass sie der Lösung des Falls in irgendeiner Form nahe waren. Aber der ungelöste Fall verhinderte ein unbeschwertes Vergnügen. Entweder sie hatten etwas übersehen oder es fehlte ein wichtiger Baustein. Dieser Zusammenbruch Baumgartners, hing das mit dem Mord zusammen? Die »Tatwaffe«, falls es ein Mordversuch war, war jedenfalls völlig anders, aber es traf den Ehemann des Opfers, das konnte kein Zufall sein. Sie saßen einen Augenblick gemeinsam in der neu erbauten Mensa des benachbarten humanistischen Gymnasiums, nur Elsa Ruatti schob Dienst in der Wache und stellte die Fakten des Falls zusammen. Diese Geschichte mit der Tierhasserszene rumorte hartnäckig in ihrem Kopf. Ob diese Frau, die sich aus für sie absolut unverständlichen Gründen in einen Mann hatte operieren lassen, heimlich dazugehörte und jemand wollte die armen Seelen rächen? Elsa hatte eine

Schildkröte zu Hause, an der sie hing. Wesen mit Fell sowie dieses obereklige Murmeltier oder die kleine graue Katze waren weniger ihr Fall. Doch die Allieva engagierte sich privat intensiv für das Tierwohl und war Vegetarierin. Eine kleine Gemeinsamkeit mit ihrer Vorgesetzten Patti Mayrhofer, die mit der Schwangerschaft plötzlich wieder Appetit auf Fleischliches hatte. Heute gab in der hellen, ökologisch eingerichteten Kantine etwas Seltenes: Gazpacho.

Da vor Monaten ein chilenischer Koch eingestellt worden war, sehr ambitioniert und dabei dominant, wurde die Meraner Polizei regelrecht verwöhnt. In dieser Affenhitze eine kalte, scharfe Suppe – ein Vergnügen. Patti Mayrhofer holte sich gleich zweimal und musste Toni überzeugen, dass die Gewürze dem Baby nicht schadeten. Sie wollte nach Dienstschluss endlich zu Carmine Losso fahren, sie waren verabredet. Inzwischen im fünften Monat konnte sie ihm gegenüber nicht länger schweigen und Lukrezia saß ihr zusätzlich im Nacken. Die wollte klare Verhältnisse und machte Druck. Zu viel Druck für die jüngere Frau, die allerdings die Hintergründe verstand.

Die ambitionierte Pathologin überlegte sich, doch wieder in die USA mit deutlich mehr Möglichkeiten als im kleinen Südtirol zu gehen. Kontakte hatte sie erneuert und sollte sich bald entscheiden. Viele Umbrüche in einer sehr kurzen Zeit. Ihr Chef Franco Marini war blass um die Nase und wirkte erschöpft. Unter Umständen hatte ihn sein Ausflug in die Drogenszene mehr mitgenommen, als er zugab. Wie Patti von einer vorherigen gemeinsamen Ermittlung wusste, wurde Marini seit einiger Zeit von Albträumen geplagt und schlief nicht mehr wie früher. Sie überlegte, ob er nicht eine Auszeit nehmen sollte, vielleicht sprach sie mit Florentine darüber. Da legte Marini, der einzige operative Fallanalytiker der Truppe, wenn auch inoffiziell, los:

»Möglicherweise war unser Opfer wirklich bisexuell, aber nicht an Virginia interessiert, sondern einstmalen an ihrer Mutter. Danach dann kein Interesse mehr am weiblichen Geschlecht. Warum? Oder Jakobine hatte keins an ihm nun als Mann? Virginias Vater kann er nicht gewesen sein, das steht fest. Worin aber lag sein Faible für diese junge, seltsame Frau? Ein paar Sachen fallen meinem malträtierten Kopf aus der Moroder-Sitzung wieder ein: An der Garderobe hing ein dunkler Kapuzenmantel. Gab es bereits eine Suche in Deutschnonsberg nach ihrem »heiligen« Ort geschaut? Die Redakteurin von Ma-Donna hatte ihn erwähnt und, was ich erstaunlich fand, Jakobine wäre kein offizielles Mitglied in dieser Komplizinnenschaft. Was wollte sie damit sagen? Dass Mutter Verdross und Rosi Moroder mehr verband als die gemeinsame Ausbildung?«

Hier schaltete sich Isabel Grüner ein:

»Das hatte mich auch überrascht, Franco. Jakobines Mitgliedschaft irritiert mich schon länger, schließlich kann sie als Mutter keine Jungfrau mehr sein. Wollte die Dame dazu unbedingt selbst befragen, warum sie einen Sonderstatus eingeräumt bekam. Ich dachte an ihre finanziellen Mittel und sah da einen Grund. Sind nur Überlegungen, aber das müssen wir klären. Übrigens meldete Lukrezia heute Morgen, dass Virginia und Jakobine übereinstimmendes Genmaterial haben. Jakobine ist ohne den geringsten Zweifel die Mutter unserer kleinen Märchenprinzessin.«

Marini quälten andere Überlegungen:

»Sollte es wirklich sie gewesen sein, die Freda das Geld für OP und Ausbildung gab, dann stellt sich jetzt erst recht die Frage: Warum? Das ergibt alles keinen Sinn mehr.

Diese Dinge passierten deutlich vor dem Vorwurf der Kindstötung. Da muss irgendetwas eingetreten sein, was den Schuldcharakter ins Spiel bringt und meines Erachtens ist der von großem Gewicht. Eventuell hat es doch mit dieser mysteriösen Familienkrankheit zu tun.

Ihr solltet aber eines wissen: Was die Verdrossfamilie betrifft, bin ich ab jetzt raus aus dem Fall. Polizeichef Matthias Ohnewein erklärt euch alles. Ich brauche nach der Sache mit der Droge etwas Ruhe und nehme, sobald er gelöst ist, ein paar Tage frei. An den großen Unbekannten oder irgendwelche Räuberbanden aus dem Osten glaube ich jedenfalls nicht mehr. Im Übrigen bin ich der Meinung, dass Rosi Moroder mit ihrer ›Theorie‹ der vergewaltigten archaischen Muttergöttin nicht völlig unrecht hat«, schloss er für heute.

Die Frauen nickten, Prinoth war in Gedanken bei seiner persönlichen Göttin Luna und Toni zu katholisch erzogen, um sich solche ketzerischen Anschauungen zu gestatten. Die spanische Gemüsesuppe, die ausgezeichnet geschmeckt hatte, war aufgegessen. Die anderen löffelten süßen Obstsalat, auf den Franco hinsichtlich der bevorstehenden Hochzeit und seiner guten Figur verzichtete. Ein Diensttelefon piepte und Thomas Prinoth rief einen Moment später:

»Baumgartner ist aus dem Koma aufgewacht, es geht ihm den Umständen entsprechend gut. Ich fahre hin, wer kommt mit?«

Isabel Grüner meldete sich und die beiden verließen die Mensa in Richtung Bozen. Toni Scarpone erklärte mit einem Blick auf seine Kollegin Patti, sogleich und anschließend zur Kirche »Unsere liebe Frau im Walde« zu fahren und dort nach Rosi Moroder zu suchen. Patti, rundum zufrieden mit dem Mittagessen und ihrem Leben, hakte sich kurz bei ihm unter.

»Ich kann nur bis zum frühen Nachmittag mit, muss nachher mit Carmine plaudern. Und dann ... muss ich es endlich meiner Mutter sagen. Die weiß noch gar nichts, hat sich per SMS über zu wenig Kontakt beschwert und wird sicher vor Schreck in ihre Milchkanne fallen. Schwanger und bi – zum Glück ist sie Feministin.«

Sie lachte und Toni schallend mit. Jakobine Verdross blieb unter Beobachtung, ihre Tochter würden die Kommissare ein weiteres Mal vernehmen, sobald sie von Baumgartner zurück wären. Ruatti hatte eine Nachricht geschickt und darum gebeten, den Aspekt Tierhasser noch einmal zu beleuchten. Vor allem aber musste die Beziehung zu Freda/Zeno geklärt werden. Ursel überbrachte eine Nachricht, die norwegische Cousine Zenos hatte eine Videobotschaft nach Meran gesendet. Man hatte aus Bozen einen Übersetzer kommen lassen, ein

junger Mann aus Norwegen, der dort studierte. Ihre Mutter, Fredas Tante, war vor Jahren an Krebs gestorben, der Vater war Seemann und als solcher verschollen.

Da die Cousine, eine Kinderkrankenschwester, ihre Südtiroler Verwandte Freda/Zeno nicht gekannt hatte, überlegte sie, ob sie ein Erbe überhaupt annehmen wolle. Sie tendiere dazu, wie Ehemann Baumgartner, komplett darauf zu verzichten, und schlug vor, den Erlös, wenn das möglich wäre, einem Kinderhospiz zu spenden. Der gesuchte Schuh war weder bei Virginias Kleidung noch bei der der Mutter dabei, was niemand tatsächlich erwartet hatte. Aber die Schuhgröße des Abdrucks stimmte mit der von Jakobine Verdross überein. Von den untersuchten Armbrüsten passte keine einzige zu der, die Zeno Mittermaiers Leben beendet hatte.

KAPITEL ZWEIUNDZWANZIG

Jürg Baumgartner sah mitgenommen aus, als er am nächsten Tag Besuch von der Polizei erhielt. Er lag in einem luxuriösen Einzelzimmer im brandneuen Gebäude des Krankenhauses Bozen, quasi als erster Kunde und Gast. Er wirkte schmächtig und gar nicht mehr so machohaft, wie ihn die ganz in schwarzes Leder gekleidete Kollegin Grüner kennengelernt hatte. Die Oberärztin hatte die beiden Kommissare am Vortag gar nicht zu ihrem Patienten gelassen und gewährte ihnen heute maximal eine Viertelstunde. Der Witwer freute sich über den Traubensaft aus Südtiroler Anbau und ließ sich ein Schlückchen einschenken. Er kostete und wagte sogar einen kleinen Scherz:

»Der wird hoffentlich meine Kräfte wieder aufleben lassen und nicht abtöten, hier gibts neben den gewöhnlichen TV-Programmen auch einen hauseigenen Sender: entweder wissenschaftliche Vorträge in Medizinerlatein oder eine erkleckliche Auswahl an Klinikserien der vergangenen vierzig Jahre, deutsche, amerikanische und italienische. Hoch lebe die Schwarzwaldklinik.«

Er nahm den Schluck Saft, verkostete ihn wie einen guten Wein und schilderte, was vorgefallen war. Eine Frau sei zu ihm in das Hotel gekommen, die etwas von einer komischen Heiligen hatte. Sie wollte ihm Erkenntnisse über Zeno erzählen, den sie angeblich sehr gut gekannt hatte. Sie setzten sich in die Lounge und bestellten beide eine naturtrübe Apfelschorle, an der sie viel auszusetzen hatte. Jürg wunderte sich, denn schließlich ging es um etwas völlig anderes. Da sie nicht zu jammern aufhörte, sie könne das nicht trinken, und er sein Getränk in Ordnung fand, willigte er ein, ihres zu probieren und dann ein neues zu bestellen. Sie musste es in dieser Zeit geschafft haben, seinen Saft mit Eisenhut zu vergiften. Möglicherweise war Zeitmangel der Grund, warum sie sich mit der Dosierung vertan hatte, falls hier eine Tötungsabsicht dahintersteckte.

»Plötzlich waren meine Schleimhäute im Mund und Rachen taub, als ob ich eine Betäubungsspritze beim Zahnarzt bekommen hätte. Es kribbelte über und unter meinen Lippen und auf einmal dachte ich, das geht weiter hinunter in Richtung Brust und Bauch. Die Frau beobachtete mich, ihre Augen waren enge Schlitze und sie sagte:

»Du bist der Erste auf meiner Liste von diesen Gottlosen, die es mit ihresgleichen treiben. Es werden etliche folgen.«

Auf alle Fälle half sie mir nicht, als ich sie darum bat. Ich überlegte gerade, ob sie mich gar nicht mehr verstand, da spuckte ich auch schon Gift und Galle. Glücklicherweise waren wir nicht allein in der Lounge, andere Gäste sprangen erschrocken auf und fragten, ob sie helfen könnten. Die Frau war wie vom Erdboden verschluckt. Ich konnte mich nicht mehr bewegen und muss dann wohl ohnmächtig geworden sein. Mehr weiß ich ab da nicht mehr,« berichtete der noch immer schockierte Mann.

Er hatte großes Glück, denn bis der Aiut Alpin landen konnte, versorgte ihn ein Gast. Ein Mediziner, dem die sofort die vergrößerten Pupillen auffielen. Er brachte den Patienten in die stabile Seitenlage und forderte eine Decke.

»Ich habe keine Ahnung, warum mir diese Frau das angetan hat«, konstatierte Baumgartner.

»Ja, das ist sie. Ich kenne sie nicht, habe sie nie zuvor gesehen, Zeno hat niemals eine Rosi Moroder erwähnt, da bin ich mir komplett sicher«, fügte er hinzu, nachdem ihm die Kommissare ein Foto von Rosi gezeigt hatten.

Der Kranke zog die Bettdecke über sich, als wäre ihm noch immer kalt, und mochte sich nicht weiter äußern. Ein Protokoll würde man natürlich anfertigen müssen, das war ihm klar. Doch:

»Ich will nur einfach wieder gesund werden, meinen Mann ›einpacken‹ und dann dieses Land verlassen. Hier gibt es mir deutlich zu viel Mord und Totschlag.«

Damit fand er zu seinem altgewohnten Sprachduktus zurück. Die Oberärztin schoss wie auf Befehl herein und beendete die Befragung.

»Ja klar«, meinte Grüner draußen im Flur, »Südafrika ist bekannt für seine friedliche Koexistenz sämtlicher Lebewesen und ihren liebevollen Umgang untereinander.« Prinoth sah sie einen Augenblick bewegungslos an.

»Und wenn der trauernde Witwer doch hinter dem Anschlag auf Mittermaier steckt? Möglicherweise sollte der nur erschreckt werden, ›Hau endlich ab aus diesem Bauernkaff›, und das ging schief? Baumgartners Vergiftung nichts weiter als ein missglückter Versuch eines von ihm gedungenen Zeno-Mörders, den Auftraggeber aus dem Wege zu räumen, bevor er das umgekehrt tun würde? Er hatte doch noch »etwas zu erledigen in Meran«, nicht wahr? Das würde auch seinen eisigen und barschen Auftritt bei uns und euch Frauen gegenüber erklären«, sprudelte es aus ihm hervor.

»Thomas, das ist eine ziemlich verführerische Theorie. Wir behalten sie im Auge, ich schreibe sie mal eben in die WhatsApp-Gruppe. Wir müssen unbedingt Moroder finden, dann wissen wir, ob sie etwas damit zu tun und sie beauftragt wurde.«

»Was immer noch nicht beweisen würde, dass sie ihm das Gift in das Getränk gegossen hat, er kann locker selbst getan haben. Ein wenig unwahrscheinlich, aber kein schlechtes Ablenkungsmanöver« Grüner nickte und schüttelte dann ihr – heute offenes – Haar. Freundschaftlich hakte sie sich, ähnlich wie vorhin Patti bei Toni, auf dem Weg zum Parkplatz bei Thomas Prinoth unter.

»Rosi Moroder muss her, und zwar pronto. Bis die KTU die Gläser untersucht hat und Fingerabdrücke von ihr auch auf Baumgartners Glas gefunden werden – was im Zweifel kein echter Beweis ist – können wir sie nicht unter Mordverdacht stellen. Zeugen haben die beiden reden sehen. Das Einzige, was ginge, wäre unterlassene Hilfeleistung. Kein Grund, eine Fahndung einzuleiten. Leider.«

Was war nur an diesem Tag mit den Frauen los, fragte sich Prinoth und freute sich. Isabel duftete dazu ausgesprochen gut nach diesen krankenhaustypischen Gerüchen. Sie waren mit ihrem Auto gefahren, weil er nach dem Krankenhaus nach Hause gehen wollte und ihn Isabel dort absetzen würde. Gleichzeitig düsten die beiden Carabinieri im Dienstalfa eine friedvolle Strecke aus dem Etschtal hinaus, an Lana vorbei über die SS 238 durch das Tisner Mittelgebirge. Vorüber an einst wehrhaften Burgen, die wie Wächter das Burggrafenamt mit seiner anmutigen Landschaft bekrönten. Patti liebte diesen Weg, sie war mit Carmine oft hier gefahren, im Herbst zum Keschtnriggl, dem Kastanienfest. Einmal waren sie sogar nachts hierhergekommen, um sich unter der Milchstraße ein erotisches Abenteuer zu gönnen. Es war unbeschreiblich gewesen, Patti hatte wegen der »wilden Tiere« etwas Angst gehabt. Doch niemand hatte sie gestört und niemand war durch sie gestört worden.

Die Erinnerung daran schmerzte nicht mehr und Patti wurde innerlich ganz ruhig. Plötzlich musste sie mal, und so hielten sie kurz an. Während die Polizistin, auf ihre Schwangerschaftsblase schimpfend, im Gebüsch verschwand, lauschte Toni der beruhigenden Stille. Mit jedem Höhenmeter wurde die Luft besser und die hohen Tannen sirrten leise im warmen Sonnenlicht.

Ab und zu summte eine Zikade, wenn nicht ein rasender Motorradfahrer seine Maschine ausprobieren musste. Ein leichter Harzgeruch streichelte die Nasen der beiden Polizisten, die froh waren, dem stickigen Kessel entfliehen zu können. Sie hatten beide die Fensterscheiben heruntergefahren und ließen die Ellbogen darauf liegen. Toni Scarpone mochte diesen Weg hoch in den Wald zum Gampenpass ebenso.

Früher war er mit seiner kleinen Vespa 50 N, die man Italien bereits ab fünfzehn fahren darf, hier unterwegs gewesen. Hatte angehalten und Tannenzapfen für den Winter eingesammelt, einfach im Gras unter den Bäumen gesessen und die Waldluft geatmet. Die Berufshektik fiel hier schnell weg und beide Polizisten sprachen nicht viel. Das Glitzern der Sonne zwischen Ästen, ihr klarer, blauer Südtiroler Himmel, ein Pferd, das zwischen den Stämmen spazieren ging, die uralte Kulturgegend, schon seit frühen

Zeiten besiedelt – sie inspirierte die beiden genug zu Überlegungen und zum simplen Hingeben an die Schönheit dieses Moments. Jetzt mussten sie nur noch diese Frau finden.

Toni fuhr und Patti genoss die kleine Reise, die eine gute Dreiviertelstunde umfasste. Nach dem Pass erreichten sie zwei Kilometer weiter den Wallfahrtsort »Unsere liebe Frau im Walde«. Tatsächlich war der Weiler von schattigem grünem Laub und naturbelassenen Wiesen umgeben, dort mussten sie suchen. Die Redakteurin von Ma-Donna hatte etwas von einem Naturheiligtum im Grünen angegeben, das Moroder als ihren »besonderen Ort« bezeichnet hatte.

»Was für ein Glück, dass man heutzutage quasi jeden über GPS auf seinem Handy finden kann«, freute sich Toni.

»Falls sie eines hat und sie es anhat«, meinte Patti. Sie überprüfte die Daten der Funkzellenabfrage von der Zentrale.

»Ansonsten wandern wir eben ein wenig, schließlich haben wir ein ordentliches Mahl hinter uns«, meinte die Kollegin grinsend.

»In der Kirche wird sie wohl kaum sein.«

Sie stellten den Wagen ab, liefen los, fanden aber gar nichts, nicht den allerkleinsten Hinweis auf einen ungewöhnlichen Platz im Wald. Als sie nach einer Weile frustriert zurückkamen, meinte Toni Scarpone ironisch:

»Wir gehen in die Pfarrkirche zum Beten, Patti, vielleicht hilft's ja was.«

»Meinst du das jetzt im Ernst, Kollege?« fragte die Carabiniera überrascht, schritt aber tüchtig mit aus. Warum nicht, schaden könnte es nicht, überlegte sie. Das Portal der kleinen Kirche war offen und sie traten in das kühle Innere. Welch eine Erfrischung nach der kleinen Wanderung in gleißendem Sonnenlicht auf dem heißen Asphalt der Bundesstraße. Automatisch bekreuzigten sich beide und nahmen etwas Weihwasser.

Zurecht, denn der Teufel war auch schon da, er war in ein weißes Gewand gekleidet und hatte riesige Augen. Rosi Moroder stand mit ausgebreiteten Armen direkt vor dem Altar und versuchte, mithilfe von in die Pupillen geträpfeltem Atropin, das aus der Tollkirsche, Belladonna genannt, gewonnen wird, ihre Maria Invicta zu visualisieren. Dabei murmelte sie Unverständliches, das sich nach Beschwörungen oder Gebeten anhörte. Als Patti Mayrhofer sie ansprach, erwachte die geistige Anführerin augenblicklich aus ihrem Zustand. Sie nahm nur die junge Frau wahr, lächelte milde und äußerte sich:

»Mein Kind, möchtest auch du dich uns anschließen? Es soll dein Schaden nicht sein!«

Dann sah sie Toni, ihr wurden die Uniformen gewahr und sie versuchte schließlich etwas wie eine Flucht. Moroder verhedderte sich dabei mit ihrem schleierartigen Gewand und wäre beinahe auf den harten Steinfußboden der Kirche gefallen. Toni fing sie auf und hielt sie fest, während ihr Patti Handschellen anlegt. Gleich fielen ihr die vergrößerten Pupillen der Frau auf und sie bewertete das Phänomen richtig. Der Schock der Berührung ernüchterte die Frau. Sie schaute erstaunt an sich herunter, bekam einen kalten, hochmütigen Gesichtsausdruck und wollte wissen:

»Was wird jetzt aus meinen Mädchen, wenn ihr mich mitnehmt?«.

»Signora Moroder, wir können dazu noch gar nichts

sagen«, erwiderte die Polizistin, die sie abführte. Toni ging dicht neben ihr, falls Moroder Anfälle bekäme. »Warum fesselt ihr mich, ich habe nichts getan?«, bohrte die Vertreterin Marias auf Erden nach.

»Sie haben versucht, einen Mann mit Gift zu töten, Frau Moroder, das sollte reichen«, probierte es der Brigadiere mit Ironie.

»Das musste ich doch. Sie will es. Der Mann war widernatürlich mit einem anderen verbunden, das darf nicht sein«, konstatierte sie, während sie zu dritt über den Kirchplatz und die Bundesstraße zum Alfa gingen. Ein Geständnis, das sie auf der Wache wiederholen müsste. Einige Autos verlangsamten ihre Geschwindigkeit, neugierige Köpfe drehten sich beim Vorüberfahren zu dem auffälligen Trio. Kaum saß sie im Fond des Wagens, sprudelte es aus ihr heraus. Was sie da preisgab, war so ungeheuerlich, dass Mayrhofer und Scarpone es zunächst für geistesumnachteten Humbug hielten.

»Dieser Zeno, der war ja mal eine Frau. Eine Schande, sich von dieser Gnade in ein unwürdiges, lasterhaftes Wesen zu verwandeln, gegen den Willen einer göttlichen Macht.«

Die beiden Polizisten mochten gar nicht hinhören, doch sie mussten.

»Und dann noch als Mutter. Auch seine beste Freundin Jakobine hat sich damals schuldig gemacht, ein Vergehen, das man gar nicht hoch genug sühnen kann«, ereiferte sie sich weiter. Nun wurden Mayrhofer und Scarpone stutzig. Patti schaltete ihr Handy auf Aufnahme, legte es auf die Zwischenablage der Vordersitze.

Moroder schrie sowieso schon fast.

»Freda war eine Leihmutter. Sie trug das Kind aus Jakobines Ei aus, das von diesem schwarzhaarigen Bayern befruchtet worden war, und nahm es hinterher als ihr Blag an sich. Freda hat jungfräulich geboren. Sie hätte später zu uns gehören können. Doch sie wurde lieber zum Mann. Das ist unverzeihlich, absolut unverzeihlich.«

Patti und Toni sagten nichts. Sie fuhren recht langsam an Burgen vorbei in Richtung Lana und wären bald da. Patti wollte dort aussteigen und Toni die Frau ins Kommissariat bringen. Voller Neugierde und nicht wenig überrascht hörten sie zu, was die Sektengründerin zusätzlich weiter ausplauderte.

»Die Mama Verdross ist auch eine Jungfrau, deswegen darf sie bei uns bleiben, und ich habe damals bei der Niederkunft geholfen, jawohl, ja. War eine schwere Geburt, die arme Freda. Sie wollte das Kind gar nicht sehen. Wer hätte auch gedacht, dass aus dem verhutzelten Würmchen mal so ein hinreißendes Mädchen wird. Wenn sie nur nichts von der Krankheit abbekommen hätte. Sie ist nämlich nicht recht gescheit, wissts ihr. Mit Absicht hat sie sich als Zeno geschminkt, um ihre Mama zu ärgern. Wenn die wüsst!«

Ihr Ton war mittlerweile vertraulich geworden, als säßen sie gerade bei einer Speckmarende und einem Schnapserl beieinander.

»Das mit der Jungfräulichkeit bei der Jakobine hab ich nicht überprüft, sie hats mir damals schon verraten. Sie hat wollen ins Kloster, aber der Herr Papa war dagegen. Weil sie gar so starrköpfig war, drohte er ihr mit Enterbung. Nur mit einem Nachkommen konnte die Jakobine den Ansitz und das viele Geld erben, das sie unbedingt der Kirche spenden wollte. Und natürlich eine Jungfrau bleiben, daher hat die Virginia ja auch ihren Namen. Deswegen seins halt irgendwie auf die deppate Idee mit der Leihmutter kemman.»

Nach diesen Worten schwieg sie plötzlich wie ein Grab. Als wäre ihr Mund versiegelt, verwandelte er sich in einen dünnen Strich und ihre Augen waren leer. Toni war es recht, denn Patti stieg nun aus und er musste diese Irre alleine nach Meran karren.

KAPITEL DREIUNDZWANZIG

Maresciallo Carmine Losso schlug den gemütlichen Biergarten in der St.-Martin-Straße in Lana vor, wo es nicht nur tadelloses Essen, sondern auch alkoholfreies Schankbier gab. Dem gut aussehenden Mittdreißiger war sofort aufgefallen, dass seine Ex-Freundin ein Funkeln in den Augen hatte, das er so von ihr nicht kannte. Mit einem Stich in sein Männerherz – irgendwie gehörte sie ihm immer noch ein bisschen – ahnte er den Grund und wurde eifersüchtig. War der Neue überdies besser als er?

Losso hielt sich zurück, das letzte Gespräch mit Patti war alles andere als erfreulich verlaufen. Sie hatte angekündigt, ihm eine wichtige Neuigkeit mitteilen zu wollen, und das wollte er keinesfalls gleich kaputt machen. Kaum saßen sie auf den Bänken und hatten bestellt, da schaute Patti Carmine fest in die Augen. Sie fühlte einen Rest dessen, was sie einmal für ihre große Liebe gehalten hatte. Spürte die Verletzung und die Trauer, als er von seiner Professorin erzählte.

Sie erinnerte lebhaft die Wut über eine Täuschung, die

gar keine war, denn Carmine hatte sie nicht belogen. Mit Freude bemerkte sie, dass sie das alles nun mit Leichtigkeit hinnahm, wie es sie nicht mehr belastete, wie es nicht mehr schmerzte. Sie etikettierte ihn noch immer als schönen Mann, keine Frage, aber der Funkenflug war endgültig vorüber.

»Ich bin schwanger, Carmine, im fünften Monat. Das Kind ist von dir. Wie wollen wir die Situation angehen?«, erläuterte sie die Sachlage in kurzen und klaren Worten. Losso war wie vom Donner gerührt.

Tatsächlich war er, obwohl er seine jetzige Lebensgefährtin da schon kannte, in den letzten Wochen vor Ablauf seines Lehrgangs zum Maresciallo mit Patti zusammen gewesen. Es war ihm damals noch nicht richtig klar, was er nun eigentlich wollte, und mit der Neuen lief noch nichts. Diese war ihm aufgefallen, sie berührte ihn, aber geschehen war nichts. Wie sich nun herausstellte, war etwas geschehen, etwas Großes und etwas Großartiges. Mit Patti. Carmine stand auf und umarmte sie. Er war sprachlos.

»Jetzt bekommst du endlich dein Kind, Carmine, aber heiraten werde ich dich trotzdem nicht«, meinte die Kindsmutter.

»Niemand wird mich dazu bringen, selbst wenn du jetzt deine Wissenschaftlerin verlassen würdest, um eine ordentliche Familie zu gründen, wie es erwartet wird. Nein, nicht mit mir.«

Carmine war froh, anderes hätte er auch nicht von Patti vorstellen können und anders wollte er selbst das alles nicht. Er kam keine Sekunde auf die Idee, einen anderen Mann als potenziellen Vater zu vermuten. Nicht bei Patti. Doch kam ihr deutliches Glück alleine von der Schwangerschaft? Carmine fragte:

»Wie wir das angehen sollen? Ich erkenne selbstverständlich die Vaterschaft an und wir kümmern uns beide, so gut es geht. Tiziana wird uns keine Steine in den Weg räumen, das weiß ich. Und bei dir?«

Offenbar waren die Buschtrommeln nicht bis Lana gekommen, dachte Patti.

»Carmine, ich habe nun tatsächlich die Liebe meines Lebens gefunden.«

Er zuckte leicht zusammen.

»Doch es ist kein Mann. Es ist jemand, den du gut kennst. Lukrezia di Lorenzini. Wir ziehen das Kind gemeinsam auf.«

Carmine musste sich nun vom zweiten Schock des heutigen Tages erholen.

»Aber«, stammelte er, »die war doch so gut verheiratet, was ist denn da passiert?«

»Das, Kindsvater, was eben ziemlich oft passiert: Man lebt sich auseinander, lebt nebeneinander her und wenn man Eier hat, beendet man diesen Zustand.« Seine Ex grinste sich einen und nun bemerkte auch Carmine, was für einen Unsinn er gerade von sich gegeben hatte. Sie machten sich über ihre Mahlzeit her. Erdäpfelblattln, hausgemacht und köstlich. Das alkoholfreie Bier schmeckte den beiden hervorragend und Patti nahm vom ebenfalls hier hergestellten Holzofenbrot.

Dann erzählte sie dem Kollegen, was Toni und sie Erstaunliches herausgefunden hatten und wie es im Fall Zeno Mittermaier weitergegangen war.

»Die muss in die Psychiatrie«, meinte Carmine kauend und ahnte nicht, dass Frau Moroder bereits auf dem Weg dorthin war, auf Weisung von Polizeichef Matthias Ohnewein persönlich. Was mit ihren Anhängerinnen, die über das ganze Land verteilt waren, geschehen sollte, wurde anschließend beraten. Patti allerdings würde durch den Ablauf der Ereignisse, die nun folgten, keine Zeit mehr habe, ihre Mutter vor der Hochzeit Marinis aufzuklären.

KAPITEL VIERUNDZWANZIG

Kommissar Prinoth und Kommissarin Grüner luden die Carabinieri aus der Petrarcastrasse zu sich ein. Allieva Ruatti war nicht dabei, sie schob Bereitschaft auf der Wache. Mit ihren mangelnden Deutschkenntnissen eine Quälerei für betroffene deutsche Touristen.

»Ich denke, der Fall steht kurz vor der Lösung. Ich habe die Damen Verdross vorgeladen und telefoniere gleich mit dem Vater Virginias, Luis Haselberger«, erzählte er Franco Marini, der wieder im Dienst war. Er hatte einen Tag Urlaub genommen und war Florentine erheblich auf den Geist gegangen.

»Opa Haselberger wurde übrigens von den deutschen Kollegen überprüft, der war zurzeit des Mordes auf seinem Hof und hat die ganze Nacht geschafkopft, mit ein paar Freunden. Unser Schneewittchen war auf dem Weg zu ihrem Spielplatz, dem Schloss Tirol, Parkour, du weißt schon«, brummte Prinoth, »feministische Sportstatements auf dem Wirkungsfeld einer der ersten selbstbestimmten Damen des Landes: Margarete Maultasch, Herzogin von

Tirol.« Er stoppte kurz mit seinen historischen Ausführungen.

»Sie war not amused, stattdessen zu uns kommen zu müssen. Gemeinsam mit der Frau Mama! Wobei ich das ja nach wie vor für keinen echten Parkour-Kurs halte. Vielleicht ambitioniertes Herumspringen über Stock und Stein. Einer meiner Söhne, die bei ihrer Mutter in Bologna leben, macht Parkour, ich kenne mich da ein wenig aus.«

Es war einer der seltenen Momente, in denen Thomas Prinoth seine Familie anmerkte. Grüner bemerkte es und würde später einmal bei einem Feierabendbier nachhaken, ob er wollte oder nicht. Marini brummelte zurück:

»Wo du das erwähnst, ich meine, wir sollten einmal dort nach den Schuhen suchen, auch wenn sich das nicht einfach gestalten dürfte. Falls eine der beiden Verdross Damen die Fusslinge nicht schon längst im Schuhcontainer entsorgt hat. In den Hausmüll dürfen sie ja nicht. Wenn sie unter Umständen sie mit dem Mord zu tun hat, unsere Prinzessin, was wir bisher aufgrund ihrer Persönlichkeit und den Schilderungen darüber ausgeschlossen hatten, dann könnte sie dort ein gutes Versteck haben.«

Prinoth schluckte. Marini hatte völlig recht. Sofort gab er den Flug einer Drohne in Auftrag, die mit allerhand technischem Schnickschnack ausgestattet war. Im Gegenzug bat Grüner nun den Kollegen um einen Gefallen:

»Eure neue Allieva hatte die Idee, diese Tierhassergeschichte zu verfolgen. Die ist im Falle Mittermaier im Sande verlaufen. Aber ich meine, wenn es diese Szene gibt, würde ich Ruatti gerne damit beauftragen, mehr zu recherchieren und Material zusammenzustellen. Wäre das was für eure griesgrämige Überfrau?«

Franco Marini hätte Isabel küssen können, so außerordentlich fand er die Idee.

»Sie liebt Tiere, hast du das gewusst? Perfekt, das machen wir. Obwohl ja als Überfrau – neben dir – nur Patti Mayrhofer infrage käme. Weiß einer zufällig, was mit ihr ist?«, versuchte er es ganz unschuldig.

»Das muss sie dir schon selbst sagen, großer Cäsar«, witzelte die Kommissarin, »und ich ahne, es wird nicht mehr lange dauern.«

Thomas Prinoth drehte sich weg, weil er lachen musste, obwohl Marini ihn nicht ansah. Das war fies, allen war bekannt, wie wissensdurstig Marini war. Doch war er derzeit zu sehr mit dem Hochzeitsfest beschäftigt, das sehr bald stattfinden würde. Das Telefon klingelte erneut und Ursel stellte durch:

»Anruf aus Deutschland, wichtig.« Isabel knöpfte sich den Bierbrauer vor:

»Sie haben uns eine unentbehrliche Information verschwiegen, Herr Haselberger, und wir möchten wissen, warum.«

»Mei«, kam es vorsichtig von der anderen Seite, »was meinens denn jetzt?«

»Sie sind zwar Virginias Vater, doch Jakobine trug das Kind nicht aus. Freda Mittermaier war die Leihmutter und offenbar ist während der Schwangerschaft irgendetwas passiert.«

Das war ein Schuss ins Blaue, und er traf. Nach einigen Sekunden des Stillschweigens erklärte Luis stockend:

»Es gab ein Problem mit dem eingepflanzten Ei, das Freda fast umgebracht hätte und einen Schaden bei Virginia hinterließ. Man hat mich nicht darüber aufgeklärt, was los gewesen war. Nur, dass Jakobine danach das Baby nicht wollte. Auch ihren Eltern war es peinlich, einen ›Bangert‹, wie sie das Kind betitelten, im Hause zu haben.

Diese Leute waren sehr auf ihre ›reinrassige‹, so nannten sie das, Abkunft stolz. Ihr edles Blut wurde damals, als ich pro forma mit Jakobine zusammen war, ständig von ihr betont. Ich als Abkömmling einer schlichten, aber immerhin echten bayrischen Bauernfamilie wurde gerade so akzeptiert. Muss ja auch mal a weng frisches Blut in den Stammbaum. Manchmal war ich drauf und dran, denen zu erklären, was für ein Kulturenmischmasch die Bayern eigentlich sind. Ein culture clash würde man heute sagen.«

Er stoppte seine Aussage, um kurz und heiser zu lachen.

»Mir war die ganze Angelegenheit im Nachhinein schrecklich unangenehm, hätte auch nie gedacht, dass es herauskäme. Der Opa weiß es nicht.«

Thomas Prinoth fragte, warum er überhaupt mitgemacht hätte. Seine Samenspende hatte ihm einen Luxuswagen ermöglicht, den er aber inzwischen schon lange verkauft hatte, antwortete der Mann. Insgesamt aber zeigte er seinem Kind gegenüber deutlich mehr Gefühle und Fürsorge als der gesamte Rest der Familie in Lana.

»Das ist also das schwere Verbrechen, das Rosi Moroder angedeutet hat.«

Nun verstanden alle. Inzwischen waren auch Toni Scarpone und Patti Mayrhofer in der Meinhardstraße angekommen. Gleichzeitig mit ihnen ein Bote, der einen Jutebeutel brachte. Mit Hilfe der Drohne war der Beutel im Boden von Schloss Tirol gefunden und mit einem schnellen Fahrradkurier ins Kommissariat gebracht worden. Grüner wunderte sich und Marini, als echter Meraner, erzählte ihr ein wenig über das so für Südtirol wichtige Anwesen, in dem er sein Schulwissen vortrug:

»Die Stammburg der Grafen von Tirol gab einst dem ganzen Land seinen Namen. Ihre Errichtung lässt sich ins späte elfte Jahrhundert datieren. Das Bauwerk ist reichlich groß und thront schon beinahe auf einem Hügel – ich glaube, es sind Endmoränen – über Meran, umgeben von viel Grün wie Bäumen, Sträuchern und Weinbergen. Das weißt du ja. Als Kind kam es mir immer so vor, als würde es mit den Wehrgängen aus Holz und Stein sein Land beschützen. Bist du mal oben, dann wirst du für den Aufstieg mit einer weitschweifigen Rundsicht zwischen den Zinnen über das Burggrafenamt belohnt. Aber Vorsicht. Die grobe Pflasterung des Zugangswegs und des Hofs, der auch Grünflächen enthält, brachen schon manchen hohen Absatz, werte Kollegin«, referierte der Maresciallo mit einem Blick auf die Sommersandalen Grüners mit hohen Plateausohlen.

»Das Schloss wird gerne als Location für kulturelle Veranstaltungen jeglicher Art genutzt. Weil dort das Südtiroler Museum für Kultur- und Landesgeschichte ist, gibt es nicht nur eine ständige Ausstellung, sondern unzählige Vernissagen, Musikveranstaltungen und Theateraufführungen, viel besucht von der Meraner Bevölkerung, die Störenfriede wie junge Downhiller, Skater oder anderweitige Ausüber moderner Sportarten dort oben nicht sehr gerne sehen. Meine Schwester Daisy wird demnächst dort eine Sommerausstellung haben, ich lade euch alle herzlichst dazu ein«, schloss er seine Ausführungen.

Der brisante Beutel enthielt nicht nur eine Armbrust, sondern auch den blutigen Schuh, unter einem Baum im Hof der prächtigen Stammburg vergraben gewesen waren. Die DNS-Spuren würden Auskunft geben.

»Eine der drei Damen hat Zeno auf dem Gewissen. Mutter oder Tochter Verdross oder Rosi Moroder. Bei Virginia sehe ich immer noch kein Motiv. Otto Huber können wir laufen lassen und die ehrgeizige Auszubildende wird es nicht gewesen sein. Baumgartner? Vielleicht, doch schwer zu beweisen, da fehlen bisher noch viele Indizien. Man müsste wohl auch mit der südafrikanischen Polizei zusammenarbeiten. Wenn es der Wahrheitsfindung dient, und auch wenn es lange dauert, dann mal ran! Bei den Verdross stellt sich zusätzlich die schwierige Frage nach dem Warum? Nach über zwanzig Jahren?«, sinnierte Brigadiere Scarpone. Sogar Polizeichef Ohnewein gesellte sich zu den Kollegen, er brauchte Abwechslung von seinem Bürojob und den Grausamkeiten des virtuellen Verbrechens im Darknet.

»Das könnt ihr sie gleich selbst fragen«, antwortete die Kommissariatssekretärin, heute in ein marineblaues Kostüm gekleidet mit blauen Sandalen, in denen perfekt gepflegte Füße steckten. Die Haare waren hochtoupiert, sie hätte auch Werbung für ein Waschmittel in den Neunzehnhundertsechzigerjahren machen können. Ursel geleitete das Paar in das Verhörzimmer, in dem bereits Waffe und Schuh auf dem Tisch lagen. Jakobine Verdross erbleichte beim Anblick des Schuhs, offenbar war es wirklich ihrer. Prinoth begann:

»Nun, meine Damen, wir wissen inzwischen, dass Zeno Mittermaier als Freda auf die Welt gekommen ist, und wir wissen auch, dass er Virginia Verdross als Freda ausgetragen hat. Rosi Moroder hat uns das erzählt und genauso das Geheimnis der Farbe Weiß. Sie sind alle Jungfrauen, stimmt es?«

In Jakobines Gesicht war zum ersten Mal Bewegung zu

sehen, sie kochte förmlich vor Wut. Virginia tat es ihr nach, allerdings war sie blass, sehr blass.

»Ich wüsste nicht, was Sie das angeht«, blaffte Mutter Verdross.

»Sollte der blutige Schuh – er gehört doch Ihnen? – Ihre DNS aufweisen, haben wir die Mörderin, nämlich Sie«, konterte ganz ruhig Isabel Grüner. Durch die verspiegelte Scheibe schauten die übrigen Polizisten zu. Franco Marini war der Ausdruck von Abscheu deutlich anzusehen, er gedachte seines Nonno, den diese Familie auf dem Gewissen hatte.

»Jetzt wüssten wir gerne, was Ihnen der arme Zeno getan hat und warum er sterben musste, erschossen mit einem mittelalterlichen Instrument.«

Kaum hatte sie das gesagt, schnappte sich Virginia mit einer blitzschnellen Bewegung die Armbrust und zielte abwechselnd auf ihre Mutter und die beiden Kommissare. Sie schrie:

»Rosi hat es mir gesagt. Sie hat mich umworben. Die Männer habe ich immer nur fummeln lassen, weil ich Angst vor Penetration habe. Bei der Vorstellung, jemand will in meinen Körper, fürchte ich mich zu Tode. Ich bin daher unberührt und das wird auch bleiben. Weil Rosi Hebamme ist und ich keinen Bock auf Frauenärzte habe, habe ich mich ihr mal anvertraut. Danach ging es gleich los mit der Werbung für ihren Weiberhaufen. Als Geschenk für meine Mitgliedschaft bei Maria Invicta erzählte sie mir schließlich meine wahre Geschichte: Freda ist die Leihmutter und Jakobine die ewige Jungfrau. Sie, die Hebamme, hatte sogar Beweise, nämlich Fotos auf ihrem alten Blackberry. Sie hatte sie damals aus ›Sicherheitsgründen‹ bei meiner Geburt gemacht und Freda war darauf sehr gut zu erkennen.«

Jakobine schwankte und hielt sich am Tisch fest, draußen versammelten sich bewaffnete Polizisten. Nur die anwesenden Kommissare waren darüber aufgeklärt, dass der Bolzen in der Armbrust von Stefan Oberhofer mit einem kaum sichtbaren Sicherheitskopf versehen worden war.

»Ich hasse dich dafür und Zeno noch viel mehr. Ich bin hin zu ihm und hab's ihm gesagt. Er leugnete nicht. Er meinte, er würde nur deswegen so gut auf mich aufpassen, weil ich einen Defekt hätte. Dass ihr alle untereinander geheiratet hättet, weswegen ich jetzt dumm wäre. Trotzdem aber auch ein bisschen seine Tochter. Ein bisschen hat er gesagt. Ich bin also ein bisschen eine Tochter von allen. Und dazu noch deppert. Wie widerlich.«

Alle waren wie erstarrt und hörten gespannt zu. Virginia stand aufrecht und hielt die Armbrust in Höhe ihrer eigenen Brust. Ihre schwarzen Haare umgaben sie wie eine dunkle Haube und ihre Augen waren aufgerissen. Das künstliche Licht des Vernehmungszimmers ließ sie noch bleicher als sonst erscheinen und so ähnelte sie einer rasenden Madonna.

»Also hab ich ihm bewiesen, dass ich doch nicht ganz so blöd bin, und ihn einfach erschossen. Dahin wollte ich treffen, ins Herz, in die Mutterbrust, die ich nie hatte.«

Sie fing einen fragenden Blick von Kommissarin Grüner auf, den sie missverstand.

»Die Armbrust? Die hab ich vom Opa, und immer gut vor der da«, sie wies mit der Waffe auf ihre Mutter, »versteckt.«

Zornig holte sie zu den nächsten verbalen Schlägen aus.

»Dann hab ich einen Plan gemacht und deine Turnschuhe genommen. An deine Waffen kam ich nicht, weil du den Schrank immer verschlossen hast. Ich wollte, dass sie dich für Zenos Mörder halten. Den Goldschmuck hab' ich auch frisch geraubt und an die Fahrenden verschenkt. Dort, unten an der Passermündung, in der Postgranzstraße, da lagern sie. Sind aber schon lange weitergezogen. Die Rosi ist fei verrückt, doch ohne sie hätte ich das alles niemals erfahren. Und jetzt bist du dran – Mutter.«

Das letzte Wort kam voller Verachtung und sehr langsam aus ihrem Mund. Es dauerte einen Augenblick, bis Virginia merkte, dass die Waffe keinen brauchbaren Bolzen hatte und nicht die gewünschte Wirkung erzielte. Schluchzend warf sie das historische Stück auf den Boden und brach weinend zusammen. Jakobine stand starr wie Lots Frau. Ganz langsam wanderte aus versteinerten Augen eine Träne über ihr weiß gepudertes Gesicht, hinterließ dort eine Spur und verschwand im Ausschnitt. Prinoth wagte eine Frage an sie:

»Warum trug Freda das Kind überhaupt für Sie aus?«

»Sie liebte mich. Schon als kleines Mädchen wollte sie immer ein Junge sein und wurde deswegen von allen anderen gemobbt. Selbst von ihrer Familie, die sie nie anerkannt hatte. Zu fremd. Dass sie sich später als Mann dann Gleichgeschlechtlichen zuwandte, hat mich höchst erstaunt. Außerdem gab ich ihr eine ganze Menge Geld. Damit konnte sie ihre Ausbildung und die erste Werkstatt finanzieren. Wir waren niemals ein Paar.«

Grüner hatte noch eine brennende Frage:

»Und warum erzählte Zeno Virginia, ihre Beeinträchtigung, falls es überhaupt eine ist, käme durch Inzucht und die Familie. Warum diese Lüge, er kannte doch die Wahrheit. Er am allerbesten!«

Jakobine konnte nicht weißer werden, als sie es ohnehin schon war.

»Ich habe keinen blassen Schimmer, bei Gott, er muss

die Familie Verdross wohl gehasst haben, bis auf mich und Virginia.«

Virginia sollte abgeführt werden, da interessierte sich Isabel Grüner für einen weiteren seltsamen Umstand:

»Frau Verdross, warum haben Sie diese Dinge«, sie zeigte auf die Armbrust und den Schuh, »nicht einfach weggeworfen bzw. Ihrer Mutter untergejubelt?«

Die Antwort verstand niemand. Virginia Verdross sagte:

»Sie waren der Beweis meiner Existenz.«

KAPITEL FÜNFUNDZWANZIG

Offenbar meinten es die Götter gut mit den frisch Vermählten. Nach drei Tagen Dauerunwettern, die in Österreich katastrophale Auswirkungen zeigten, schien am vierten Tag die Sonne. Natürlich hatten sich Florentine und Franco Alternativen ausgedacht, doch sie hatten Glück, das beste Omen für ihre Ehe. Das Hochzeitsfest fand am fünften Tag statt, alles war getrocknet und die Blumen im Zaubergarten der Vinschger Hexe dufteten um die Wette. Neben den Wildkräutern hatte sie alte Rosensorten, die jetzt im Juni in voller Blüte standen, Jasminsträucher umwoben die Gäste mit betörenden Aromen und die großen, fast schwarzen Kirschen wurden eben reif. Außerdem hingen dicke Johannisbeerrispen in paradiesischer Fülle an den Büschen, Himbeeren durften gepflückt werden und neuerdings auch Gojibeeren.

Elisabeth Premstaller probierte gerne Neues aus. Im Garten war eine lange Tafel aufgestellt worden, an die zwanzig Personen passten. Die Gäste kamen in legerer, aber festlicher Kleidung und wieder einmal schoss Isabel Grüner den Vogel ab: Sie kam in einem topmodischen

Maxikleid in Leoparden-Optik – der Knaller zu ihrer roten Löwenmähne. Die Braut trug ein Vintage-Hochzeitskleid. Es war bereits von ihrer Mutter getragen worden und ursprünglich ein Abendkleid aus den Siebzigerjahren in Sonnenuntergangorange mit silbrigen Pailletten. Franco strahlte in einem eigens vom Sir Lady Aisenhoover angefertigten Smoking, schwarz und silbern wie sein Haar.

Daisy, Marinis Schwester, hatte einen guten Bekannten verpflichtet, der Essen auf Rädern einmal anders anbot und extra für diesen Zweck dem Ehepaar als Hochzeitsgeschenk einen ganzen Nachmittag zur Verfügung stand.

Er kam mit zwei »Fress«-Apes mit Miniküchen im Inneren, in denen er köstliche Gerichte zubereitete. Einiges war bereits am Tag zuvor in Elisabeths Garten vorbereitet worden. Die Gäste wurden mit kleinen und erlesenen Speisen verwöhnt, es gab einen feinen einheimischen Sekt und süditalienischen Prosecco aus einer sehr geheimen Quelle. Bevor es mit der allgemeinen Schmauserei losging, erhob sich Hubert Pixner. Er sagte:

»Freunde, ich habe wochenlang vor dem Schlafzimmerspiegel geübt und geübt, meine Frau hat sich krankgelacht, ich habe mir so viel überlegt, was ich euch beiden mit auf den Weg geben könnte, und jetzt das. Mein Manuskript ist weg. Also: Haut rein und dreimal hoch sollen sie leben!«

Er nahm sein Sektglas und prostete allen zu, ein allgemeines salute war zu hören und alle bekamen ein Busserl auf die Wange. Dann stand Patti auf, was manche überraschte, andere wiederum nicht.

»Liebe alle, ich mach's auch kurz: Ich erwarte ein Kind, und zwar von Carmine. Wir sind allerdings nicht mehr zusammen und werden das Kind – es wird wohl ein Junge – dennoch gleichverantwortlich erziehen. Getrennt. Nicht nur Carmine hat die Partnerin seines Lebens gefunden, ich auch. Da sitzt sie.«

Sie warf Lukrezia eine Kusshand zu und dann fiel jemand vom Stuhl. Es war Pattis Mutter, die als gute Freundin von Elisabeth und Vermittlerin des Gartens selbstverständlich dabei war. Elsa Ruatti, die zu Integrationszwecken ebenfalls teilnehmen durfte, fächelte ihr Luft zu. Schließlich stand sie wieder auf und umarmte ihre Tochter.

»Bissl früher hättst mirs schon sagen können, Madl«, meinte sie leicht vorwurfsvoll, aber zutiefst gerührt. Bis in die tiefe Nacht wurde gespeist, getrunken und sogar getanzt.

NACHWORT

Bei **Virginia Verdross** wurde eine Psychose mit einem geringen Intelligenzquotienten festgestellt. Man erklärte sie in der Folge für nicht straffähig. Den Rest ihres Lebens würde man sie in einer geschlossenen Wohngemeinschaft betreuen. Sie nähte aus Stoffresten Spielzeugtiere und hatte sogar einen Freund, wobei sie streng darauf achtete, nicht schwanger zu werden.

Ihre Mutter **Jakobine Verdross**, neben dem unglückseligen Zeno die tragischste Figur des gesamten Dramas, verkaufte den Ansitz, all ihren Schmuck und zahlte die Eltern auf Sardinien aus. Endlich durfte sie dorthin, wohin sie schon immer gewollt hatte: ins Kloster. Sie verließ das Land und ging nach Österreich in das Kloster, wo einst Freda ihr Kind erwartet hatte. Mit einem Lächeln begegnete sie, nun am Ort ihrer Träume angekommen, gelegentlich der Mutter Oberin. Diese nahm sich die Zeit und führte die innerlich verkümmerte Frau durch den mit Rosen bestandenen und mit Gewürzkräutern bepflanzten Klostergarten hinaus aus dem schönen alten Gebäude, aus rotem Sandstein erbaut in der Zeit der Gotik, aus der noch der einzigartige Kreuzgang erhalten war. Der Konvent, schon immer von Frauen bewohnt, war in beinahe allen Teilen komplett erhalten. Er strahlte eine Stille und Ruhe aus, die selbst die täglichen Besucher erfasste, die nicht mehr lärmten, sondern fasziniert alle Räumlichkeiten, die der Öffentlichkeit zugänglich waren, langsamen Schrittes durchmaßen. Freude und Freundlichkeit, Erhabenheit und doch Bodenständigkeit strahlten die alten Mauern aus, ein Klima, dem sich niemand wirklich entziehen konnte. Hier führte die durch ihre Familie völlig verbogene Frau intensive und gute Gespräche mit der klugen Nonne, die ihr nicht im Geringsten das Gefühl gab, sich komplett offenbaren zu müssen. Was sie erzählen wollte, erzählte sie, es gab keinerlei moralische Statements vonseiten der Kirchenfrau, nur Resonanz und Anregungen. Ansonsten hatte sie, bis auf die gemeinsamen Mahlzeiten, keinen Kontakt und wollte das auch so. Spaziergänge in der waldreichen Umgebung des Klosters empfand Jakobine als besonders schön und sehr kontemplativ. So konnte sie endlich ihren Eltern und auch ihrer Tochter für all das, was man ihr angetan hatte, verzeihen.

Rosi Moroder blieb für immer in der Psychiatrie. So erfuhr sie nie, dass ihre Jüngerinnen sie recht schnell vergaßen, und malte Bilder einer archaischen, blutenden Muttergöttin, die sie nun Maria Vulnerata nannte. Auch hier gelang es ihr, Interessierte für ihre Theorien zu finden und hielt Vorträge. Die vom Personal niemand ernst nahm.

Jürg Baumgartner reiste völlig genesen in seine Heimat Südafrika zurück, mit dem Sarg seines Mannes. Ihm wurde im Nachhinein bewusst, dass er doch nicht die komplette

Lebensgeschichte seines ermordeten Ehemannes gekannt hatte, die Sache mit der Tochter verstörte ihn nachhaltig. Dennoch organisierte er in Kapstadt eine posthume Ausstellung des Künstlers und verkaufte nach und nach sämtliche Werke. Der reiche Geschäftsmann ließ in einem kleinen Park in der Nähe seines Stadthauses eine Stele für Zeno Mittermaier aufstellen. Unter Panzerglas war dort in einer winzigen Nische das letzte Meisterstück des Goldschmieds eingelassen, der herzförmige Meranith. Nach Südtirol kehrte Baumgartner nie wieder zurück, die Werkstatt und die Wohnung in Dorf Tirol wurden in Abstimmung mit der norwegischen Cousine aufgelöst. Allerdings spendierte der Schweizer der begabten Melanie Falcone eine Ausbildung zur Goldschmiedin in Florenz. Die Beweggründe hierfür blieben im Dunklen.

Zeno Mittermaiers Versicherungsgesellschaft fand nach einiger Zeit Teile des Goldschmucks bei einem Online-Händler mit Sitz in Paris. Er behauptete, die Stücke in Les-Saintes-Maries-de-la-Mer von einer älteren Frau erworben zu haben. Seinen Ankaufpreis erhielt er nicht zurück. Sie wurden dem Ehemann Jürg Baumgartner übergeben.

Als Ende Oktober in der Bozner Gynäkologie ein **wunderhübscher Knabe** das Licht der Welt erblickte, traf die junge und glückliche Mutter beinahe der Schlag: Das Kind war wie ein Ebenbild von Carmine Losso.

ENDE

Printed in Poland
by Amazon Fulfillment
Poland Sp. z o.o., Wrocław

28803509R00128